遺跡発掘師は笑わない

鬼ヶ島の証明

桑原水菜

角川文庫
22135

遺跡発掘師は笑わない

鬼ヶ島の証明

Proof of Onigashima

本島（丸亀市）地図

地図製作：本島一宏

瀬戸内海周辺図

429
53
北区
岡山自動車道
山陽自動車道
鬼ノ城跡
岡山県
180
総社市
山陽新幹線
吉備津神社
中区
2
486
東区
岡山市
早島町
南区
倉敷市
2
30
児島半島
430
玉野市
井島
直島
児島
六口島
手島
本島
瀬戸中央自動車道
櫃石島
瀬戸内海
(備讃瀬戸)
与島
小手島
広島
塩飽諸島
牛島
香川県
高松駅
坂出市
宇多津町
予讃線
高松市
11
丸亀駅
193
32
高松自動車道
丸亀市

主な登場人物

西原無量　天才的な「宝物発掘師《トレジャー・ディガー》」。亀石発掘派遣事務所に所属。

相良忍　亀石発掘派遣事務所で働く、無量の幼なじみ。元文化庁の職員。

永倉萌絵　忍の同僚。特技は中国語とカンフー。

戸川理人　岡山の大学に通う学生。祖父・孝之助の思いを受け今回の調査を依頼。

菊間真一郎　戸川家の執事。庶務を取り仕切っている。

戸川孝之助　瀬戸内海専門の海運業社「戸川海運」の会長。

徳正寺あやめ　戸川家の秘書。今回の発掘作業全般の総責任者兼現場監督を担当。

犬飼さくら　天才肌で「宝物発掘ガール」の異名をもつ。免許マニア。

鳥海省吾　大学院生で専門は墨書土器。お喋りで声が大きい。

猿渡早苗　ソウルの大学で考古学を専攻。三国時代の山城や古墳調査をしていた。

降旗拓実　宮内庁書陵部図書課の職員。手には白手袋をはめている。

ＪＫ　民間軍事会社ＧＲＭのエージェント。無量の能力に強い関心を抱く。

序章

今日は、年に一度の「亀石《かめいし》発掘派遣事務所　謝恩忘年会」だ。

日頃お世話になっている人々を招待して、賑々《にぎにぎ》しく開かれる。食べ放題飲み放題の立食パーティーには、毎年たくさんの関係者が集まる。

亀石の人脈王ぶりを最も見せつけられるイベントだ。

大学教授や埋蔵文化財センターの職員、研究機関や調査機関、時々テレビで見かける歴史学者や作家もいる。なぜか業務とは関係のないオペラ歌手やら野球選手までいて、もはやカオスだ。

しかも、なんらかの仮装をしてくる「お約束」つきだ。

「てか、ただのクリスマスパーティーでしょ。これ」

西原無量《さいばらむりょう》はサンタクロースの格好をしている。

「クリスマスイブに忘年会なんて、ある種のひとたちには嫌がらせでしょ」

「所長もわかりやすいよね。イブをぼっちで過ごすより、みんなを巻き込んでしまえっていう……」

そう言う永倉《ながくら》萌絵《もえ》はトナカイの全身スーツを着込んでいる。

「てか、西原くんもアニメキャラみたいなのやればいいのに」

「それただのコスプレでしょ。コミケとかでやるやつ」

常連は皆、ここぞとばかり凝った仮装を楽しんでいる。今年は、亀石所長が機長、同僚キャサリンはバニーガール、亀石建設の柳生《やぎゅう》と史料編纂《へんさん》所の鷹崎《たかざき》美鈴《みすず》は揃ってアメコミヒーローだ。

「言ってくれれば、私の推しのコス、借りてきたのに」

「推しって誰。ゲームキャラ？　ヤな予感しかしないし」

初めて招待された客は入口で困惑している。ウェルカム係の萌絵はすぐに駆け寄って、あらかじめ用意したパーティーグッズを手渡した。

「今年もサンタか？　無量」

水割り片手に声をかけてきたのは、フリージャーナリストの鶴谷《つるや》暁実《あけみ》だった。

「鶴谷さん、お久しぶりっす。これ一張羅なんすよ。毎年考えんのめんどいから」

「鶴谷さんこそ、アオザイ似合ってますね。仮装っぽくはないけど」

萌絵が褒めると、鶴谷は照れ隠しのように咳払《せきばら》いした。

「ベトナム戦争を取材した時に現地のやつにつきあいで買わされた。こんな時くらいしか着る機会もないからな」

鶴谷はいつもシンプルな黒パンツスーツなので、華やかなアオザイ姿は新鮮だ。

「俺らみたいな控えめな人間からすると、あそこまで突き抜けられる人たちが時々うらやましいっすよね……」

無量が虚無の目線を送る先には、ワンダーウーマンになりきった美鈴がいる。ど派手なコスチュームをまとい、豊満な胸のラインが強調されてむちむちの太腿《ふともも》を惜しげもなく晒《さら》している。

「美鈴さん、今日一番、輝いてるわ……」

トナカイの萌絵はまぶしそうだ。

「時に、相良忍《さがらしのぶ》の姿が見えないが？」

「忍っすか？　あそこっす」

指さした先に、大きな亀の着ぐるみがいる。「明日香《あすか》村の亀石」をモデルにしたカメケンのシンボルキャラクター「かめたくん」だ。着ぐるみから、顔と手足だけを出している。

「……。せっかくの容姿が台無しだな」

「相良忍の無駄遣い……」

「あら、無量ちゃーん。なになに？　またサンタなの？　つまんなーい」

めざとく美鈴が気づいてやってきた。

「こないだは色々どーも。つか、目のやり場に困るから、あっち行ってくださいよ」

「フフ。ウブなとこも可愛い。……あら、鶴谷あんたも来てたのね」

美鈴と鶴谷は、犬猿の仲だ。

「四十過ぎて露出の加減も知らないようだな」

「相変わらず地味な女ね。自分の体を愛《め》でて誇るのは女の特権でしょ」

「その特権で周りを困惑させているのがわからないのか」

「仮装パーティーなんて弾《はじ》けてナンボなの。悔しかったらミニスカ穿《は》いてみなさいよ」

通常運転のいがみあいに、無量と萌絵は微笑ましく目を細めた。

「おーい、無量！　きたどー」

呼ばれて振り向くと、海賊の本気コスチュームに身を包んだ男がふたり、こっちに近づいてくる。海賊船の船長と子分、という設定らしいそのふたりは、

「え！　おまえ広大《こうだい》か？　司波《しば》サンまで！」

鷹島《たかしま》の元寇《げんこう》遺跡で水中発掘チームを仕切った司波孝《たかし》と、無量のバディ・東尾《ひがしお》広大ではないか。

「わ！　コーダイくん、久しぶり！」

「おう、モエやんも元気そうやな。おおー、奈良の鹿コスか？」

「トナカイです」

何しにきたんすか、と無量がびっくりしていると、海賊風に片眼を眼帯で覆った司波が笑いながら答えた。

「なにって、亀石さんから呼ばれたんだよ。おまえが参加した水中発掘について発表し

て欲しいって言われて」

無量は寝耳に水だ。念のため、この集まりはただ飲み食いするだけではなく、カメケンから派遣した発掘員が今年一年どんな現場で活躍したかを報告する場でもある。

今回はスペシャルゲストとして、司波と広大が呼ばれたのだ。

「黒木《くろき》さんや内海《うちうみ》さんは元気っすか」

「みんな元気だよ。黒木はアドリア海で沈没船を掘ってる。内海さんにも声かけたんだが、鷹島で引き揚げた遺物のＰＥＧ処理と報告書作りで年末まで動けないらしい」

「大変っすね。しかし、その格好……」

「広大が用意してくれたんだ。沈没船のキャプテンっぽいだろ」

「いいんですか。海賊なんかやっちゃって」

「海の男のロマンやろ」

広大は誇らしげに胸の髑髏《どくろ》マークを指さした。

「おまえもサンタとか日和《ひよ》っとらんで、海賊コスせえて。水中発掘師やろ」

「本業は恐竜発掘師なんですけど」

「あほぬかせ。つか早よ潜水士の免許とれや」

そうこうするうちに亀石所長がマイクの前に立った。

「皆さま、大変お待たせしました。カメケン活動報告の時間です。今年も沢山のスペシャルな発掘を全国各地で繰り広げました。さっそく紹介していきたいと思います」

スクリーンには懐かしい現場の画像が映し出される。無量が派遣された東北の復興発掘や諏訪《すわ》の縄文遺跡もしっかり取り上げられていた。

「ここからは、スペシャルゲストをお招きして、とっておき発掘トークタイムです。司波水中遺跡研究所の司波孝先生と潜水士の東尾広大くんです。どうぞ！」

拍手が起こる中、司波と広大は海賊の格好のまま、いそいそと登壇した。

「ヒドイ。あれじゃ、悪役のトレジャーハンター……」

心配する無量に、壇上から広大が呼びかけてきた。

「おーい無量！　なにやっとんねん、早よ、こっちこい」

「は？　なんで俺？」

「もたもたすんなー、エースディガー。みんな待ってるぞー」

亀石にも呼ばれ、会場からは登壇を促す拍手もあがった。宝物発掘師《トレジャー・ディガー》の異名を持つ西原無量のことは、ここにいるほぼ全員が知っている。ちょっとしたスター扱いだ。

「ほい。行ってこい。宝物発掘師《トレジャー・ディガー》」

とバットマンの柳生から背中を押され、つんのめるように無量は前に出た。

人前に出るのは大の苦手だ。現地説明会も避けて通りたいほどなのに。

できることなら逃げ出したい……。

無量は広大に手を引かれ、壇上へと引きずられていった。

＊

結果、盛り上がった。

仕切りの亀石と話術の司波とツッコミの広大とに包囲され、無量はいじられまくった挙げ句、なんやかんやで会場を盛り上げた。

忘年会は大盛況のうちにお開きと相成った。

飲み足りない面々は、そのまま二次会へと流れていく。無量は萌絵たちの片付けを手伝った。

「じゃあ、私はおっ先ー」

キャサリンが一足先に着替えを終えて飛び出てきた。

「え、もう帰るの？　二次会は？」

「ゴメン、彼氏と約束ー。私の担当分は段ボールにまとめたからあとよろしく」

「そうか……。今日はクリスマスイブ……」

中一からオトコを切らしたことがないと評判のキャサリンは、イブも一人で過ごしたことがない。どうりで仕事が早いと思ったら、と萌絵はしらけた。

「永倉さーん、荷物、全部台車に載せたよー」

忍と無量が待っている。忘れ物がないか点検して、萌絵は最後に店を出た。

荷物を事務所に届け終わったのは、もう十時をまわる頃だった。

「じゃ、僕はこのへんで」

「え？　相良さん、二次会行かないんですか？」

すると、忍はにっこり笑って「この後、人と会う用事があって」と答えた。

「まさか彼女！」

「ちがうちがう。大学の友人がこっちに来ててね。ゼミのみんなで呑《の》む約束してたんだ。じゃあな、無量。呑みすぎるんじゃないぞ」

「おう」

忍は駅へと足早に向かっていった。残された無量と萌絵は、肩を並べて見送った。イブにわざわざ会いに来る友人とは……。

「やっぱり……ホントは彼女が」

「ちがう。そんなんいるなら、真っ先に俺に言ってるもん」

無量のその自信はどこから来るのか。

ふたりは二次会の居酒屋へとアーケードを歩き始めた。

クリスマスだけあって、飾られたイルミネーションで賑《にぎ》やかだ。ケーキを買って家路に就くお父さん、酔ってはしゃいでいる学生グループ、女子会帰りのOLたち……。繁華街の人影が意外に少ないのは皆、イブを家で過ごしているためか。

仲睦《なかむつ》まじげなカップルとすれちがう。

沈黙しながら歩いていると、わけもなく照れてしまうので、萌絵は話題を探した。

「そ、そういえば、年末年始は帰省するの？」

「うん、まあ……」

無量はぼんやりと答えた。

「実家、じーさん入院中だから、今年は向こうで過ごしてもいいかなって」

祖父を避けている無量は年末年始も滅多に実家には帰らない。

「忍が家にいるなら、こっちで過ごしてもいいかなって思ったけど、あいつ、なんか海外に遊びに行くみたいで」

「お正月に海外旅行？　それはまたリッチな」

「俺に気を遣ったのかもしれないけど」

忍には実家が無い。年末年始をひとりで過ごさせるのは忍びないので、去年は無量も帰省しなかったが、そんな無量に忍のほうが気を遣ったのだろう。

「そっか……。でもお母さんやおばあさまは一緒に過ごせたら喜ぶんじゃないかな」

「だいぶ帰ってないしな。……ほんとは忍も連れていきたいけど」

家族のいない忍に対して「なら一緒にうちの実家で」と言えるほど、無神経にもなれない。そうでなくとも忍は西原家に呵責《かしゃく》の念を抱いている。

「永倉は？」

「うちは今年も実家。親戚《しんせき》一同が集まるから、帰らないと怒られる」

「いっぱいくんの？」

「そりゃもう大騒ぎ。台所もてんやわんやになるから私なんてただの労働力だよ」

沢山の親戚というものに縁が無い無量は少しうらやましそうだ。

「うちは母親も俺も一人っ子だしなあ」

「お父さんは？」

と言いかけ「やば」と萌絵は口を塞《ふさ》いだが、無量は感慨もなさそうに、

「あいつには確か、上に兄と姉がいた気がする」

だが、母と離婚してからは親戚との縁も切れた。父方の祖父母とはもう何年も会っていない。おかげで顔も忘れてしまった。

「永倉家の正月は凄《すさ》まじそう」

「すごいよ。呑むか食うか寝るかをまわして三日間。ひとりふたり増えてもいっしょだから、今度来てみる？」

「はは。忍とまぎれこむかー」

と冗談めかした無量は、ふと笑みを消した。

「そういや、最近、忍、元気ないんだよな……。職場でそんな感じ、ない？」

「相良さん？　ちょっとピリピリしてるかなって時なら」

むろん、穏やかな物腰は変わらないのだが、ふとした拍子に、抜き身の刃《やいば》みたいな目つきをする時がある。殺気すら感じて萌絵は竦《すく》み上がる。次の瞬間には元に戻っている

のだが、本人も知らぬうちに負のオーラが滲《にじ》みでてしまっている感じだ。

「年末で忙しいせいだと思うけど」

「やっぱ、そっか……」

無量も感じているらしい。

「いつから？」

「高知から帰ってきたあたりからかなあ」

口数が減り、時折、心ここにあらずといった様子で考え事をしていて、話しかけても気づかないこともある。

「悩んでることあんなら聞くよ……なんて言っても笑うばっかで。簡単に打ち明けるような奴じゃないし」

力になれない自分が、無量には歯がゆい。

実は、萌絵はもっと明確に「忍の様子が変だ」と感じた時があった。高知からの帰りの機内でのことだ。怖い顔で押し黙り、ずっと考え事をしていた。仕事で何かトラブルでもあったのか？　と訊《たず》ねたが「なんでもない」と突き放すように答えるだけで、作り笑いを浮かべる余裕すらないようだった。

あれ以来だ。

「心配だね……。今度、ちょっと三人で食事でもしてみようか」

「なんか聞き出せるといいけど」

「抱え込んじゃうひとだから、何があっても私たち支えるよって伝えるだけでも」

だな、と無量はうなずいたが、ぼんやりしている。

イブの街には、クリスマスソングが流れている。昔流行《はや》った定番ソングだ。恋人がサンタクロース、という歌詞に、萌絵はちらりと無量を盗み見た。

今日の仮装はまさにそれだった。

——律儀に二次会なんか出ないで、西原くんとふたりでどっか呑みにいっちゃってもいいんだよ?

キャサリンが去り際に残した悪魔の囁《ささや》きが、萌絵の耳に残っている。確かにそうだ。声をかけるなら今しかない。居酒屋まであと五十メートル。次の角を曲がる前に勇気を出して——。

「あああの……、西原くん。もしよかったら——」

無量のスマホに着信があった。

〝はよ来い。みんな待ってるぞ〟

広大からのＬＩＮＥだ。

「あー……。広大もいんのか。こりゃ朝までコースだな」

行くぞー、と言うと、無量はいつもの「人を待たない早足」で、スタスタ角を曲がってしまう。萌絵は見事に空振りだ。きれいに打ち取られて三振した気分だった。

「だよね」

半笑いだ。……道のりは遠い。

まあ、でも一緒に過ごす機会があるだけマシだということだろうか。

イブの街には、クリスマスソング。

大きなツリーには、埴輪《はにわ》みたいな姿の可愛らしいオーナメントが輝いている。

＊

十一時を過ぎても、街を飾るイルミネーションは消える気配がない。

その男は、待ち合わせた噴水広場にいた。

汐留《しおどめ》にある高級ホテルの玄関前に飾られたツリーは、ひときわ大きくて、凝ったイルミネーションとともにちょっとした名所になっていた。

ロングコートをまとったその男は、欧米人だった。無造作に流した金髪に丸メガネをかけ、無精ひげを生やしているが、佇《たたず》まいが端正で人目をひく。カップルたちも家路につく時間だからか、人気《ひとけ》はまばらだが、壁際に佇んでスマホを眺めるその風情は、まるでファッション誌の一ページのようだ。

そこへ、おもむろに近づいてきた男がいる。

キャメルのショートコートに身を包む若い日本人男性だ。

「パーティーはもう終わったのかい？　サガラ」

金髪の欧米人は気配だけで気づいたのか、スマホを見たままそう話しかけた。

忍は怖い顔で睨《にら》んでいる。

ようやく目線をあげたJKは、外したメガネを胸元に挿した。

「遅刻しておいて、その顔はないだろう。こちらは横田出張を口実にわざわざイラクから来たんだ。それとも僕の贈ったクリスマスプレゼントがお気に召さなかったかい？」

「ええ、おおいに不満ですよ」

忍は刃のような目つきをしている。

「……僕を〈革手袋《レザーグラブ》〉の担当から外すとは、一体、どういうことですか」

「説明なら何度もしたはずだ。君こそ、なぜ従わない」

JKは冷ややかに言い返した。

「〈革手袋《レザーグラブ》〉との同居はもう必要ない。さっさと荷物をまとめてワシントンに来るよう、再三指示したはずだ。なのに、だらだらと言い訳ばかりして、いっこうに日本を離れる様子がないじゃないか」

「………。ワシントンには行きます。でも、それは納得のいく説明をしてもらうためだ」

忍は一歩も引かない。

「僕を外して、どうやって〈革手袋《レザーグラブ》〉を監視するんです。僕以上に〈革手袋《レザーグラブ》〉のことを知る者はいないし、コントロールもできないはずだ」

「そのことなら心配には及ばない。然《しか》るべき方法をとる。ボスはね、君の驚くべき仕事ののろさにしびれを切らしたんだよ。職務怠慢とみなして事実上の更迭だ。だが喜びたまえ。更迭という名の、栄転だ。君は本社勤務になる」

「僕の後任は誰ですか」

あくまでそこにこだわる。

「僕以上に無量を監視できる人間とは、誰なんです」

「……少なくとも、君以上には彼を理解できる人物だ」

そんなものはこの世にいないと自負する忍には、聞き流せない言葉だった。

「誰です」

「知って、どうする気だい？　お得意の脅し技で、辞退させる気かい？」

「必要ならね」

どこまでも不《ふ》遜《そん》だ。だがＪＫも言われてばかりではいない。

「西原無量を『地下の埋蔵遺物を探知する超人的センスの持ち主』と仮定するならば、その大きな要因は、右手の熱傷によって生じた感覚異常だ。君がいくら理解者をアピールしても、肉体的感覚までは共有できない」

「その人物ならば、共有できるとでも？」

「少なくとも我々よりは」

忍は注意深く答えを読み取ろうと、集中した。

「無量は、心を開きませんよ」

「……何を根拠に？」

「祖父の起こした捏造事件以来、警戒心が強い。あなたがたが無理強いして連れていうものなら、たちまち殻に閉じこもって二度とこじあけられなくなるでしょうね」

「だから自分が必要だ、と君は言いたいんだろうが、君の正体を知った時、彼は果たしてまた君を必要とするだろうか」

　ＪＫの指摘に、忍は返す言葉に詰まった。

「脅しですか」

「そう聞こえたならね」

　忍は、だが、たじろがない。感情を抑えるように、声のトーンを一段落とした。

「では、教えてもらえますか」

「なんだね」

「本社の真意はどこにあるんです。紛争地域で遺跡を掘らせたいだけなら、カメケンを通して依頼すればいいだけのこと。なのに執拗《しつよう》に〈奇跡の発掘《ミラクル・ディグ》〉の真偽にこだわるのは、あなたがたが関心を向ける先が、無量の発掘ではなく、彼の能力そのものだから。違いますか」

　ＪＫは伏し目がちに薄笑いを浮かべると、あしらうように小首を曲げた。

「そんなことはとっくにわかっているものと思っていたがね」

「JK、あなたは」

「本社の真意が知りたいなら〈革手袋《レザーグラブ》〉を連れてくるのが早道だ。なに。口実がいるなら、福引で海外旅行が当たったとでも言えばいい」

「姑息《こそく》ですね。それは拉致《らち》とどう違うんですか」

「抵抗があるなら、医療観光でもいいじゃないか。健康診断というやつだ」

相変わらず、のらりくらりとかわすJKだが、手の内を知っている忍は、簡単にははぐらかされない。

「……。僕が連れていかなくても、後任者が連れていくんでしょうね」

「君は何が不満なんだい？　エージェントが業務を放棄するなら、本部転勤どころか、解雇だよ。ただの給料泥棒じゃないかね」

「僕とその後任候補。どちらが優秀か。ちゃんと判断して欲しいだけです」

忍は暗い目つきをした。

「僕が納得できるように」

「たかが一エージェントにそこまでする義理はあるのかな」

　ひとつ確かなのは、と忍は言い、

「僕を降ろすなら、この計画は失敗しますよ」

「それは脅しかい」

「そう聞こえたなら」

イルミネーションに飾られたツリーの下でにらみ合う。

冷たい海風に吹かれて、噴水の霧がお互いにふりかかった。

「……まったく。失うものが何もない人間というやつは、本当に厄介だな」

妨害する気満々の忍を見て、ＪＫはしみじみとぼやいた。無欲ゆえに弱みが無い。こういう手合いが一番、困る。脅すにしても材料が見つからないからだ。

「君の後任が、君以上に西原無量を理解し、君以上に彼の信頼を得ると証明できれば、納得するかい」

そんなことは天地がひっくり返っても、ない。

忍はそう確信している。

「……君の欠点は自信がありすぎるところだ。サガラ」

「ええ、よく言われます」

「足元をすくわれないように、ね」

ＪＫは首にかけたマフラーを巻き直した。

「せっかくだからディナーでも、と思っていたが、君の仏頂面を見ながら食事をしてもつまらない。さあ、僕はもう教会に行かないと。これでも敬虔《けいけん》なクリスチャンなんだよ」

「メリークリスマス。Ｍｒ．ＪＫ。良いクリスマスを」

「嫌味だね。Ｍｒ．サガラ。良いお年を」

歩き出すと、ＪＫがまとう香水のスパイシーな残り香が風にのってやってきて、鼻腔《びこう》をくすぐった。

忍はツリーの頂に飾られた大きな星を見上げた。

ちらり、と白いものが肩に降りかかる。――雪だ。

華やかな光に彩られたイブの街に、粉雪が舞い始めた。

＊

案の定、無量は朝帰りだった。

朝五時まで呑《の》んでいて、雪の中、ぐでんぐでんになって帰ってきた。

広大までついてくる、というおまけつきだ。

「ひっく……、忍にいさんサーセン。お邪魔しゃーす」

ふたりでもつれ合うみたいに部屋になだれこんできて、ベッドまで辿《たど》り着けず、居間で大の字にひっくり返った。

子犬のように転がって酔いつぶれてしまうふたりに、忍は毛布をかけてやった。

「まったく……。おまえたちは呑気《のんき》なもんだな」

二日酔いになるだろうふたりのために、あとでビタミンＣたっぷりの昼食でも作ってやろう。そんなことを考えながら、忍は枕元に座り、無量の寝顔を見下ろした。

無防備な寝顔は、子供の頃のまんまだ。

——少なくとも、君以上には彼を理解できる……。

一抹の不安が拭《ぬぐ》えない。先日来、気になる男がひとり、いる。

無量の左手にはめたスマートウォッチ。忍が誕生日に贈ったものだ。いたく気に入ったようで充電の時以外はいつもつけている。

それがＧＲＭ《グランドリスク・マネジメント》本社に直結する端末などとは、無量はむろん、知る由もない。

熟睡している無量の手首から、忍はスマートウォッチをこっそり外した。

掌《てのひら》の中で点滅するハイテク機器を、じっと眺めている。

「後任者、ね……」

自分のポケットにねじこんだ。

無量は年明けとともにまた遠方に派遣される。とりあえずワシントンに連れていくのは先延ばしできたが、ＪＫの捨て台詞《ぜりふ》が耳から離れない。

——足元をすくわれないように、ね。

電車が動き出す時間になっても、まだ外は暗い。

サンタクロースも仕事を終え、家路につく頃だろうか。

忍はカーテンを細く開き、白く塗り変わる夜明けの街を見つめた。

第一章　無量、塩飽《しわく》の島を掘る

瀬戸《せと》内海《ないかい》は穏やかな陽光を受けて輝いている。

同じ真冬の海でも、外海とは大違いだ。日本海などはこの時期、波高く、海鳴りが響き、鉛色の雲に覆われて、渋い演歌のひとつも口ずさみたくなるが、瀬戸内海の冬は穏やかなことこの上ない。空は青く波は静かで、まるで湖だ。

「すげー眺め……」

港の桟橋に降り立った無量《むりょう》は太陽に手をかざし、沖合に横たわる巨大な橋を眺めた。

瀬戸大橋だ。本州の児島《こじま》と四国の坂出《さかいで》を繋《つな》ぐ、海に架かる橋だ。

左が岡山県。右が香川県。美しい吊《つ》り橋と高架橋が連続して、海にまっすぐな一本線を描いている。その橋を真横から見ることができるのは、ここが瀬戸内海に浮かぶ島だからだ。

香川県丸亀《まるがめ》市本島《ほんじま》。

瀬戸内海に点在する塩飽《しわく》諸島のうちのひとつだ。

瀬戸大橋は塩飽の島々に橋脚を建て、それらを縫うように繋いでいるが、この本島はルートから外れており、海を挟んで真横から橋全体を見渡すことができるのだ。

無量が乗ってきた高速船もついさっき、あの橋の下をくぐってきたばかりだ。

「あんなん、よく造ったな……」

小学生のように感動した無量を、呼んでいる声がする。

桟橋の向こうで待っていたのは、老若の男性ふたりだ。

「西原《さいばら》無量さんですね。ようこそ本島《ほんじま》へ」

笑顔で迎えたのは、品の良さそうな紺ジャケットを着こなした、おっとりとした青年だ。

「はじめまして。依頼人の戸川理人《とがわりひと》と言います。こちらは執事の菊間《きくま》」

隣にいた老紳士を「執事」と呼んだ理人に、無量は若干、面食らった。

「さ……西原っす。はじめまして」

「遠路はるばるお越し頂きまして、誠にありがとうございます。こんなに若い方だったとは」

菊間真一郎《しんいちろう》と名乗る物腰穏やかな老紳士は、丁寧にお辞儀をした。戸川家の庶務を取り仕切っているという。

「車を用意しておりますのでどうぞお乗りください」

黒塗りの高級車が待っている。無量はカーゴパンツにダウンジャケットという出《い》で立ちで、使い込んだ大きなリュックをしょっている。高級感溢《あふ》れる革シートに作業着で座るのは、と恐縮したが、理人たちは気にしていない。大らかなセレブの対応だ。

離島らしい、ひなびた景色が広がっている。

冬でも緑が濃く感じられるのは瀬戸内ならではだ。昔ながらの瓦《かわら》屋根が点在し、のんびりと時間が過ぎていると感じる。正月も松の内を過ぎたが、まだお屠蘇《とそ》気分を引きずっているような、そんな雰囲気だ。集落を過ぎると、雑草が伸び放題になった空き地が目についた。どこもそうだが、この島もまた過疎化が進んでいるようだ。

「この通り、コンビニもない不便な島でして。夜遊びできるような場所もないので、都会の方には退屈かと思いますが」

育ちの良さそうな理人は、気遣いもできる好青年だ。前髪をきっちりと眉《まゆ》上でそろえ、物腰も話し方も、今時の若者らしからぬ落ち着きがある。まだ大学生とのことで、無量よりも年下の依頼人は珍しい。

「いえいえ。俺も別に都会人じゃないし、静かなとこが好きなんで」

「高速船なら二十分ほどで丸亀の街につきますし、夕方の便でも食事くらいはして帰れます。買い物の用事などあれば、菊間に言ってもらえれば」

「はは。執事さんがいるなんて、すごいおうちなんすね」

すると、ハンドルを握る菊間が照れくさそうに笑った。

「いえいえ。ただの雑用係ですよ。聞こえがいいのでそう呼んでもらってるんです」

「そうなんすか」

「世話係とも言いますか。ね、ぼっちゃん」

「お客さんの前で〝ぼっちゃん〟はやめろ、ゆーとるじゃろ。菊間」

「はは。私にとっては、幾つになっても、ぼっちゃんはぼっちゃんですので」

気の置けないやりとりにホッとした。

「それにしても個人で発掘調査って珍しいすね。建て替えか何かっすか」

「珍しい、ですか」

「いや。個人宅の発掘自体は珍しくないんすけど、たいてい自治体の教育委員会や建設会社を通して依頼があったりするんで」

今回の仕事は理人《りひと》個人からの依頼だ。しかも理人は大学生。こんなに若い依頼人は珍しい。

「なんで俺を指名したんですか？　俺のこと知ってました？」

「私がぼっちゃんにお薦めしました」

と菊間が答えた。

「若いのにとても腕がたつ、と業界で評判だとか。去年、話題になった出雲《いずも》の青銅髑髏《どくろ》を見つけたのも西原さんだそうで」

「はあ。でも、ああいうのは誰が掘っても見つかる時は見つかるもんだし」

「すごいなあ。プロフェッショナルだなあ」

理人はあこがれの眼差《まなざ》しを向けてくる。

「西原さんならきっと祖父の目にも適《かな》うはずです。実は、発掘をする、と言い出したのは、祖父なんです」

「おじいさん……すか？」

「戸川家は島内に山をひとつ持ってるんですけど、どうもそこに遺跡があるらしいんです。土器とかが出てきたみたいで。祖父は長年、気になっていたようで」

「いつぐらいの土器っすか」

「古いのは縄文時代のものもあるとか」

祖父は去年、がんを患って入院をしたという。手術をして無事退院したのだが、闘病で人生観が変わったらしく、長年気にかけていた「我が家の遺跡」を発掘調査しようと思いたった、という経緯のようだ。

「地元の発掘業者には頼まなかったんすか」

「家の敷地に、知らない人をあまり入れたくないようなんです」

祖父の頑固さに辟易《へきえき》しているのか、理人は溜息《ためいき》をついた。

「少数精鋭で掘ると言い出して、腕がいいと評判のひとにだけ声をかけろ、と。実は西原さんの他に三人呼んでます」

ギャラは破格で羽振りのよさが窺《うかが》える。通常の発掘調査はパートやアルバイト作業員が現場に入るが、経験量も知識量もばらばらだ。そこで全国から選《え》りすぐりのスタッフを集めたというわけか。

「俺含めて四人……。少ないすね。まあ、現場の規模にもよるけど」

「あ、僕も加わる予定です。ただ後期試験があるので毎日は無理だけど」

理人は岡山の大学に通っているという。

本島《ほんじま》には本州側からも船が出ていて、無量も新幹線が通る岡山経由でやってきた。地形的に見れば、どちらかというと香川よりも岡山に近そうな本島だが、丸亀市に属しているのは港の向きのせいだろうか。

車はほどなくして上り坂にさしかかった。戸川家は山の中腹にある。豪邸だ。そういえば船からも見えた。城のような建て構えは遠目にも一際目立っていたので、何かの観光施設かと思ったほどだ。

「なにここ。やべえ……」

まるで高級旅館だ。入母《いりも》屋《や》造の玄関は、無量の住むマンションの部屋がすっぽり収まってしまいそうだ。この戸川家に二週間泊まり込む。

「部屋にご案内します。どうぞこちらへ」

いくつ部屋があるのかわからないくらい広い。無量のために用意された客間は床の間に書院棚まであった。民宿の質素な部屋を想像していた無量は、またしても面食らった。

「この後、顔合わせがありますので、時間になったら呼びにきます。それまでゆっくり休んでてください」

理人は行儀良く頭を下げて、去っていった。

庭に面した部屋からは、海と瀬戸大橋が望める。フェリーがゆっくりと港から出ていくのが見える。実に風光明媚《めいび》な島だ。

「島のお坊ちゃん、か……」

個人依頼主によるプライベートな発掘は、今までに全くなかったわけではないが、家の私有地で私財をはたいて発掘調査とは……。

「金持ちの道楽、にしては本気っぽいけど」

待遇がよすぎてなんだか気持ち悪い。

気のせいならばいいのだが。

二時間後、理人が無量を呼びに来た。

五十畳はありそうな大広間の片隅に、折り畳みのミーティングテーブルと座布団が並び、スタッフが三人揃っている。

一人目は黒髪ショートの小柄な女性。まだ二十歳くらいだろうか。頬が丸くて可愛い顔をしているのだが、表情が暗く、挨拶《あいさつ》をしてもニコリともしない。

「犬飼《いぬかい》さくらです。よろしく」

二人目は髭《ひげ》を生やした細身の男だ。年齢は二十代後半、目尻《めじり》の垂れたニヤけ顔で、値踏みするように人を見る。

「鳥海省吾《ちょうかいしょうご》だ。よろしく」

三人目は三十代半ばとみえる女だ。ゆるく巻いたワンレンロングと真っ赤な口紅。スマホを片手に、いかにも気だるそうに、

「猿渡早苗《さわたりさなえ》。よろしく」

低めの声が妙に色っぽい。鳥海と猿渡は学芸員の資格も持っていて、鳥海は院生として大学に籍を置いているという。

「へえ、あんたが西原無量か。噂には聞いてるよ。宝物発掘師《トレジャー・ディガー》とか呼ばれてる若い当たり屋がいるって。専門はなに？」

「ないっす。研究者じゃないんで」

「え？　マジか。ほんとにただの作業員なの？　はは、やべーな」

鳥海は大袈裟《おおげさ》に驚いて手を叩《たた》いて笑う。ヤなやつだ、と無量は思った。

「マジで『ここ掘れワンワン系』なら、やばいっしょ。しかも瑛一朗《えいいちろう》の孫がかよ」

無量のこめかみがぴくぴくと動いた。さっそく祖父がらみの揶揄《やゆ》か。

やめなさいよ、と割って入ったのは猿渡だ。相変わらずスマホから目を離さず、

「親だの祖父だの関係ないでしょ。てか西原くん、君、確か古生物学畑の人だよね。なんで遺跡なんか掘ってるの？」

「別に理由は……。登録してる派遣会社のせいっす。メシ食うために」

「ふうん……」

興味はないのか、スマホをいじっている。しらけた空気が漂い、妙な沈黙が続いた後、

主催者が現れた。

「お、おじいさま！」

理人が直立不動になった。菊間執事と秘書らしき女を伴った白髪の老人は、いかにも厳格そうで、発掘屋たちも思わず姿勢を正し、一気に緊張感が高まった。

「紹介します。祖父の戸川孝之助《こうのすけ》です」

眼光鋭い老人だった。

白い髭を蓄え、眉間《みけん》に深く刻まれた皺《しわ》は頑固な性格の賜物《たまもの》だろう。首元に大きなアザがあり、それが威容に拍車をかける。体格は高齢者の割には大柄で、偉丈夫の風格がある。がんを患っていたためか、痩《や》せて体は薄くなってはいるものの、ぎらりと眼光鋭く威圧感がすごい。

「私が戸川海運会長・戸川孝之助だ。このたびは当家の発掘調査に参加してくれて、ありがとう。君たちはいずれも選ばれた発掘者だ。良い働きを期待している」

将校のような太い声でそれだけ述べると、隣に立つ長身女性に目で合図をした。

承知いたしました、と長身女性がうなずくと、孝之助は菊間執事とともに部屋から出ていってしまう。無量は拍子抜けした。本当に一言、挨拶だけしにきたようだ。

「秘書の徳正寺《とくしょうじ》あやめと申します。今回の発掘作業全般の総責任者兼現場監督を担当させていただきます。ここからはわたくしから説明を」

四十代とみえる長身の女性は、そう名乗った。タイトスカートのスーツをかっちり着こなし、髪をきりりとアップにし、銀縁のメガネをかけている。面長の顔立ちに切れ長の目。性格がきつそうで、見るからにとっつきにくい。

「……それでは手元の資料の二ページ目をごらんください」

場を和ませる言葉もなく、本題に入る。

無表情な犬飼《いぬかい》、軽薄そうな鳥海《ちょうかい》、やる気の乏しそうな猿渡《さわたり》。

気の重い現場になりそうだ。

無量はボールペンを手に取り、資料を開いた。

*

ブリーフィングの後、懇親会をかねた夕食会があったが、喋《しゃべ》っているのは鳥海ばかりで、しかも内容は自分の功績ばかり。専門は墨書土器《ぼくしょどき》だとかで、ペラペラとよく喋るが、話がくどい。たまに猿渡がうるさそうにさえぎって、無量たちに話を振ってくるのだが、犬飼は訊《き》かれたことに短く答えるだけで話が広がらない。ちょっと沈黙を許すと、鳥海のマシンガントークが始まるので、阻止するために猿渡がテキトーな調子で無量をいじる。おかげで、いつもは寡黙な聞き役の無量が、恐竜発掘の話を延々させられたほどだ。

さっぱり懇親とはならないまま、気詰まりな食事会は四十分ほどで終わり、解散となった。

「疲れた……」

湯船に浸《つ》かった無量は、ぐったりだ。この自分にここまで気を遣わせる現場とは一体なんだろう。

風呂《ふろ》から戻ったところで、萌絵《もえ》に報告の電話を入れた。

『ごめんね、西原くん。本当は私が同行しなきゃいけないのに』

萌絵は正月明けから出張続きで、マネージャー業が疎《おろそ》かになってしまっている。亀石《かめいし》が赤字すれすれ経営からの脱却を目指して、コーディネートの案件を増やしすぎてしまったため、てんてこまいなのだ。

『所長も真面目に収支を考えてるなら、まずパーティーを地味にすればいいのに』

「そこは一番削れないとこなんでしょ。亀石サン的に」

『本当に申し訳ございません』

「いいよ。忍《しのぶ》も海外出張中だし」

忍は「米国の財団法人からの依頼で、海外案件を下見」に行っている。無量が帰省から戻った時にはもう出発していたので、年明けから一度も忍の顔を見ていない。

無量が派遣一日目の様子を伝えると、萌絵はさっそく心配性を発揮して、

『クセの強そうな顔ぶれ……。大丈夫？』

「まあ、なんとか」

『……私も気になってはいたんだけど、今回のって緊急発掘でもなく研究発掘でもない

んだよね？　変な方向にいかないといいけど』

その言葉は無量の代弁でもあった。

破格のギャラの割に、集められたのは「腕がいい」とはとても思えない者ばかり。

「たった四人で、なに掘らされるやら……」

その時だ。

ドアをノックする音が聞こえた。

「お、誰か来たわ。ちょっと待ってて」

開けると、戸川理人が部屋着姿でそこにいる。

「すみません……。お電話中でしたか」

「大丈夫。なに？　なんか用？」

すると、理人が缶チューハイを差し出して、

「よかったら少し呑《の》みません？」

年の近い無量に親近感を抱いたようだ。無量はふたつ返事で「あがって」と応《こた》えると、萌絵との電話を終わらせた。

「ちょうどよかった。こっちも色々訊きたいことあったから」

乾杯すると、理人は先ほどまでの行儀のいい姿とはうってかわって、あぐらをかいてくつろいだ。素顔はごくごく普通の大学生だ。無量も食事会では和むどころではなかったから、理人が醸す日常感がありがたい。

「うちのおじいさま、威張ってて怖かったでしょ。いつもああなんです。しかめっつらで。笑った顔なんかみたことない」

孫の理人ですら、緊張するという。

祖父という存在には、思うところのありすぎる無量なので、その気持ちが理解できた。

「おじいさまの言うことは、我が家では絶対なんです。専制君主ってやつ。両親も逆らえなくて」

戸川孝之助は終戦後、世の要請を見越して瀬戸内海専門の海運業を興し、一財産を築いた。豪腕でならした強気の経営方針で会社を拡大し、「塩飽《しわく》の鬼」などという異名をとったほどだった。昭和の頃はたくさんの戸川の貨物船が瀬戸内海を往き来していたという。だが、橋ができて運送のメインが車にとって代わられると、事業は急速にしぼんでいった。

今は会社を受け継いだ父が経営しているが、昔ほどの勢いは、ない。

「実はバブルの頃にはこの島にもリゾート計画がもちあがって、高級旅館を経営してた時期もあったんです」

「じゃ、もしかしてこの建物」

「はい。元旅館なんです。変だと思ったでしょ」

瀬戸大橋はひとや物の流れを変えてしまった。便利になったといえば、その通りなのだが、戸川だけでなく海運業で繁盛した会社も、この二十年で次々と倒れていった。

「おじいさまはあの橋を恨んでるみたいで、時折、すごく怖い顔をして、じーっと橋を見つめてる時があるんです……」

世の中の流れには逆らえない。孝之助の偏屈に拍車がかかったのは、その頃からのようだ。

結露したガラス越しに見える、巨大な鉄の吊《つ》り橋は、ライトアップされている。備《び》讃《さん》瀬戸をまたぐように一定間隔に並んだ道路照明灯が、真珠の粒みたいだ。

無量にもなんとなく察するものがあった。

「頑固じいさんのわがままか……」

祖父に振り回されている家族なのだろう。自分を重ねて理人に共感を覚えた。

「それより訊きたいことって何です？」

「ああ……。そのことなんだけど」

無量はあたりを一応確認するようにして見回して、声を潜め、

「今回の発掘なんだけどさ、なんか面倒くさいこととか、絡んでない？」

「面倒くさいこと、とは？」

「つまりその、たとえば、何か掘り当てたい遺物があって、それを誰が見つけるかで戸川家の遺産相続問題が左右されるとか、そういうの」

理人はきょとんとした。

「なんですか、それ。遺産？　相続？」

「あ、ないのね。なら、いいや」

この手の資産家が関わる発掘には相続問題が絡みやすい。「先入観」というよりも、無量たちの場合「経験則」なのだが、おかげでいちいち懐疑的になっている。自分の土地が遺跡だとわかったら、ちょっと調べてみたくなる気持ちはわかるのだが。

「それにしちゃ遠くから『腕のいい』発掘屋雇ったりして気合入ってるもんだから、何かどうしても見つけたいものでもあるのかなって」

「目的なのかどうかはわからんのですけど」

チューハイの缶を置いて、理人は言った。

「昔からおじいさまがよう言うとったことがあって」

「というと？」

「桃太《ももた》郎《ろう》、知ってますか」

唐突に出てきたワードに、無量は一瞬、黙った。

「……えー……と。あれでしょ。桃から生まれて動物と一緒に鬼退治にいくやつ」

「桃太郎は鬼ヶ《おにが》島《しま》に行きますよね」

「行くね」

「ここがその鬼ヶ島だって言うんです」

無量は「は？」と顔を前に突き出した。

「ここが？　この本島《ほんじま》が鬼ヶ島なの？」

「はい。おじいさまはそう言ってるんです」

「……えー……と。まあ、桃太郎といえば、きびだんごで岡山だし、ここは岡山の沖でもあるし、そういう説があっても変じゃないけど」

「ちなみに香川県で桃太郎ゆうと、女木島《めぎじま》の桃太郎伝説が有名で」

高松《たかまつ》の沖合にある離島だ。ここが鬼ヶ島だという言い伝えがある。島の洞窟《どうくつ》を根城に海賊行為を働いていた鬼を、第七代孝霊《こうれい》天皇の第八皇子・稚武彦《わかたけひこ》（桃太郎）が退治したという。航海術に長《た》けた備前《びぜん》牛島《うしじま》・犬島《いぬじま》の者と陶芸家の猿王館、弓の名人の雉ヶ谷の者を従えて、鬼ヶ島沖で戦い、陸海空を制して勝利した。

「桃からは生まれてないけど、ちゃんと犬と猿とキジがいるね」

「しかも鬼が逆襲にきたのも返り討ちにして、その土地は今も鬼無《きなし》って呼ばれて桃太郎神社まであるんです」

備讃瀬戸の桃太郎伝説だ。香川県人にはこちらが正統派だ。

とはいえ、「女木島＝鬼ヶ島」説が降って湧いたのは、昭和のはじめ。当時、鬼無町の小学校教諭で郷土史家だった橋本仙太郎氏が、地元の桃太郎伝説を研究していたところ、昭和六年に女木島で洞窟が発見され、これが桃太郎に出てくる「鬼の根城」だとして本にしたところ、一大ブームを巻き起こし、島は観光客で賑わったという。

「女木島を『おんなぎしま』と読むと鬼ヶ島がなまってるみたいに聞こえるでしょ」

「おんなぎしま……おんにぎしま……おにがしま、か。納得」

「なんですけど、おじいさまは認めてなくて。この本島こそが鬼ヶ島だと言い張っていて……」

　大病にかかり残りの人生に想いを馳せた老人が、本島＝鬼ヶ島を証明しようと使命感に駆られたのかも知れない。

「なるほど。自分ちの山にその証拠が埋まっていると考えて、今回の発掘を……」

　先ほどのブリーフィングではさすがにそんなワードは一言も出なかったが、それが真の目的なら、なんとも夢のある話では、ある。

「でも具体的に何がどう出たら、鬼ヶ島の証拠になるわけ？　やっぱ鬼の首とか？」

「なんでしょうね……。きびだんごとか？」

「お腰につけたやつ？　まあ、焼けて炭化したおにぎりが出る例もあるし、なくはないかもだけど」

　うっかり落としたとしても、土に埋もれる前に、犬とキジと猿に食べられてしまいそうな気がする。

「鬼ヶ島を証明するための発掘、ね……」

　相続や古い因習がらみよりは、まあ、無邪気と言えるが。

　その「頑固なおじいさま」に振り回されそうな予感がしてならない。

　ともあれ、これから二週間。

　無難に終えることを祈るばかりだ。

＊

翌日から現場での発掘作業は始まった。

この日は理人も参加した。戸川家が所有する「観音山《かんのんやま》」の頂が現場となる。

現場は三百六十度、海が望める。まさに海の真ん中だ。

北と南に横たわる陸影が、本州と四国。その間に広がる青い海に、折り重なるように大小の島々が浮かんでいる。東には白い定規のように瀬戸大橋が延び、右端の坂出からはもくもくと工場の煙が出て、空の雲に溶けていく。橋で切り取られた向こうの海に、ひときわ大きく横たわる島影は小豆島《しょうどしま》だという。西を振り返れば、塩飽《しわく》諸島で一番大きな広島《ひろしま》や手島《てしま》・小手島《おてしま》が寄り添うように浮かんでいる。

一同は歓声を上げた。

「気持ちいい現場だな」

調査範囲はあらかじめ決まっていて、すでに樹木は刈り払いされているため、眺めがいい。

土が明るい。黄みがかった白っぽい土が一面を覆っている。粗い砂粒状になっていて足元が多少滑りやすい。陽光に輝いて全体が明るく、ちょっとした砂漠のような印象だ。冷湿な印象ではないのがありがたいが、照り返しが強く、晴れた日はちょっと目をやられそうだ。

「夏の作業だったら地獄だな。冬でよかった」

無量はざっとあたりを見回した。平坦《へいたん》に近く傾斜はきつくないが、緩いこぶ状の隆起がいくつか見受けられる。目立つのは西側の岩だ。鏡のように表面が平らで日を受けると金色に輝き、眩《まぶ》しいくらいだ。

「鬼《おに》ノ腰掛岩《こしかけいわ》っていうんです。昔は船がこの岩を航海の目印にしてたそうです。月の光も反射したので、夜は灯台代わりになってたと」

理人も子供の頃、よく岩の上でおにぎりを食べたという。巨石は海からの目印にしやすい。

無量はざっと把握した。一目見て、気になるところがいくつかある。

特に、ふたこぶの辺りと鬼ノ腰掛岩のもと。それと……。

「？」

視線を感じて無量は振り返った。誰かがこっちを見ている。気がした。

しかし誰もいない。椚《くぬぎ》の木が一本、立っているだけだ。

右手が、ぴりぴりしてきた。

低いアカマツの枝越しに青い海が見える。

「過去に遺物が出てきた場所には竹串《たけぐし》で印をつけてあります」

説明したのは徳正寺だ。今日はタイトスカートではなく、現場らしい地味な作業着に麦わら帽子をかぶっている。

地面の所々にリボンのついた竹串がうたれている。土器や磁器が見つかった場所だという。昨日渡された資料には測量図が載っていた。

「……皆さんには一通り、現場を見てもらった後、それぞれにトレンチを三ヵ所ずつ設定してもらいます」

無量たちは驚いた。

「それぞれに三ヵ所ずつ？　あらかじめ設定されてるんじゃないんですか」

「こちらからは何も設定していません。今日一日皆さんには現場を下見してもらい、明日《あした》までに自由にトレンチを設定してください。その後、各々の判断で掘ってもらいます」

四人の発掘屋たちは顔を見合わせてしまう。

「自由に、ですか？　本当に自由にやっていいんですか」

「はい」

徳正寺は、細フレームのメガネを指先で持ち上げた。

「但し、トレンチの大きさは一個につき一・五メートル×最大五メートル。これを三回掘るチャンスがあると思ってください」

奇妙な言い回しをした徳正寺に、無量は違和感を覚えた。

「掘るチャンスって……まるでゲームみたいに聞こえるんですけど」

「試掘チャレンジです。この場所を皆さんの見立てで自由に掘ってもらいます。ポイント方式で、遺構や遺物を出すたびにポイントを加算し、速さや価値や量によって最終的に出来高分のボーナスを支払います」

　これにはどよめきが起きた。無量の頭は疑問でいっぱいだ。

「あの……これ発掘調査ですよね」

「はい。そのとおりです」

「ポイント方式ってなんですか。そんな発掘聞いたことありませんよ」

「皆さんが普段行っている発掘調査では、このような方法はなかったと思いますが、今回は戸川家の私有地での発掘ですので、独自のルールのもとで実施したい、というのが、事業主の意向です」

「面白いじゃねえか」

　鳥海は目を輝かせて前のめりになった。

「ポイント方式で競えってことだろ。それぞれ三回チャレンジできるってのも平等でいいね。要は出しゃいいんだろ？　自分の見立てで好きにやっていいわけだ」

「ただし、トレンチプランは先に提出してもらいます。一番から三番まで。途中でのプラン変更も可能です。他の方の成果を見てから変更してもいいですよ」

「駆け引きしてもいいってこと？　ますます面白《おもしれ》ぇや」

　呆然《ぼうぜん》と立ち尽くしている無量の隣で、鳥海たちは俄然《がぜん》盛り上がっている。出来高で報酬がもらえるなんて、夢のような現場だ。

「明日の朝までにプランを作成して提出してください。それではお願いします」

事前に渡された地形測量図と土層図を手に下見開始となった。

無量は困惑している。

発掘調査にきたはずなのに、いきなり何かのゲームに参加させられた気分だ。

他の三人はもう動いている。地面の隆起や地形は遺構の有無を判断するための重要なヒントになる。だが、目には見えない土中の遺構や遺物を読んで出土させるのは、名人芸的な勘が要る。それを三回のチャレンジで出せ、というのだ。

「この感じなら、一本長く掘って二本直交かな」

鳥海は独り言もボリュームが大きい。ひとりでペラペラとそれらしい理屈をこねながら、徳正寺にアピールしまくる。

「あーん、さっぱりわかんない」

猿渡は泣き言めいたことを言うが、目だけはぎらぎらしていて、サンプリングステッキを次々と立てている。

犬飼は黙々と歩き回っては時折、這《は》いつくばって地面を見ている。

「どこ行くの、西原くん」

ひとりで登山路へと引き返し始めた無量を、徳正寺が呼び止めた。

「辞退するのですか」

「いや。ちょっと歩いてきていいすか。ここ見ただけじゃ判断つかないんで」

「かまいませんが、あまり遠くまで行かないように」

僕も行きます、と理人がついてきた。子犬のようになついている。

鬱蒼《うっそう》としたアカマツの山道へと引き返し、無量は時折、斜面から張り出している大きな白い岩などを見てまわる。

「なんか変なことになってきましたね。ポイント方式なんて」

「ざわざわする。なんか裏がありそう。失敗したら地下で強制労働とか」

「ざわざわ、しますか」

「そういや、肝心の孝之助氏の姿が見えないけど？」

「徳正寺に任せてるんだと思います。元学芸員なんです。おじいさまに発掘調査のアドバイスをしたと」

　埋蔵文化財を扱う公的機関にいたなら、現場の調査員経験もあるだろう。無量はますます引っかかる。

「そんなお堅いとこにいたのに、こんな変なやり方させるわけ？　トレンチの設定もしないで、ひとまかせすぎない？」

「うーん。あんまり自信がないのかも」

　もやもやしながら、無量は中腹あたりまでおりてきた。無量が一番気になるのは、山頂部よりもこのあたりだ。斜面から顔を覗《のぞ》かせているものがある。人の頭ほどの四角い石だ。それが左右に数個連なっている。

「これ前からあった？」

さあ、と理人は首を横に振った。このあたりは手つかずの原生林だ。

「土が崩れてるな。最近まで埋もれてたのかも」

「なんですか？　これ。石垣？」

無量は顔を覗かせる石の列に手を触れた。

「こうごいし……」

え？　と理人が訊《き》き返した。無量の目つきが変わり、

「ここ、昔、城だったとかって言い伝えは、ある？」

「いえ、特に……。でも島の東側に小さい山城ならありますよ。笠島《かさじま》城とか東山《ひがしやま》城って呼ばれてる」

「山城？　それはいつの？」

「戦国時代ですかねえ。塩飽《しわく》水軍がらみだったかなあ」

「塩飽……水軍？」

無量は頭の中で記憶の糸を手繰った。

「たしか、海賊的な？」

「はあ……まあ。海賊的なこともしてた時期もあったみたいですけど」

瀬戸内海といえば、有名なのは村上《むらかみ》水軍だ。

戦国時代、瀬戸内海の島々で一大勢力を誇った海に生きる集団だ。能島《のしま》村上・来島《くるしま》村上・因島《いんのしま》村上とがあり、瀬戸内海を往き来する船から通行警固料（関銭《せきせん》）をとったり、時に軍船《いくさぶね》を操って海戦に臨み、力のある戦国大名たちとも渡り合った。

「村上はしまなみ海道《かいどう》のほう……もっと広島県よりですね。塩飽《しわく》水軍はこのあたり一帯で活躍してた一団です。一番の違いは、あんまり戦《いくさ》をしなかったこと」

「水軍なのに戦しないの？」

「基本的に武装はしてなかったみたいです。ここを通る船の水先案内人みたいなことをして、通行料を稼いでいたと」

塩飽諸島のあたりは瀬戸内海で最も幅が狭く、島も多く、そのため潮の流れが複雑で、地元の人間がいないとうまく操船できないようなこともあったらしい。

「でも変に武装してなかったのがよかったのか、織田《おだ》信長《のぶなが》からも頼りにされてたみたいです。石山本願寺《いしやまほんがんじ》と毛利《もうり》が手を結んだ時、村上水軍を使って兵糧《ひょうろう》を運び込もうとしてたのを、塩飽水軍が妨害したこともあるそうです」

「あの村上水軍を？　すごいじゃん」

「追い込み漁の要領で相手の船を囲んで、潮の流れの速いところに追い込んで、沈めたり座礁させたりしたとか」

村上水軍も地元の海はよく知っていただろうが、塩飽界隈《かいわい》の複雑な潮流までは把握できていなかったのだろう。

「それで得た兵糧は、塩飽《しわく》のみんなで分けていいよって、信長から許されたと。そんなこんなで使える集団だって思われたみたいで、秀吉《ひでよし》にも重宝されて朝鮮出兵にも行かされたそうです。家康《いえやす》にも信頼されて、江戸《えど》時代には公儀の御用船として使われて、唯一、幕府から自治を許されたんだとか。だから、塩飽はどこの藩にも属してないんです。殿様はいなくて、選挙で選ばれた年寄がいろんなことを決めたとか」

塩飽廻船《かいせん》は日本中の港を往き来して、おおいに稼ぎ、その本拠地でもある本島は栄え、とても裕福だったという。

戸川家もその子孫だ。

「村上水軍は武力をもったせいで戦国の争いに巻きこまれ、衰退してしまったけど、塩飽水軍は天下人にかわいがられて海運で栄えたんです。村上みたいに有名じゃなくて、どっちかというとマイナーだけど、塩飽水軍はすごいんですよ！」

「はは。語りが熱い」

とはいえ、その笠島城は小高い山にあり、船の係留施設などがある、所謂《いわゆる》「水軍城」とはちがうようだ。

「ここも水軍のお城だったんでしょうか……」

「なんとも言えない……。でもたぶん、この石は、神籠《こうご》石《いし》」

聞き慣れない名前に理人は眉《まゆ》をよせた。

「こうごいし、という名前の石なんですか？　これ」

「いや、石の種類じゃない。古い時代の列石のこと」

無量は露頭した加工石の平らな表面を撫《な》でた。

「西日本で多く見られて、こんなふうに山の中腹あたりで出てくる特徴がある」

かつては「謎の列石」と言われた。

明治から大正にかけて、正体は何かを議論する「神籠石《こうごいし》論争」が巻き起こったりもしたほどだ。「城郭説」「霊域説」とがあったが、今は「古代山城《さんじょう》」の一部、という説が一般的だ。

無量は腰に下げた道具入れから移植ゴテを取りだして、かぶさった土を軽く削り始めた。

「ここも古代山城かもね」

「古代にも城があったんですか……」

山城《やまじろ》というと、もっぱら戦国時代のイメージだが、それよりも遥《はる》かに古いものが今も残っているのだ。

「古代というといつぐらいです？」

「ざっくり七世紀後半から八世紀あたり？」

「そんな古いんですか！」

理人は指折り数え始め、

「〝七一〇《なんと》きれいな平城京〟が奈良時代で八世紀だから……」

「教科書的に言うと、飛鳥《あすか》時代の後半あたりから奈良時代頭あたり？」

「戦国より八〇〇年も前！」

「そう」

理人は目も口もぽかーんと開いて、土から顔を覗かせるいかにも古そうな石積みを凝視した。

「そんな古いんですか、これ」

「神籠石《こうごいし》ならね。上で出てる土器の年代も調べたら、もっとちゃんとしぼれると思う」

そう言いながら、列石に生えた苔《こけ》を削っている。

「古代山城が造られたのは主に西日本。九州の北のほうや瀬戸内海にも多いはず」

「東北にあるのとは違うんですか？」

「東北のは古代城柵《じょうさく》、西日本のは古代山城。古代山城には二種類ある。〝朝鮮式山城〟と〝神籠石系山城〟。違いは簡単で、単純に記録に残ってるかどうか」

「ここのは？」

「記録にはないから〝神籠石系〟だな。城の名もわからなければ、誰がいつ何の目的で造ったのかもわからない。〝神籠石系〟にも九州式と瀬戸《せと》内《うち》式があって」

「えっ。ここ、どんぴしゃじゃないですか」

「瀬戸内式は中腹あたりから上を、こう、ぐるっと鉢巻くみたいに、土塁で囲んだらしいよ」

つまり、これが神籠《こうご》石《いし》だとしたら、等高線に沿って歩けば、他にも神籠石が出てくるかもしれないというわけだ。

神籠石の見分け方は、師匠の鍛冶《かじ》大作《だいさく》から叩《たた》き込まれたので、確信はある。無量は列石上部の土を何度か叩くようにしながら、

「……土がめっちゃしまってる。てことは、やっぱ、アレかな」

ぶつぶつと口の中で呟《つぶや》いて、理人を振り返った。

「とりあえず、上に戻って徳正寺さんたちに伝えてきてくれる？　一緒に見てもらって確認したいから」

わかりました、と言って、理人はまるで自分が手柄をたてたような足取りで、元来た道を引き返していった。

残った無量はしきりに神籠石の上部を叩いている。崩れやすい上の斜面とは違って、地山のように固い。道具も使ってみたが、全く削れない。

「手ガリも歯が立たない、か……。まちがいない。アレだ」

──おじいさまは、ここが鬼ヶ島だって言うんです。

はあ、と無量は深く溜息《ためいき》をついた。

「まさか、鬼が造ったとか言わないよな……」

突然、山林の向こうから、男の悲鳴があがった。

無量は、驚いて我に返った。今の声は、理人か？

急いで山道に引き返すと、斜面の下の方で、理人がアカマツの根元にひっかかるようにして倒れている。

「理人！　おい、大丈夫か！」

「は、はい～……」

無量は慎重におりて、理人のもとへ駆けつけた。

「どうした。足滑らせたのか」

「ち、ちがうんです。突き落とされたんです」

なに、と無量は目を剝《む》いた。

「突き落とされただと？　誰に？」

「鬼です」

理人は恐怖で顔を強《こわ》ばらせている。

「鬼に突き落とされたんです！」

ざわ、と森の枝葉が風に吹かれて、大きく揺れた。

走り去る鬼の気配のように、山林がひとしきりざわめき、無量はその真ん中で立ち尽くしてしまった。

*

幸い、理人は軽く足を捻《ひね》っただけで、大事には至らなかった。

だが、興奮した理人は皆の前でしきりに訴える。

「本当なんです。鬼がいきなり岩陰から飛び出してきて、通せんぼしたんですよ！　しかもトゲトゲの金棒みたいなの振り回して」

昼食をとるため戸川家に戻ってきた発掘チームの面々は、理人の話を聞いても、怪訝《けげん》な顔をするばかりだ。無量は、患部に湿布を貼ってやりながら、首を捻っている。

「だから鬼って言っても色々いるでしょ。赤鬼とか青鬼とか。金棒もってたってことは、豆まきに出てくる虎縞《とらじま》パンツ穿《は》いてるやつ？」

そういうんじゃないんですってば！　と理人は真面目に聞いてくれない発掘屋たちに苛立《いらだ》ちをぶつけた。

「鬼の面をつけてたんです。服はちゃんと着てました。渋い着物と袴《はかま》穿いて」

「能面みたいなやつ？」

「いえ。もっとこう、それこそ豆まきの鬼みたいな、ひげもじゃで鼻が大きくて顔が赤い……」

鬼女面のような繊細なものではなく、荒々しい木彫り面だったと理人は言う。

無量はむしろ、そんな奇妙な格好をした者がこんな山の中で何をしていたのかが気になった。

「何かおまえに言ってたりしなかった？」

「いきなり金棒振り回されて逃げるので必死だったから、あんまりよく覚えてないんですけど、出てけ出てけって」

「声は男？」

「あ、はい。男でした。俺よりも背は高かったと思います」

「出てけ……か」

鬼の面で顔を隠して、発掘にきた自分たちを追い払おうとしたということか。

そういえば、無量も現場にいる時、山林の奥からおかしな視線を感じた。もしや、あれは理人を襲った鬼だったのか？

そこへ徳正寺が戻ってきた。先ほど一緒に神籠《こうご》石《いし》の確認をしてきたところだ。無量は調査地を山頂ではなく神籠石のある中腹に変更するよう求めていたのだが。

「どうでした。徳正寺さん」

「調査地は変更しません」

却下の一言に、無量はあぜんとした。

「なんで。神籠石が出たんすよ。しかも列石の上には版築土《はんちくど》塁《るい》がのっかってる可能性が高いんです。古代山城かもしれないのに」

「これは会長の決定です。頂上を発掘してください」

「いや、でも、上の遺物よりこっちの遺構のほうが大事でしょ！」

物申したが、徳正寺は頑として譲らない。

「当初の予定通り、頂上を調査します。明日《あした》から重機を入れて粗掘りから始めますので、皆さん、よろしくお願いします」

食い下がった無量を無視して、徳正寺は去っていった。

これには鳥海たちも違和感を覚えたのだろう。

「……それ、ほんとうに神籠石《こうごいし》？」

「間違いないっすよ。列石と版築土塁《はんちくどるい》らしき土層がセットになってる。山城《さんじょう》です」

版築土塁とは？」と理人が訊《たず》ねてくる。

「土を突き固めた土塁のことよ」

猿渡は、古い建築や工法に詳しかった。

「型枠の中に土を入れて、大勢で上から、重しのついた道具で何度も叩いて固めるの。それを何層も重ねると、ものすごく頑丈な土壁になるのね。築地塀《ついじべい》なんかでも使われる工法のことよ」

人手も手間もかかる。土を運び、ならし、踏み固め、大勢が並んで音頭をとりながら突き道具でひたすら突き固める。昭和の中頃まで池の堤防工事などでも用いられた。

「……西原くん、それ本当に版築だった？」

「手ガリも歯が立たなかったんす。このへんの土質は自然のままなら脆《もろ》いはずだし、間違いないかと」

版築土塁はすこぶる固いのが特徴で、鍬《くわ》で掘ろうとすると火花を発するほどだ。

「神籠《こうご》石《いし》系の山城は、全国でも数えるほどしかないし、島に造られた山城は初めてじゃないすか。大発見すよ」

どう考えても重要度は上だというのに。

徳正寺も発掘畑にいたなら、その「大発見」がわからないはずはないのだが。

「………。やっぱり、おじいさまの目的が、あれだから、かな」

呟いた理人に、鳥海たちが注目した。

「あれって、なに」

「鬼ヶ島の証拠です」

ゆうべ言っていた、あれだ。

他の三人は知らない。無量が説明すると、

「鬼ヶ島って『桃太郎』に出てくる？　えーっ、ここがーっ？」

鳥海がわざとらしく大声をあげたので、犬飼はうるさそうな顔をした。

はい、と理人は行儀良くうなずき、

「桃太郎の鬼ヶ島です。その証拠をおじいさまは探しているんです」

「証拠って、なに」

「具体的には……わかりません。でも、おじいさまには何か心当たりがあるらしくて」

遺構よりも遺物の出土にこだわるのは、そのせいか。

だが、その「何か」がわからない。

「いったい、なんなんだ。鬼ヶ島の証拠って……」

＊

結局、神籠《こうご》石《いし》の調査は見送られ、山頂のみを掘ることになってしまった。

無量の再三の説得も徳正寺は聞き入れず、業を煮やして戸川孝之助に直談判しようとしたが、気むずかしい人物のようで簡単には目通りもかなわない。

無量のフラストレーションは作業初日から溜《た》まっている。

「なんなんだよ、この現場。三回チャレンジだのポイント方式だの、ゲームかよ」

部屋に戻った無量が不満をぶつける相手は、電話の向こうの萌絵だ。

『アタックチャーンス的な？』

「似てない。神籠石が出てるのにスルーなんて。うちの師匠がいたら大暴れしてる」

『うーん……。つまり遺構調査は二の次なんだろね』

「目的は遺物？　それ発掘じゃなくて、ただの宝探しだから」

発掘調査という名目で集められたが、遺構は眼中にはなく、遺物を見つけることだけが目的だとしたら、あまりに発想が無邪気すぎる。

『確かに出来高でギャラが増えるならモチベーションもあがるけど、発掘調査とは違うような。それに鬼ヶ島の証拠を見つけたいのなら、遺構調査だって充分その証拠のうちになると思うけどなあ』

「でしょ？」

　無量は喰《く》い気味に言った。

「鬼ヶ島だの桃太郎だのも、大元になった何かはあるんだろうけど、だったら尚更《なおさら》、神籠石調べるほうが重要だと思うんですけど」

『その列石こそ鬼ヶ島の証拠！』

「いや、たまたまだと思うけど」

『鬼ヶ島を証明したいって事業主が言うなら、いっそそこに乗っかっちゃって、なぞの列石が鬼ヶ島の一部かもって方向で、孝之助氏を説得するのはどうかな』

　なるほど、と無量は感心した。その手があったか。

「理人の意見ってことにしとけば、孝之助氏も耳を貸すかな……」

　可愛い孫の言葉なら、むげにはしないだろう。

「そうしてみるわ。ありがと」

『なんのなんの。でも、すごいね。呼ばれたメンバーの名前、犬飼に鳥海に猿渡って、桃太郎そのまんまじゃない』

　無量は漢字で思い浮かべた。ほんとだ。

「犬に鳥に猿……。なにこれ。名前で選んだの？」

『西原くんはなに？』

「四人目だから……桃太郎？」

『ちがうな。たぶん鬼だと思う』

「いやみか」

『桃太郎に退治されないように』

電話を切り際、萌絵が慌てて付け足した。

『そうそう。相良《さがら》さん、明日帰国するみたい。聞いた？』

「いや？　つか、あいつ全然連絡よこさないんだけど。既読スルーするし」

無量はふてくされ気味だ。正月に入ってから「あけおめ」のやりとりをしたきり、忍の声を聞いていない。

「やっぱまだ怒ってんのかなー……。俺がスマートウォッチなくしたから」

『それって誕生日プレゼントにもらった、あれ？』

そう、と無量は何もつけていない手首を見た。

「イブの二次会で呑《の》みすぎて、朝起きたらなくなってた……」

酔っ払って自分で外したのか、どこかに落としたらしく、いまだに行方不明なのだ。

忍には平謝りに謝ったが、いつものとおり微笑んで「気にしないでいいよ」と答えるだけだった。

「でも内心めっちゃ怒ってんだろうなあ……。せめてGPSがついてたら……」

安い買い物ではなかっただろうから、申し訳ない気持ちでいっぱいの無量だ。

帰国は連休明けと聞いていたが、だいぶ予定が早まったらしい。

『関空に降りるって言ってたから、そっちに顔を出すつもりかも』

「そうなん？　てか、なんで俺に連絡しないでそっちが知ってるの？」

『やば……。サプライズ潰《つぶ》しちゃったかな』

萌絵はマネージャーらしく改まった口調になった。

『神籠石《こうごいし》の件は所長にも報告しておきます。何かあったらすぐに連絡してね。おつかれさま。おやすみなさい』

萌絵と話したおかげで多少は糸口がみえたが、何かまだ奥の方でくすぶっている感じがして、無量はすっきりしない。

「とりあえず風呂《ふろ》入っか」

そう思って干してあったタオルを手に取ろうとした時だった。奇妙なものが目に飛び込んできた。

バスタオルの上に封書が置かれている。

西原無量様、と宛名《あてな》が書いてある。

「手紙？」

なんでこんなところに？　と不審に思いながら中を開けてみると、便箋《びんせん》が一枚。

開くと印刷された文字でこう書かれている。

〝西原無量様
どうかお願いです。
桃太郎が鬼ノ宝を狙っています。
やつらを退治してください。私たちの宝を守ってください。
あなただけが頼みです。

鬼ヶ島の鬼より〟


「なんだ……これ」

無量は便箋をひっくり返し、裏に何か書かれていないか確かめてみたが、それ以上の文字はない。封筒にも手がかりはなかった。

「鬼ヶ島の鬼、って……」

まるで嘆願書だ。「桃太郎」とは誰のことだ。「鬼ノ宝」？　それはこれから発掘しようとしている遺物のことか？

無量は慌てて顔をあげ、辺りを見回してみたが、その手紙の他に異変はなく、人が物を動かした痕跡《こんせき》もない。

「だれがこんなものを……」

おとぎ話の世界から突然舞い込んだかのような文面に、無量は困惑してしまう。
まさか差出人は、山で理人を突き飛ばしたあの「鬼」？
この島で、一体なにが起ころうとしている？

第二章　鬼からの嘆願書

昔々、あるところに、おじいさんとおばあさんが住んでいました。

おじいさんは山へ柴《しば》刈りに。

おばあさんは川へ洗濯に。

すると、川上から、どんぶらこどんぶらこ、と大きな桃が流れてきました。

おばあさんはその桃を持ち帰り、おじいさんが包丁で割ると、中から元気な男の子が生まれました。

おじいさんとおばあさんは、その子に「桃太郎《ももたろう》」と名付けました。

ふたりに育てられ、大きくなった桃太郎は、村を荒らす鬼を退治するため、鬼ヶ島《おにがしま》に向かうことになったのです……。

＊

「よう、西原《さいばら》。寝不足みたいだなあ。トレンチのプランは仕上がったか？」

朝、食堂で鳥海《ちょうかい》に声をかけられた無量《むりょう》は、あくびを嚙《か》み殺しながら、片手をあげた。

「……ゆうべ、変な夢にうなされちゃって」

「なんだよ。変な夢って」

「いや、なんでもないっす」

まさか「この島に攻め込んできた桃太郎軍団を鬼たちと共に迎え撃つ夢」などとはこっ恥《ぱ》ずかしくて言えない。

「それよりトレンチのプランは出来上がったのか」

「ええ、まあ。一通り。鳥海さんは？」

「完璧《かんぺき》だぜ。俺が一番に掘り当ててやる」

トレンチプランはどこを先に掘るかも重要だ。まるでカードゲームのようだ。お互いの持ち札でデッキを組み、対戦させる時の気分に似ている。誰がどこから何を出土させたか、させなかったかで、次に出す札を変える駆け引きもできる。

そういう勝負なら無量も望むところだが、心のブレーキを手放せないのは、この出土競争が無量のトラウマを刺激しかねないからだ。

トレーにごはんと味噌《みそ》汁を載せた無量は、ふと思い出したように鳥海に訊《たず》ねた。

「そういえば、部屋に変な手紙みたいなもの置いてあったりしなかったっすか？」

「手紙？　なんの？」

その一言で、鳥海のもとには届いていないとわかった。やはり、全員に出しているわけではなさそうだ。

昨夜、無量のもとに「鬼ヶ島の鬼」から嘆願書が届いた。もちろん、本物の鬼などとはつゆほども思ってないが、文面を見て、どうやら相談する相手を選ぶ類《たぐい》のメッセージだと気づいた。

差出人である「鬼ヶ島の鬼」とは、やはり昨日、理《り》人《ひと》が目撃した鬼なのだろうか。「鬼ノ宝」とは地中に埋もれている遺物か？　発掘自体を指しているなら、無量自身も「桃太郎」の仲間ということになるが——。

——あなただけが頼みです。

なぜ、自分なのだろう？

仮にここが「鬼ヶ島」なのだとしたら「桃太郎」には「島の外から来た者」とのニュアンスがありそうだ。だとすると「島の外から来た」自分たち四人の発掘屋を指しているように読める。無量だってその中のひとりのはずだが、文意からすると「西原無量は『桃太郎』ではない」。「鬼」の味方とみなしているようなのだ。なぜ、自分なのか？まさか無量の右手が〈鬼の手《オーガ・ハンド》〉と呼ばれているから、なんて単純な理由ではないだろうが。

卵かけご飯を延々とかきまぜながら、無量は他の三人を観察してしまう。

犬飼《いぬかい》と鳥海と猿渡《さわたり》は、別々のテーブルでそれぞれ朝食をとっている。

犬飼は寝癖髪のまま、ぼーっと目玉焼きをつついている。鳥海はすでにご飯のおかわりが三杯目だ。猿渡は食事中もスマホから目を離さない。

自分を除くあの三人の誰かが「桃太郎」?

「でも、犬にキジに猿……か」

彼らの親玉にあたる戸《と》川《がわ》孝之《こうの》助《すけ》が「桃太郎」と言いたいのか?

問題は差出人だ。

わざわざ無量の部屋に手紙を置いていった。部屋に入れるのは、この家の者しかいないはず。手紙を書いたのも戸川家の誰かなのだろうか。

「あ、そうそう。そういや昨日、ちょっと立ち聞きしちゃったんだけど」

鳥海が別の話題を切りだした。

「例の特別報酬の話。なんか、あるターゲット遺物を真っ先に出したやつには、戸川の旦那《だんな》から大金が出るらしいぞ」

「ターゲット遺物? なんすかそれ」

「さあ」

「大金ってどれくらいすか」

「三百万」

無量は目が飛び出そうになった。

「なんすか、それ。やばくないすか!」

「おっと。こうしちゃいられねーな。おまえらに先越されないよう、先に行ってどんどん掘り進めないと。三百万が待ってるんで。んじゃ、おっ先ー」

鳥海はいそいそと食堂を出ていった。犬飼と猿渡にも聞こえていたのだろう。ふたりの視線がこちらにじっと注がれている。

「ごちそうさまー。さ、お仕事お仕事っと」

猿渡が白々しく席を立つ。犬飼は席を立たずに、じーっと無量を見ていたが、

「ごちそうさま」

と言うと、立ち上がる。食堂は無量ひとりになった。

ますます宝探しゲームだ。

ポイント方式の出来高ボーナス？　発掘コンテスト？　金に飽かせた老人の道楽？

こんなやり方になんの意味があるというのだろう。

出土させたら三百万のボーナスが出るほどの遺物こそが「鬼ノ宝」？

――桃太郎を退治してください。

もやもやが消えず、無量は泡立つほどかき混ぜた卵かけご飯を、一気にすすった。

*

提出された四人のトレンチプランは徳正寺《とくしょうじ》が預かり、吟味した上で確定となる。測量後、それぞれが受け持つ「ひとり三ヵ所ずつ」のトレンチが、四色のスプレーで地面に

描き出された。無量は白、犬飼が赤、鳥海が青、猿渡が黄色だ。その後、重機を用いた表土剥《は》ぎが始まる。

「おおー、やるな」

颯爽《さっそう》とパワーショベルに乗り込む犬飼さくらを見て、鳥海が感心した。ヘルメットをかぶった小柄な犬飼が慣れた手つきでレバーを操作する。アームを自在に操って器用にバケットで土をすくう。

「かーっ。すげーな。俺もさすがにユンボの免許はとってねーわ」

「俺もっす。かっこいいすね」

今回のメンバーの中では一番若い犬飼さくらは、まだ二十二歳。トレーラーも運転できると聞いたら、原付免許しか持っていない無量は尊敬するしかない。

「船舶免許も持ってるらしいですよ」

理人が教えてくれた。無線免許も持っていて、ちょっとした免許マニアだ。

「あの子はどういうツテで参加を？」

「徳正寺さんの推薦です。山形にある発掘業者に所属してるそうなんですけど、試掘での当たり率が神がかり的だそうで、一度重機に乗りこんだら遺構や遺物を逃さないって」

ユンボの神、などとあだ名をつけられているという。

「すごいね……」

試掘はそこに遺物や遺構があるかどうかを判断するための、最初の発掘だ。重機を入れる場所が数センチずれただけで「遺構なし」になりかねない。その判断には職人技を求められる。無量もよく試掘を受け持つのだが、自ら重機は扱えないので、オペレーターに指示を出さねばならず、測量で位置を決めていても「そうじゃない」ということがたまに起こる。彼女は自らバケットを入れる位置や深さを微調整できる。手ガリや手スコといった道具の上に重機が加わるようなものだ。

「天才発掘少女、宝物発掘ガール……とかいう見出しで新聞に載ったこともあるそうです」

「まじかそれ」

元祖「宝物発掘師《トレジャー・ディガー》」としてはスルーできない。すると鳥海はニヤニヤと笑い、

「この現場には天才が三人もいるわけだな。俺含めて」

無量は聞こえなかったふりをした。

「それより理人。おまえ、三百万の話は聞いてる？」

説明を受けて理人は驚いた。

「僕は聞いてませんよ。どこからそんな大金！」

海運業でじゃんじゃん儲《もう》かっていた頃ならともかく、道楽めいた発掘調査に百万単位の褒賞金まで出す余裕はない。

「そこまでして鬼ヶ島の証拠を……。　執念感じる」

「まあ、本気で証拠になる遺物を見つけたいなら、トレンチなんてめんどいことしないで、あのへん一帯、ユンボでガーッと掘ればいいだけで——」

待てよ？　と無量は思った。

犬飼さくらは徳正寺の推薦と言った。彼女は名うての当たり屋だ。徳正寺が犬飼をわざわざ連れてきたのは、初めからその褒賞金が目当てだったのでは……。

「あれ？　あれれ」

理人の素《す》っ頓狂《とんきょう》な声で、無量は我に返った。

犬飼が操作しているパワーショベルが、するすると後退している。

「なにやってんだろ。あれじゃ、おっこっちゃうよ」

乗っている犬飼は何か必死な顔でレバーを操作している。

「止まらないのか？　……おい、ブレーキ！　ブレーキは！」

「と……止まらない！　レバーさ戻してるのに！」

犬飼が悲鳴のように叫んだ。このままバックし続けたら、掘ったばかりのトレンチに落ちてしまう。犬飼はパニックになっている。

無量は考えるよりも早く駆けだした。止まらないパワーショベルに横から飛び乗って、犬飼が握る二本のレバーを一緒になって「中立」に戻す。だがギアがスカスカで、入れても反応しない。パワーショベルにブレーキはない。キャタピラの前後進は全てレバーで操作するからだ。

見ていた鳥海たちも叫んだ。

「おい、落ちるぞ！」

「だめだ、エンジン切れ！」

スタータースイッチを切り、やっと停止した。が、キャタピラの後方がトレンチの上で浮いている。さほど深くはないが、あぶないところだった。

「大丈夫か」

「はい……」

いつもは無表情な犬飼も動揺している。

「どうしたの。故障？」

猿渡たちも駆け寄ってきた。仕業点検の時は問題なかったという。

「業者に連絡したほうがいいな。徳正寺さんを呼んで」

大事には至らなかったが、初っぱなからアクシデントに見舞われて雲行きが怪しい。

——桃太郎から宝を守って……！

まさか、これも昨日の「鬼」のしわざ……？

ふいに背中に視線を感じて、無量は振り返った。

誰もいない。

椚《くぬぎ》の木が立っているだけだ。

やはり昨日の鬼装束のやつか？　重機に小細工をしたとでも？

黙り込む無量の横で、犬飼が固まっている。レバーに置かれた手が小刻みに震えている。余程怖かったのだろう。無量は手を重ねた。

「もう大丈夫だから」

犬飼は驚いた。震えが、止まった。

＊

パワーショベルの業者を島外から呼びつけたが、その場では修理できず、代替機が来るまで人力で掘り進めることになった。粗掘りからの作業はなかなかの重労働だ。

だが、遺物の出土は早かった。

「須《す》恵《え》器《き》だな」

最初の出土は無量が設定した白の第一トレンチからだった。以前にもこの付近から見つかっていたので、予想はされていたが、思っていた以上に多い。もともと土が流れやすく、遺物や遺構が検出されやすい状態だったのだろう。

「花《か》崗岩《こうがん》の敷石……いや。礎石っすね」

建物を建てる時に柱を載せる石だ。寺社や官庁などの立派な建築物に多い。トレンチの中にしゃがみこんで、礎石周りの土の色を観察した。

「この礎石、ひとまわり大きく穴掘って埋めた形跡がある。やけに仕事が丁寧っすね。寺社か官舎か、倉庫的な何かか」

「あー、先越された！　出すの早すぎんだろ」

　近くのトレンチに潜っていた鳥海がヘルメットを押さえて、天を仰いだ。

「こっちゃ一メートルしか離れてないのに、なんも出ないぞ」

「運が悪かったんすよ」

「待てよ。そこが鬼ヶ島の宝物庫だとすると、まだまだ出てくる可能性は高いってことだよな。くそっ、絶対当てたる」

　鳥海はめげない。鼻息が荒い。無量は立ち上がって辺りを見回した。

「南側は地山がカットされてるから、建物の向きは多分、こうかな」

　と腕を広げてみせ、

「徳正寺さん、どうします？　トレンチ拡張すれば、桁行梁行《けたゆきはりゆき》（建物の縦横の幅）確定できますけど？」

　遺構が出たら、面積を確定するのがセオリーだ。

「礎石全部出しますか。なんならグリッドに切り替えて」

「西原さん、ルールは忘れたのですか」

　徳正寺が突き放すように言った。

「グリッド方式は禁止です。掘れるのはひとり三トレンチまで。拡張するなら第二トレンチを変更してください。遺構遺物ごとにポイントが設定されてますから、何をどう検出するかは、あなたの判断で」

「え？　これ遺構調査でしょ？　ひとり頭の掘る面積に制限つけんの、おかしくないすか？」

「ルールですから」

無量はまた、もやっとした。ポイント式だのチャレンジ制限だの、これは遺構を検出するための調査ではないのか。しかも何をどこまで検出するかは発掘者の裁量まかせだなんて、これではまるで徳正寺が調査員ではなく、審査員だ。発掘コンテストではないか。物申そうとして無量がジョレンを地面に突き立てた時だった。横から、

「ねー、それより三百万はぁ？」

間延びした声があがった。奥のトレンチにいる猿渡だ。

「なに出したら三百万もらえるのぉ？」

徳正寺は黙っている。

「……つか、昨日、戸川の旦那《だんな》と話してるとこ、そっちの男子が立ち聞きしちゃったみたいよん」

と猿渡が鳥海を指さした。鳥海は「すんません」と手を合わせた。

「で、なに出土させたら三百万もらえるの？　桃太郎の刀？　鬼の金銀財宝？」

その答えは無量も聞きたかった。四人の発掘屋たちが一斉に徳正寺に注目する。

長い髪を後ろでひとつ結びにした徳正寺は、涼しい目つきだ。

「それを言ってしまっては不正に繋《つな》がる可能性もあります。だから、言えません」

「不正って、捏造《ねつぞう》のこと？」

そうです、と徳正寺は言った。

「褒賞金の額は検討中です。この場所から歴史的発見があれば、その功労に報《むく》いる準備はある、と旦那様も仰《おっしゃ》ってます。ですので余計なことは考えず、ルールに従って発掘を進めてください」

言い残して去っていく。鳥海は唇を曲げた。

「……ふん。表向きはガクジュツ調査かよ。ただのお宝探しのくせに」

〝桃太郎《やつら》から守ってください〟

無量の脳裏には、鬼からの手紙の文面がある。

守るべき鬼の宝とやらは、まだ見当もつかないが――。

「出ました」

少し離れたところで掘っていた犬飼がコールした。

「墨書《ぼくしょ》（墨書きされた文字）付きの須恵器です」

無量たちが見にいくと、地表面から高坏《たかつき》らしきものが顔を覗《のぞ》かせている。墨書土器が専門の鳥海は、みなをかき分けて、首を突っ込んできた。

「なんて書いてある？」

土を落としてみると、奇妙な文字が記してある。

「……〝鬼〟……？」

一同は顔を見合わせてしまった。

「お……おいおい、マジか。鬼用の高坏とかいうなよ」

鳥海は大興奮だ。ますます怪しい展開になってきた。

「まさか、ここが鬼のいた、館《やかた》……？」

墨書付土器に記されているのは、その施設や職や人の名であることが多い。とすると「鬼」の一文字は何を意味するのか。

鬼という職名？　鬼という人名？　それとも鬼が運営する施設？

「鬼の役所じゃねえか！　はは、これぞ鬼ヶ島だ。鬼ノ国ってやつだ！」

鳥海の言葉に反応したように、無量の右手がいやな疼《うず》き方をしている。

山林の向こうにまた視線を感じた。昨日の「鬼」？　こちらを見ている？

鬼が監視している？

＊

結局その日は、無量十五ポイント、犬飼が十二ポイント、鳥海と猿渡はそれぞれ三ポイントという結果に終わった。元祖・宝物発掘師《トレジャー・ディガー》と宝物発掘ガールが頭ひとつ抜けている。異名つきは、だてではない。

夕食後は、初日とうってかわって、四人揃った討論会になった。

「俺は仏教寺院だと思うね。城郭の一部なんかじゃないよ」

そう持論を展開したのは、ビールを飲む鳥海だった。今日出土した礎石の話だ。

「祭祀《さいし》用の墨書土器だろ。則天《そくてん》文字に似てるし八世紀あたりかな。追儺《ついな》か、疫神封じに使ったんじゃないか」

「でも神籠《こうご》石《いし》っていう列石は出てるんでしょ？」

疑問を投げたのは、まぎれこんでいた理人だ。

「いーや。あんなんは神籠石じゃない。だいたい、こんな島に古代人が城造るかよ。城造るにはまず大量の石が必要なんだぞ。わざわざ船に載せてもってきたんなら、どんだけの労力だよ」

「石材ならあるっすよ」

無量が反論した。

「どこに」

「ここに。礎石も神籠石も、この島の花《か》崗岩《こうがん》でしょ」

花崗岩ンン？　と鳥海が不審そうに訊《き》き返す。理人が不思議そうに、

「なんでわかるんです？」

「あの山の地面、黄色くてザラザラしてる。あれ、花崗岩が風化してできる〝まさ

土《ど》〟ってやつ」

黄みがかった粗い砂粒状になっていて、滑りやすいのが特徴だ。

「そういえば昨日こけた時、一度ずるっと滑ったら止まんなくなって焦ったなあ。あれが〝まさ土〟なんですね」

「花崗岩《かこうがん》のある証拠。あれがあるところは崖《がけ》崩れしやすくて、風化する前のコアストーンが必ずある。この島、でかい石とか岩とか、結構あるでしょ」

「鬼《おに》ノ腰掛岩《こしかけいわ》！」

「そう。あれもコアストーン」

「塩飽《しわく》の島には『残念石《ざんねんいし》』が多いものね」

ハイボール派の猿渡が同意した。ほろ酔いのためか、目がとろんとして、普段にも増して色気がすごい。

「なんなんですか。残念石って」

「徳川幕府が大坂城の再築で使うはずだったんだけど、持ってけなかった石のこと。ここ石切場も多いでしょ」

「そういえば、島の裏っかわの屋釜《やがま》の近くにも小倉《こくら》藩が石を切りだした跡が。お隣の広《ひろ》島《しま》は青木《あおき》石《いし》で有名だし、本島の年寄の墓にはオベリスクみたいなどでかい墓碑が建ってますよ」

「石材はゴロゴロあるから別によそから調達しなくても間に合ったわけ」

論破された鳥海は悔しそうだ。

「じゃ、なんのために建てたんだよ。ほんとに鬼が造ったとでも？」

「鬼は実は、海賊だったとか？」

理人がユニークな説を唱えた。

「宝の山があったっていうし、塩《し》飽《わく》水軍の先祖だったりして」

「つまり、桃太郎は海賊退治をしにきたってこと？　なかなか面白いわね」

「女《め》木《ぎ》島《じま》にもあるんすよ。似たような言い伝えが。でもただの海賊が造ったにしちゃ本格的すぎなくないすか。神籠《こうご》石《いし》に版築土《はんちくど》塁《るい》。朝鮮様式の城だとしたら、渡来人の技術者も絡んでる」

ちなみに、と猿渡が補足して、

「古代山城が各地にできたのは天智《てんじ》天皇の頃。百済《くだら》を援《たす》けるため朝鮮半島に出兵して、白村江《はくすきのえ》の戦で負けて、百済が滅亡したその後のこと。百済の人たちが日本に逃げこんできて、城の技術も持ってきたって言われてる」

「えっ。じゃあ、海賊は百済の人……？」

話はどんどん広がっていく。海賊の城かはわからないけど、と猿渡が言い、

「古代山城なら、この近辺にはみっつもあるわね。四国には屋《や》嶋《しま》城と城《き》山《やま》城。岡山には鬼《き》ノ城《じょう》があるけど」

「きのじょう？　鬼の城って書くあれですか」

無量は以前、師匠の鍛冶《かじ》大作《だいさく》と訪れたことがある。古代の山城を知るのに最適な教材だと言って、泊まり込んで、見てまわった。

「そっか。あれも岡山か……」

「鬼が造ったの？」

それまで黙って聞いていた犬飼さくらが、興味津々、話に加わった。

「そう呼ばれてるだけで鬼とは関係なさげだけど、今、まさに桃太郎伝説の本命みたいに言われて盛り上がってんのよ。悪さを働いたウラって鬼がいて――」

ほろ酔いのせいか、猿渡はえらく饒舌《じょうぜつ》だ。

「桃太郎的な人物に退治されたって伝説があるの。桃太郎の元ネタじゃないかって」

「へー。そっちの桃太郎のモデルは誰なんすか？」

桃太郎はねえ、と猿渡は唇を無量の耳元に寄せて、囁《ささや》いた。

「イサセリヒコノミコト」

「イサ……セ……？」

「話すのめんどいから、あとはネットで検索して」

猿渡は豪快にハイボールを飲み干した。

「鬼ノ城からも礎石建物は出てるし、他にも共通点があるかもね。案外同じひとたちが造ってたりして」

「ひとじゃなくて鬼だろ。ぎゃはは！」

酔いが回った鳥海はますます声がでかくなる。そこから先は三百万の褒賞金話から理人いじりが始まって、まともな議論にはならなくなった。

いわば、四人は発掘ゲームの参加者で、ライバルだ。

無量は変な気分だ。萌絵《もえ》には愚痴ったが、自分の裁量だけで好きに掘れる現場なんて滅多にないから、正直、モチベーションは高い。半面、競争すべきではないもので競争している後ろめたさがある。頭の後ろから「発掘は競争にすべきじゃない」と訴える自分がいるが、一方で自由に掘れるのが楽しくて仕方がない。うさんくささに警戒する一方で、当ててやろう、とも思う。誰にも先を越されたくない。自分が一番だと証明したくなる。

本当は、ずっとこんな現場を求めていたんじゃないのか？

ブレーキなど手放して、自由に掘りたかったんじゃないのか。

無量は右手を見つめている。そんな中、また事件は起きた。

*

部屋に帰ってきた無量は、またしても手紙を発見してしまった。

洗面台の横だ。さっき使った時はこんなものはなかった。あたりを見回したが、人が入った痕跡《こんせき》は何も無い。

理人にも訊《たず》ねてみたが、この家に出入りできるのは、家族の他は秘書の徳正寺、執事の菊間《きくま》、家政婦がふたり。あとは庭師と食材の配達係くらいだという。客間の鍵《かぎ》はスペアがあるが、頼まれなければ清掃には入らない。

書式は、昨日の手紙と同じだ。

〝桃太郎は鬼ノ宝を盗み出そうとしている。
やつらが掘り当てそうになったら、隠してくれ。
鬼ヶ島の鬼より〟

「なんなんだよ、これ……」

無量は便箋《びんせん》を握りしめた。

「意味わかんねー……」

その時だ。どこかでガラスが派手に割れる音が聞こえた。と同時に女の悲鳴が聞こえた。

無量は驚いて我に返った。隣の部屋だ。廊下に出ると、向かいの部屋から鳥海も何事かと飛び出してきたところだった。

「なんすか今の声」

「猿渡の部屋か！」

ドアをノックするが応答がない。ノブを握ると鍵はかかっていない。二人揃って飛び込んだ。

「何があった、猿渡！」

部屋の真ん中で、バスローブ姿の猿渡がへたりこんでいる。カーテンが風に揺れている。窓ガラスが割れていて、床にガラス片がちらばっていた。

「い……いきなり外から……誰なのよ！　一体なんなのよう」

見れば、部屋の真ん中に大きな石がある。これが投げ込まれたようだ。

無量が近づいていって石を検分した。

「……観音山《かんのんやま》の、花崗岩？」

脅し文めいたものは、ない。

騒ぎに気づいて、犬飼も駆けつけた。

「庭を走ってくひとを見た」

渡り廊下から目撃したという。人影は若い男のように見えた、と。

「嫌がらせかよ……。なんでこんなこと」

幸い猿渡に怪我はない。また何かあってはいけないので、二階の部屋へと移動した。

今のも昨日の鬼のしわざ？　嫌がらせ？　発掘妨害？　なんのために。

「昼間のユンボの故障も、あいつのしわざ？」

無量たちは顔を見合わせて、沈黙してしまう。

――桃太郎を退治して、鬼ノ宝を……。

割れた窓から冷たい真冬の風が吹き込む。

闇の向こうから鬼が見つめている気配がする。まだまだこれだけでは終わらない。そんな予感がしていた。

＊

理人を突き飛ばした「鬼」、犬飼が乗るユンボの暴走、猿渡の部屋に投げ込まれた石……。そして「鬼からの手紙」。

発掘が始まってまだ二日でこれだけ不穏な出来事が起きては、さすがの無量も黙ってみているわけにはいかなくなった。これ以上エスカレートして怪我人でも出たら大事《おおごと》だ。

こんな時、頼りになるのは忍《しのぶ》だ。布団に寝っ転がりながら、スマホを持ち、忍に相談しようとメッセージを打ち始めたが、途中で手が止まった。

確かに忍からは「何かあったらすぐ相談してくれ」とは言われているが、なんでもかんでも頼りっぱなしで、トラブルのたびに泣きつくのは、ひとりの男としてどうなんだ。

忍だってコーディネーターとして大きい仕事に挑戦してみたいだろうし、いちいち気を煩わせては足を引っ張りかねない。

知恵を借りたいのはやまやまだが、ぐっとこらえた。

時にはひとりで――自力で向き合ってみるべきじゃないのか。

打っていた文章を、さくっと消した。

萌絵の顔も浮かんだが、そちらに頼るのも気が引ける。出張続きな上に、忍の分も処理しなければならない案件が山積みなのだ。

萌絵への報告メールも簡単に済ませて、スマホを置いた。

無量への手紙。犬飼のユンボ故障、猿渡への投石。

それら全て、理人を襲った〈鬼〉のしわざなのだとしたら、

「そいつを捜さないと」

だが、どうやって。

*

派遣先に来てからも、無量の起床時間は変わらない。

朝六時に起きて牛乳を飲み、日課のジョギング。朝食はその後だ。

ウェアを着込んで玄関を出ようとしたら、先客の人影があった。

犬飼さくらだ。

彼女もスポーツウェアを着ており、準備体操をしているところだった。

「君も走ってんの？」

声をかけると、犬飼は驚いて、こくりとうなずいた。宝物発掘の異名持ちは習慣まで似るのだろうか。いつもならそのまま素っ気なく別行動をとる無量だったが、昨日のことが頭にあった。

「いっしょに走ってみる？」

ふたりは連れだって走り出した。坂をくだって海沿いを目指す。曇り気味だが、そのおかげで冷え込みもいくらか和らいでいる。車の通りもほとんどなく走りやすい。枯れ草の生えた空き地の向こうに防波堤があって、瀬《せ》戸《と》内海《ないかい》は見えないが、フェリーの汽笛が聞こえた。

「あの、昨日はありがとう……」

走りながら、犬飼が自分から口を開いた。

「昨日……？　ああ、ユンボのこと？」

「ちゃんと点検したつもりだったんだども……。ごめんなさい」

うっすらと東北なまりがある。大勢で喋《しゃべ》っている時は、自分から話に入っていくことはなく聞いているばかりの犬飼だが、一対一になればちゃんと話せるようだ。口下手で大勢での会話のテンポに加わるのが苦手なのだろう。無量にも身に覚えがある。

「気にすんな。その年でユンボの免許もってんの、すごいね」

「うち、家が発掘業者だから……」

ジョギングのスピードは緩めず、犬飼は答えた。

「お父さんが、運転免許とったらすぐにそっちもとれって」

親が発掘専門業者で家業でもある。両親も兄も姉夫婦も同じ会社で働いていて、家族ぐるみで発掘調査をやっており、さくら自身も小さい頃から「家業の手伝い」という名目で発掘作業に参加していた。

「生まれながらのってやつか。俺よりすごいな……」

無量も幼少から化石発掘はしていたが、物心ついた時から遺跡発掘の現場を知るさくらには及ばない。

「私、中学で不登校さなっちゃって……。卒業した後すぐ家の手伝い始めたから」

全日制は受験していない。働きながら通信教育で高校を卒業した。

「俺と同じだ。俺も通信制だった」

「ほんと？」

「俺もちょっと色々あって……。十五の頃から発掘やってた」

無量の場合は、祖父に右手を焼かれた後、精神的に不安定になってしまい、祖父から避難するように、一時期、母とアパート暮らしをしたこともある。その頃には両親は離婚。中学も不登校を繰り返し、卒業後は親元を離れ、鍛冶のもとに預けられた。

犬飼家の話を聞くと、まるで農家の大家族だ。

一家でわいわい発掘調査をする光景が目に浮かび、少しうらやましく思った。

「地元の発掘はしないでいいの？」

「うちのほう、冬になると現場がなぐなっから、よそに出張さ行ぐの」

山形県にある高畠町《たかはたまち》の出身だと聞いた。縄文遺跡が多い。寒い地方は冬期の発掘調査は行われない。それで、さくらも地元を離れて今回の調査にやってきたのだろう。

「試掘ですごい当てるって聞いたけど、それも子供の頃から？」

こくり、とうなずく。

「なんか埋まってるって、わかんの？」

「呼んでっから」

「なにが？」

「遺物が」

どきり、とした。驚く無量には気づかず、さくらはテンポ良く白い息を吐きながら、

「ここさいるよ、いるよーって呼んでるの。発掘はかくれんぼだんべって思ってだったけんど、誰もわかってくんなぐて」

「……。そう、なんだ」

考え方も自分の幼少期とそっくりだ。元々は「そういう感覚」だった。土に隠れているものを、かくれんぼの鬼になって見つけだす。ただそれだけの快感、遊びのような感覚だった。自分以外にも「遺物のかくれんぼ」がわかる者がいるとは。

いや、これでふたりめか……？

無量の頭に浮かんだのは、高知で出会った宮内庁の男だった。

——私のこの手も、不可思議な感覚を持つようになってね……。

そもそも発掘勘というやつは別に特殊なものではなく、経験で磨かれるというし、自分の右手の感覚も、理屈を言語化できないというだけで、本当はたまにある直感の類《たぐい》に過ぎないのかもしれない。脳の興奮が古傷に伝わって騒いでいるように感じるだけで、特段異常でもない。気味の悪いものでもない。

そう言われたようで、足取りが自然と軽くなった。

防波堤の向こうからさざ波の音が聞こえる。道に松ぼっくりが落ちている。乾燥した枯葉の匂いがする。瀬戸大橋が見えてきた。

「ここに呼ばれたのは徳正寺さんの推薦って聞いたけど、前から知り合いだった？」

さくらは首を横に振った。

「私は知らないけんど、お姉ちゃんとは前、現場がいっしょだったみだい」

「へえ。そうなんだ」

「マヤ遺跡掘ってだったんど。すごいひとみだい」

それは初耳だ。海外遺跡の研究者だったのか。日本には海外の遺跡を扱う研究機関も多いから珍しくはないが、なぜこんなところで一老人の秘書をしているのだろう？

「……あのう。西原さん。ちょっと訊いてもいいですか」

「え？　なに？」

「その手、どうしたんだべ？」

さくらの目線が、革手袋をはめた右手に注がれている。部屋の中でも外さない、片方だけの革手袋が、ずっと気になっていたようだ。

「ああ、これ？ ちょっと見てくれの悪い古傷があって」

「鬼の手がどうとかって、徳正寺さんが言ってだったんだども……」

しげしげと見つめている。本当に鬼の手なのではないか、と疑っている。

「はは。そうじゃないから。ヤケドの痕が鬼の顔みたいに見えるだけだから」

子供の頃、捏造事件を起こした祖父から化石発掘を咎められて、焼かれた……とまでは口にしなかった。それよりも徳正寺が〈鬼の手《オーガ・ハンド》〉の噂も知っていたことが気になる。

「西原さんは、宝物発掘師《トレジャー・ディガー》って呼ばれてるんだべ？」

さくらは興味津々、大きな丸い目で覗き込んでくる。

「あの現場さ見で、どこが一番、珍しい宝物が出っと思ってでた？」

無量は、そうだな、と現場を初めて見た時の印象を思い出した。

「出るとしたら、鬼ノ腰掛岩と……ふたこぶの緩い傾斜のとこ？」

「私といっしょだ。なんで先に掘らねんや？」

「なんでって……遺物の珍しさより、礎石建物のほうが重要でしょ。山城の解明につながるかもしれないし」

さくらは、同意しかねるようだ。

「宝物のほうが大事だべ？」

「遺物って意味？　それを言ったら遺構も宝物だけど？」

「呼んでるんだべ？　土の中がら呼ばれてんだべ？」

やたら核心を突いてくる。無量は少し黙り、

「……。けどそれやっちゃったら、ほんとの鬼になっちゃうから」

さくらには「遺物の呼ぶ声においそれとは応《こた》えられない」という無量の複雑な胸中は、理解できない。

防波堤の三叉路《さんさろ》にさしかかった時だった。空き地の奥に本瓦葺《ほんがわらぶ》きの小さな建物を見つけた。鳥居があり、石柱には「徳玉《とくたま》神社」とある。寺か城郭の一部を思わせる、神社らしからぬ建て構えだと思ったが、朝からお詣《まい》りしている人がいる。

地元のひとかと思ったが、どこかで見た覚えがある。

背が高く、髪の長い細身の女だ。三十代くらいの。

「あれ……猿渡さん？」

ロングのチェスターコートを羽織った女は、姿勢正しくお詣りを済ませると、あたりを見回した。無量はさくらの腕をひき、ブロック塀の陰に隠れた。

猿渡はポケットから何か取りだすと、社殿の格子の隙間にそれを押し込んだ。再びあたりを見回して、振り返らずに歩き出した。後ろ姿が見えなくなるのを見計らって、無量は社殿に近づき、格子を覗《のぞ》き込んだ。

社殿の床には、猿渡が投げたと思われる筒状の紙が転がっている。

どうにか中身を見たいと思ったが、手が届くところにはないし、扉には鍵《かぎ》がかかっている。

こじ開ける勇気はなかったので、諦《あきら》めたが、あれはなんだ？　誰かへの伝言？

「どうしたの？」

さくらが顔を覗き込んできたので「なんでもない」と答えて、神社を後にした。

だが気になる。

集落の中にある小さな神社だ。地元民でなければ立ち寄りそうもない。

ゆうべ、何者かに石を投げ込まれたのは、猿渡だ。

ここに来たのは、昨日投石されたせい？　誰かと連絡をとった？

その相手が「桃太郎」？　彼女が「桃太郎の仲間」なのか？

＊

さくらと共に戸川家に戻ってきた無量は、玄関先で車を磨いている菊間執事を見つけた。

「おはようございます。西原様。犬飼様」

ボンネットを拭《ふ》く手を休めて、菊間は深々とお辞儀した。無量はさくらを先に行かせた。

「朝から車の手入れですか。寒いのに大変っすね」

「本日は会長を港までお送りしなければならないので」

「戸川氏、どっかお出かけっすか」

　はい、と菊間は品のいい微笑みを浮かべた。

「岡山で古美術商の方と会うお約束を」

「古美術商？　骨董《こっとう》ですか」

「はい。骨董の買付を」

　菊間は上品な物腰で洗車を終えた。

「そういえば、あちこちに焼物とか掛け軸とか飾ってありますね。全部会長が？」

「はい。目利きでいらして、将来は本島に美術館を作ろうという話も」

「戸川コレクションすか。さすがっすね」

「塩飽《しわく》は風光明媚《めいび》なところなのですが、目玉になる観光資源が乏しく。直島《なおしま》などアートで注目されている島もありますが、なかなか、しまなみ海道のようには」

「村上《むらかみ》水軍がいたとこっすね。理人もライバル視してたっけ」

「昔は塩飽廻船《しわくかいせん》で大変栄えた島なのですが……。瀬戸大橋のルートから外れた島には、なかなか観光客が訪れるきっかけもなく」

　瀬戸大橋ができてからは船の便も減るばかりで島観光に結びつかないのだ。

「何か地域ならではの、特色のあるテーマがあるといいのですが」

無量はぴんときた。

「まさか……この島に、鬼ヶ島ランド的な、レジャー施設作ろうなんて話あったりしないですよね？」

「は？　鬼ヶ島ランド？」

「桃太郎シーでもいいすけど」

はて、という顔を、菊間はした。

「そういう話は特に」

「はは。ならよかった」

「バブルの頃にはリゾート化計画もあったんですよ。見事に頓挫《とんざ》しましたが」

理人も言っていた。戸川も高級旅館を経営していた、と。

菊間は朝日に照らされる瀬戸大橋を遠くに眺めて、しみじみと言った。

「でも私は橋ができて良かったと思っています。本州と四国の往き来が便利になりましたし、誰もが安心して渡れる海になったのはありがたい。昔は船の事故も多かったので」

海は穏やかに見えるので、意外だった。

「それだけ船が多かったってことですか」

「はい。備讃《びさん》瀬戸は島が多く、東西だけでなく南北の往き来も多かったので、衝突事故が絶えませんでした。刺し網などの漁場でもあり、水島《みずしま》コンビナートの貨物船やタンカーも多くて、今でも日本一危険な海域と呼ばれているほどですから」

「そうなんですね……」

「場所によっては潮の流れが複雑ですし。今は四国から本州へ、車や電車で安心して渡れるのですから、夢のようです」

　菊間は感慨深げに瀬戸大橋を見つめている。豊かな漁場でもあり、道でもある海だ。安全を手に入れるかわりに失うものもある。そのあたりは地元のひとにしかわからない願いや苦労があるのだろう。

「……そういえば、その後、発掘の成果はございましたでしょうか？」

　無量は我に返った。

「あ……ええ。建物の礎石が出ました。でも本当は神籠《こうご》石《いし》のほうを調査したいんすけどね」

「神籠石とは？」

「古代の山城にあった列石です。この山にもそれらしきものが。本腰入れて調べれば、城門や水門なんかも出てくるはずなんすけど」

　調査させてもらえない不満が、つい語尾に滲《にじ》んでしまう。

「あとは墨書土器がいくつか」

「ぼくしょ……どき？」

「文字が墨書きされた素焼きの土器のことです。鬼って書いてあったんすけど」

「ほほう。興味深いですね」

菊間は顔をほころばせた。

「鬼とは、巨人やマレビトを指すこともあるし、祖霊や死者の魂の意味もある。まじないの意味で使う時もありますね。どれなのでしょう」

「……。鬼ヶ島の鬼、かも」

反応を窺《うかが》うつもりで言ってみたのだが、菊間は朗らかに笑っただけだった。

「鬼用ですか。なら人用もあったかもしれませんね」

「人用？」

「たとえば……そう。桃太郎をもてなした、とか」

意表をつく発想だ。菊間は想像力豊かな男のようで、

「ほら。よくある賄賂《わいろ》ですよ。鬼は本当は退治されなくて、桃太郎たちをもてなして、お宝を持たせて帰らせたのかも知れません。その土器はおみやげだったのでは？」

「そんな平和な話……。あ、でも鬼からしたら、めでたしめでたしか」

「私が鬼なら、そうしますね。戦争はいやですから」

菊間の柔らかい語調で言われると、毒気が抜けてしまう。確かに菊間なら、血気盛んに攻め込んできた桃太郎も、おもてなしで丸め込んでしまいそうだ。

「そういう平和な遺物だったらいいですねえ。応援しています」

「ありがとうございます」

和やかに去りかけて、無量は我に返った。

「あの。昨夜、猿渡さんの部屋に投石があったことは聞きました？」

「はい。すぐに警察を呼ぼうとしたのですが、徳正寺に止められてしまい」

「止められた？　徳正寺さんに？」

「会長のご指示だとかで。警察など家にいれるなと」

「……。今までにもこんなことってありました？」

「いえ。一度も」

「犯人に心当たりは」

菊間は首を横に振る。

「島の者でしょうか……。なんでこんなことをされるのか、理由がわかりません」

「この発掘のことは、島のひとも知ってるんでしょうか」

「さあ。当家の敷地内の調査なので、特に改まってご近所には伝えてませんし」

「誰かが聞きつけて嫌がらせに来た、という可能性は？」

菊間は首を傾げるばかりだ。

そこに戸川孝之助が現れた。秘書の徳正寺を従えて杖《つえ》をつきながら玄関から出てくる。

相変わらず威厳がすごい。

「おはようございます。会長」

すぐに菊間が後部座席のドアを開けた。無量も挨拶《あいさつ》をした。

すると、今まで一度もまともに言葉をかわしたことのない無量の前で、ふいに戸川が立ち止まった。そして小声で、

「……。鬼ノ宝は見つかったのか？」

「え」

思わず振り返った。訊《き》き返そうとしたが、戸川は車に乗り込んでしまう。

「あの！」

呼びかけても戸川はもう無量を見なかった。車は滑るように門を出ていき、坂を下っていってしまう。

無量は見送りながら立ち尽くした。

＊

「おっはようございます。無量さん。頼まれてたこれ、用意できましたよ」

部屋で着替え中だった無量のもとに、理人が持ってきたのは、三人の発掘屋の資料だった。

経歴が詳しく載っている。

犬飼と鳥海はおおむね聞いた通りだったが、ひとりだけ意外な経歴を持っていた。

猿渡早《さ》苗《なえ》だ。

「……韓国の大学にいた？」

留学したソウルの大学で考古学を専攻し、三国時代の山城や古墳調査をしていたという。

三国といえば、新羅《しらぎ》・百済・高句麗《こうくり》の時代だ。日本でいうところの飛鳥《あすか》時代。日本で朝鮮式山城ができたのは、ちょうどこのあたりの時代だ。

「鬼ノ城なんて専門のど真ん中じゃないか。じゃあ、やっぱりここに呼ばれたのは」

戸川家の山が、古代山城である前提だったのか？

「猿渡さんは誰の推薦？」

「徳正寺です」

秘書の徳正寺あやめ。かつてマヤ遺跡の発掘に携わっていたこともあると犬飼さくらは言っていた。マヤといえば石造建築だ。石材に詳しい徳正寺なら神籠石にも気づいていたかもしれない。古代山城の可能性があったから猿渡を誘ったのか？

先程、徳玉神社で見た猿渡の怪しい行動が脳裏をかすめた。

「なら、鳥海氏は？」

三人とも徳正寺が声をかけたメンバーだった。無量だけが別というわけか。どういうことだ。「鬼ヶ島の鬼」から「桃太郎退治」を頼まれたのは、徳正寺の推薦者が信用できない、という意味なのか？

――鬼ノ宝は見つかったのか？

無量に置き手紙をしたのは、戸川孝之助本人なのだろうか。確かに「塩飽《しわく》の鬼」などと恐れられた男だ。鬼を名乗っても不自然ではない。

では昨日の投石事件も戸川の指示か？　だったら警察に通報しないのも説明できる。あれは無量以外の三人への警告なのだとしたら。

だとしても、やり方がよくない。一歩間違えば怪我人が出た。

「どうしました？」

理人も片棒を担いでいるのでは、と一瞬疑ったが、そうなら、戸川は理人を通じて無量に頼めばいいだけの話だ。

真相はますます藪《やぶ》の中だ。

三日目の発掘調査が始まった。

パワーショベルの代替機は昼の船で到着することになっている。それまでは手作業だ。

今度は無量のトレンチからも墨書土器が出始めた。次から次へと面白いように出てくる。

「人面墨書っすね」

無量が見つけた土師器《はじき》の底には、人の顔と文字が書かれている。

笹の葉のような半眼、三日月眉《まゆ》からつながった鼻、つりあがった薄い唇。みんな同じ顔、同じ描き方をしている。

「なんだろ。おんなじ顔の墨書きがやけに出てくる。それにこの〝風〟の字の、中身とったみたいなの、なんですかね」

一緒に覗《のぞ》き込んでいた鳥海が答えた。

「〈かぜかんむり〉みたいなやつだろ。文字の上から、こたつ布団かけたみたいな。それが、則天《そくてん》文字だ」

「そくてんもじ……」

「唐《とう》の則天武《ぶ》后《こう》が作らせた特殊文字。全国で使用を命じたが、その死とともに使用禁止になった。が、日本に伝わって生き残り、呪術《じゅじゅつ》的な意味合いで使われるようになった」

則天武后は唐の皇帝・高宗《こうそう》の后だ。女帝として君臨したとも言われている。元々は篆《てん》書《しょ》体から来ているという。

「そういえば、呪符によくある変な字に似てる」

「道教の呪符の影響もある。日本では、このこたつ布団みたいなやつの中に漢字を入れて、まじない的な意味にしたようだ。やっぱり祭祀《さいし》に使われたんだろうな。時代的には、八世紀前半……か」

古代山城が建てられた時期とも一致する。

「まだお寺説通します？」

「ああ、くそっ。俺は墨書は専門だが、城はわからん」

パワーショベルの代替機が到着して、犬飼がさっそく掘削を始めた。あれ？　と鳥海が奇妙な顔をした。

「赤の第三トレンチ掘りだしたぞ。あそこは最後じゃないのか」

犬飼がバケットをあてているのは「鬼ノ腰掛岩」のあたりだ。犬飼の三つ目のトレンチがある。順番でいえば最後に掘るはずだったところだ。無量もほぼ同じ場所に二番目のトレンチを設定していて、犬飼とバッティングしていた。

――西原さんは、どこが一番珍しい宝物が出っと思ってた？

駆け引きというやつか。

無量から「遺物検出の可能性が高い場所」を聞き出したかったのだろう。あどけない顔をして意外に抜け目ない。

「まあ、いいけど……」

無量は礎石を掘る作業に集中した。トレンチの底を削るように道具を動かしていると、水が沁《し》み出てきた。地下水を含んでいる。厄介だなと思いながら作業を続けていると、手ガリの先端がなにかとぶつかった。土器片ではない。感触が柔らかかった。

「木……？」

少し丁寧に土を削る。無量は目を瞠《みは》った。

「……木簡《もっかん》……？」

短冊状の細長い木の板だ。墨で文字が書かれている。

無量は軽く興奮した。木簡は出土する文字資料の筆頭格だ。木片に書かれた文字には古代の情報が詰まっている。この場所の正体がわかるかもしれない。

さらに掘り広げようと、手を動かし始めた時だった。誰かが叫んだのは。

「ユンボ止めて！　何か出たわ！」

無量たちは一斉に声がしたほうを振り返った。

犬飼の操作するパワーショベルが掘っていたあたりだ。すでにアームを折り畳んでおり、掘り下げられたところには、徳正寺がいる。

「なんなの……これ……」

遺物が出たらしい。

他の者たちがわらわらと集まっていく。パワーショベルが掘り当てた出土物を見て、口々に何かわめいている。

「なんだこれ」

土の中からは、黒光りする球面が顔を覗かせている。

「黒い、水晶玉……？」

第三章　温羅《うら》と吉備津彦

「見えてきた……あれか。鬼《き》ノ城《じょう》」

相良忍《さがらしのぶ》は冬の陽差しに手をかざした。

よく整備された坂道をあがっていくと、砦《とりで》のような木造建物が見えてきた。

実は砦ではなく城門だ。

アカマツ林の中に一際目立つ城門と、その両側には巨大なベージュ色の土壁がそそり立つ。ほぼ垂直な土壁は陽の光を受け、黄金《こがね》色に見えた。

戦国時代や江戸《えど》時代の城とは、まったく異質だ。

「あれが古代山城……」

忍は興奮しながら、スマホのカメラを起動した。

「すごいな。僕たちが知っている城と、全然、ちがう」

「あの西門は予想復元図をもとに建てたものですけどね」

隣で笑っているのは、三十代くらいの小柄な女性だ。作業服の胸には「岡山県立古代吉備《きび》埋蔵文化財センター」「松本《まつもと》」の刺繍《ししゅう》がある。

「西門の遺構は非常によく残っていて、十八本の角柱と中央の敷石、目隠し塀などがあったことがわかります。それをもとに復元した建物ですが、上部はさすがに構造がわからないので『こんな感じかな』くらいで」

「じゃあ、あの絵付きの楯《たて》も？」

城門の上部は、屋根付きの見張り台になっており、赤い絵付きの木製楯がぐるりと四方を取り囲んでいる。

やや土俗的なデザインで、明らかに戦国っぽくはない。

「あの図案は、岡山の古墳から出た埴輪《はにわ》に描かれた絵をモチーフにしています。綾杉文《あやすぎもん》や鋸歯《きょし》文も、吉備の盾形埴輪に描かれていたもの。鬼の絵の図案だけは、奈良の藤《ふじ》ノ木《き》古墳から出た鞍《くら》金具の鬼面が元ネタですけどね」

「そうか。吉備は古墳も多いですしね。前方後円墳の大元になった、という説があるのは、ええと」

「楯築墳丘墓《たてつきふんきゅうぼ》。あれは弥生《やよい》時代後期のものです」

古墳時代より前の〝古墳〟は「墳丘墓」と呼ぶ。忍が思い出したのは、出雲《いずも》の四隅《よすみ》突出型墳丘墓だ。

「懐かしいな。うちのエース発掘員《ディガー》が掘ったところです」

「西谷《にしだに》の四隅突出型墳丘墓ですね。あそこからは吉備の特殊器台が出てますよね。地理的にも、出雲と吉備は交流が深かったんだと思います」

古代吉備埋蔵文化財センターの松本文香《ふみか》は、ふっくらした顔をほころばせた。

「楯築の墳丘墓は、同時代の墳丘墓の中でも最大級なんですよ」

「すごいなあ。吉備の歴史は深いですね」

「尤《もっと》も、この鬼《き》ノ城《じょう》ができたのはおそらく、七世紀後半頃。つまり飛鳥《あすか》時代なので、古墳の時代よりはだいぶ後になりますが」

相良忍は岡山県総社《そうじゃ》市にある鬼城山《きのじょうざん》を訪れている。

鬼ノ城という古い山城《さんじょう》がある。

発掘調査だけでなく復元も進んだ、日本を代表する古代山城だ。

「やはり戦国時代の山城《やまじろ》とは全く雰囲気が違いますね。そうか……。曲輪《くるわ》がないんだ」

「そうなんです。戦国の山城は、尾根を削っていくつも曲輪を築いて、それを繋《つな》げてるんですけど、古代の山城は山全体を土塁で鉢巻状に囲みこんでます。四方に城門を築いて、出入口としてるんです」

朝鮮式と言われるだけあって、異国の香りがする。

こういうタイプの城は、忍も初めて見た。

そそり立つ巨大な土壁は、版築土塁と呼ばれるもので、これもまた古代山城にしか見られない。

足元には敷石がびっしりと復元されている。城門も土壁も敷石も明るい黄土色なので、遠くからでも目立つ。冬枯れの山林に、ひときわ明るい黄土色の一角が現れるので、太陽光の下では、なおさら金色に輝いているようにみえる。

「いい眺めだなあ……」

城門から見下ろせるのは、総社平野ののどかな眺めだ。

遠くには瀬戸《せと》内海《ないかい》が見渡せて、水島《みずしま》コンビナートの工場群もうっすらと望めた。目をこらせば、対岸の讃岐《さぬき》富士も蜃気《しんき》楼《ろう》のようにかすんで見えた。

「今は海がだいぶ遠いんですが、昔は、吉備穴海《あなうみ》というのが手前に横たわっていました。総社平野が吉備津《きびつ》と呼ばれているのは、すぐそこに吉備の湊《みなと》があったからなんです」

吉備国の中心。国府もそこにあった。

「ここは、海に備えた城だったんですね」

「はい。朝鮮様式なのは、百済《くだら》からの渡来人が築城に関わっていたためと言われてます」

　百済の滅亡とともに日本に逃れてきた人々だ。

　この城が建てられたとみられる七世紀後半――。朝鮮半島は、百済と新羅《しらぎ》と高句麗《こうくり》が激しく争っていた。日本はそれらの国々とも緊密にやりとりをしていて、特に百済と親交が深かった。唐《とう》と組んだ新羅が、百済に攻め込んだ時は、朝鮮半島まで援軍を送っている。

「白村江《はくすきのえ》の戦いですね」

「はい。倭《わ》（日本）軍はボロ負けしてしまい、百済も滅ぼされてしまいます。その百済から日本に逃げてきた亡命貴族たちが、築城に関わったと」

白村江の戦いが六六三年。

そして、その数年後に六つの城が造られた。長門城《ながとのき》、大野《おおの》城、基肄《きい》城、高安《たかやす》城、屋嶋《やしま》城、金田《かなた》城。これらは記録に残っている。新羅や唐からの報復、または侵攻に備えるため、築城したとも言われている。

鬼ノ城は、記録にない。

これらの城より先なのか、後なのかも不明だ。

「でも、これだけの規模ですから、時期的には同じだと思うんです。晴れている日にはここから瀬戸内海の向こうに屋嶋城と城山《きやま》城も望めます。城山城も公式の記録にない古代山城で、鬼ノ城と同じ神籠石《こうごいし》系です。いま瀬戸大橋がかかっている備讃《びさん》瀬戸は狭いので、万一、新羅や唐の軍船《いくさぶね》が攻め込んできた時には、重要な防衛ラインになったはずです」

「そうか。畿内《きない》を守るための防衛ライン。それだけ危機感を覚える状況だったんでしょうね。海外に兵を出すのは、自分たちの国も戦争に巻き込まれるリスクを背負うってことですから」

「はい。備讃瀬戸は塩飽《しわく》の島々が点在していて潮の流れも複雑です。昔から難所で知られていて、これをうまく利用できれば、またとない海の砦になったと思います」

「鬼ノ城はその拠点のひとつというわけか」

「ここからは吉備穴海と山陽道《さんようどう》が一望できます。海外への備えだけじゃなく、国内で、もし西から反乱軍が攻めてきた時も、ここで食い止められます」

「なるほど。吉備が重要だったのは、軍略上の要地でもあったためか」

はい、と松本は嬉《うれ》しそうに語る。打てば響くような忍の受け答えに喜んでいる。小柄でほっこりした容姿とは裏腹に、軍事的な話が得意なのだ。

「百済の亡命貴族か……。百済王《くだらのこにきし》氏を思い出すな」

無量《むりょう》が岩手の派遣先で巻き込まれた悪路王《あくろおう》事件は記憶に新しい。百済王の血筋だという韓国の研究者ペク・ユジンは、その後も、萌絵《もえ》との交流が続いている。日本の風習に時期を合わせて、年末には律儀にお歳暮も送ってきた。

「そういえば、無量がいま発掘している島も塩飽《しわく》だったっけ。あの辺かな……」

うっすらと青くかすんでいる。

無量とは、今年に入ってから、数えるほどしか連絡をとりあっていない。

米国の案件というのは口実で、忍はＧＲＭの本社に呼び出されていた。気の重い渡航だった。上の人間をあの手この手で言いくるめ、本社配属までの猶予期間をどうにか手にして帰国したが、それもボスの裁定が下るまでの間だ。

無量を監視するためのスマートウォッチ。無量はなくしたと思い込んで落ち込んでいるが、あれを隠したのは忍だ。

あれがなければＧＲＭは無量の監視もできない。そして無量はあの手のものは忍からしか受け取らない。これが忍の駆け引き材料でもあった。

問題は、無量に対する後任のエージェントの接近をどう阻むか。

――君の後任が、君以上に西原《さいばら》無量を理解し、君以上に彼の信頼を得ると証明できれば、納得するかい。

そんな人間が現れるわけがない。ありえない。……はずだが。

物思いに耽《ふけ》っていた忍の後ろから、「おーい」と声をかけてきた者がいる。

「相良くん。君たち歩くの速いよ」

あとから追いついたのは、イベント主催者の下山《しもやま》だ。ぞろぞろと老若男女の一団を引き連れている。

忍が参加しているのは「桃太郎でビジネスを立ち上げる会」略して「桃ビズ」という、産業振興シンポジウムのイベントだ。岡山で会社を持ちたい若い起業家を集め、「桃太郎」をテーマにした商品開発や関連事業などを興して、官民協働でこれを支援し、地元での起業を促進するという。いわば、岡山県独自のブランド戦略の一環だった。

その第一弾として、まずは「桃太郎伝説」にゆかりの深い地を起業家たちに見てもらい、発想のもとにしてもらおうと、史跡めぐりツアーが組まれたのだ。

カメケンはそのコーディネートも請け負っていたので、忍が急遽《きゅうきょ》、立ち会うことになった。

「まさに鬼が出てきそうな感じだなあ……」

城門の堅固さに圧倒されているのは、倉敷《くらしき》で石材販売をしている男性だ。

「韓流《はんりゅう》ドラマのロケ地っぽいかも。韓流スターつれてきたーい」

ミーハー丸出しではしゃぐのは、岡山市内で洋菓子店を営む女性だ。果物を使ったオリジナルきびだんごを売り出して人気だという。

「あの砦《とりで》みたいな土壁、駅のデザインに取り入れたら面白いかもな」

しかつめらしく言うのは、福山《ふくやま》で建築デザイン事務所を営む男性だ。地元木材を用いたこだわりの木造建築で店舗や公共施設のデザインをしているという。

ふだんは全く歴史に縁がない起業家たちの反応は、新鮮だ。歴史の説明は聞き流して、ユニークなロケーションを喜んでいる。

「きゃ！」

斜面で足を滑らせるものが続出した。地面が粗い砂粒状になっている。忍は転んだ女性に手を差し伸べた。地元で和カフェをチェーン展開している女性経営者だ。

「あら。ありがとう。相良さんと言ったかしら。うちで働かない？」

どさくさにまぎれて勧誘され、忍は笑顔で辞退した。

「足元が滑りやすくなっているので、気をつけてくださーい」

松本が呼びかける。忍はしゃがみこんで、砂粒を手に取った。

「これがまさ土ってやつか。花崗岩《かこうがん》が風化した……」

「はい。真の砂の土と書いて、真砂土《まさど》です。詳しいですね」

「幼なじみが岩石に詳しくて。ここに来るまでにも花崗岩の巨石が沢山ありましたね。なるほど、山全体が花崗岩だから石材には苦労しなかったんだろうな」

若い起業家が手を挙げた。

「ここに桃太郎が攻めてきたんですかあ？」

「いや、攻めてはきてないと」

「えっ。ここ鬼ヶ《おにが》島《しま》のモデルですよねえ」

名前が似ているので、そう思われがちだが――。

桃太郎と直接関係があったわけではない。

関係があるのは、この総社平野の各所に残る「温羅《うら》」伝説のほうだ。

〃時は、第十一代垂仁《すいにん》天皇の頃。

異国の鬼神が吉備へと飛来した。

鬼神は百済の王子で、温羅または吉備冠者《きびのかじゃ》と名乗った。

新山《にいやま》に居を構えた温羅は、西国からの船を襲って貢ぎ物を奪ったり、婦女子を略奪したりと悪行を働いたので、地元のひとびとは恐れてそこを「鬼ノ城」と呼んだ。

その温羅をこらしめるために都から派遣されたのが、「四道《しどう》将軍」のひとり、ヒコイサセリヒコノミコト（彦五十狭芹彦命）だ。

ミコトは大軍を率いてやってきて、吉備の中山《なかやま》に陣を布《し》く。

温羅《うら》との戦いが始まった。

不思議なことに、ミコトが放った矢は、温羅が放った矢と空中でかち合って、海に落ちてしまう。

そこでミコトは同時に二本の矢を放ち、そのひとつが温羅の左眼を射貫《いぬ》いた。

温羅はたまらずキジに変化して逃げたが、ミコトは鷹《たか》になって追いかける。

今度は鯉に変化して川に潜るが、ミコトは鵜《う》になって喰《く》いあげる。

とうとう温羅は降参し、ミコトの軍門に降《くだ》った。

温羅は自らの「吉備冠者」の名をミコトに譲り、ミコトは「吉備津彦《きびつひこ》」を名乗るようになる――〟

「……ミコトの放った矢が落ちたところが、ふもとの矢喰宮《やぐいのみや》です。温羅の左眼から流れた血が、この下を流れる血吸《ちすい》川です。鯉になった温羅をミコトが喰いあげたところが鯉《こい》喰《くい》神社、と温羅に由来する史跡がたくさんあります。……このような伝説があるため、温羅の『鬼ノ城』もここではないかと言われています」

起業家たちは納得したようなしないような、微妙な顔だ。

「キジは出てきたけど、犬と猿は出てこないんですか？」

「犬は……後日談にちょっと出てきます。猿は出てきません」

「きびだんごは？」

「……も、出てきませんね」

松本は苦笑いだ。

「おとぎ話の桃太郎が作られたのは、だいぶ後世のことです。あくまで、もとになったという温羅《うら》伝説自体も、成立したのは室町時代頃だと言われてます」

「質問です」

と手を挙げたのは忍だ。

「垂仁天皇の頃というと、だいたい三世紀くらいだと思いますが、鬼ノ城が造られたのは、飛鳥時代……七世紀くらいですよね。温羅の時代にまだこの城はできてなかったはずですが」

「はい。そのとおりです。城門や土塁など建造物は温羅の頃のものではないでしょうが、その前から、古い砦のようなものがあったのかもしれません」

温羅は百済の出身だ。鬼ノ城も亡命百済人が築城したのは、偶然か。

それとも、いろいろ混ざってしまったのか。

「垂仁天皇の頃、百済はもうあったんでしたっけ……」

「建国は紀元前十八年というから、ありましたね」

温羅は、朝鮮半島から来た百済の王子……という部分も、かろうじて成立はする。

「実は、温羅伝説は、弥生から古墳時代にかけての、ヤマト王権による吉備王権への侵攻を指しているのでは、という説があるのです」

吉備王権、と聞いて、忍が頭に浮かべたのは、出雲だ。

四隅突出型古墳を造り上げた出雲王たち。

記紀神話には、彼らを指すと思われる「出雲振根《ふるね》」なる人物が出てくる。その振根を誅殺《ちゅうさつ》した「四道将軍」のうちのひとりが「吉備津彦」という名だった。「四道将軍」とは、ヤマト王権が全国を支配するために任命した四人の占領軍総司令官のことだ。

「……そうか。吉備津彦はヤマトから派遣されて、最初に吉備を平定し、その後、出雲を平定しにいったということか」

「はい。そうですね」

「温羅《うら》は『吉備冠者』を名乗ってた。つまり、温羅がもともとの吉備王、ですか」

「はい。ヤマト王権に取り込まれる前の、吉備の首長ではないかとも言われています」

温羅伝説は、いろいろ混ざってしまっているが、結局のところは、ヤマト王権に取り込まれた吉備の首長を表しているとみるのが、正しいようだ。

「王権……と呼んでいいかどうかは、議論の余地がありそうですが。魏志倭人伝《ぎしわじんでん》で卑弥《ひみ》呼《こ》がいた頃、倭国《わこく》ではたくさんの小国が争っていた、という記述があるでしょう。そのうちのひとつだったかもしれませんね」

「ヤマトから派遣されたヒコイサセリヒコは、吉備王から吉備の支配権を譲られて、吉備津彦を名乗った、と」

「はい。彼はヤマトの出身で、天皇の息子ですから」

　ちなみに、と松本が補足して、

「系図には『大吉備津彦《おおきびつひこ》』と『吉備津彦』というふたつの名前が出てきますが」

　系図上のふたりは別人で、「大吉備津彦」がヒコイサセリヒコ。もうひとりの「吉備津彦」はヒコイサセリヒコの弟か息子で、ワカヒコタケキビツヒコ（若日子建吉備津彦）またはワカタケヒコノミコト（稚武彦命）と呼ばれる人物だという。

「ですが、一般的にいう吉備津彦とは、大吉備津彦のほう。ヒコイサセリヒコのほうです」

　なかなか混乱する。

　イサセリヒコノミコト＝吉備津彦（大吉備津彦）＝桃太郎。

　温羅《うら》＝吉備王＝鬼ヶ島の鬼。

　という構図だろうか。

「つまり、鬼ヶ島というのは、吉備そのものだったってことかな……」

　深いなあ、と感心して、忍がふと我にかえると、起業家たちは話についてこられていないようで、各々スマホをいじったり写真をとったりしている。

　自由時間となった。

　皆が思い思いに散策をしている中、忍に声をかけてきた者がいた。

　倉敷で染料会社を経営している、久米《くめ》晴夫《はるお》という男だ。

　他のメンバーが二十代三十代と比較的若いのに対し、久米はひとり、四十代後半。白髪まじりの頭と地味な服装で、先ほどから浮いていた。

「桃太郎は吉備津彦だったって言いましたよね」

「ですね。桃太郎が吉備津彦で、鬼は温羅《うら》」

「つまり吉備の英雄とされているひとは、吉備の王をひざまずかせた人間なのですか」

険のある物言いが、忍には引っかかった。

「ヒコイサセリヒコが吉備を征服したという話は、古事記と日本書紀にも載っているので、まあ、地方王権が中央の仕組みに取り込まれた経緯にはちがいないかと」

「武力で、ですか」

「どのくらいの規模かはわかりませんが……。日《ひ》向《むか》からやってきた神武《じんむ》天皇が吉備に滞在した記述もあるので、吉備は昔から大きな勢力で、ヤマト王権とも対等に渡り合った存在なんじゃないかと」

そうなのかな、と久米は納得していない様子だ。

「だったら岡山県人にとってのヒーローは桃太郎じゃなく、鬼のほうであるべきなんじゃ」

やけにこだわる。

忍が詮索《せんさく》する前に、松本学芸員が皆を呼んだ。

「それでは時間ですので集まってください。次は、桃太郎のモデルになった吉備津彦命が祀られている、吉備津神社に向かいます」

＊

鬼ノ城から観光バスに乗り込み、三十分ほどで目的地についた。

吉備津神社、と大きく案内板が出ている。

参道のそばには茶屋があり、「桃太郎うどん」「きびだんご」といった文字が躍っている。さすが桃太郎のモデルと言われる神様を祀る神社だけある。

古社らしい雰囲気だ。

石段をあがっていったところに重厚な北随神《ずいしん》門があり、拝殿と本殿が待ち受ける。

檜皮《ひわだ》屋根の古色蒼然《こしょくそうぜん》とした拝殿と本殿は、少し特殊な建て構えだ。奥行きが深く、うなぎの寝床を思わせる縦長の造は、出雲の神社にも似ている。

厳かな空気漂う拝殿で参拝し、外に出て建物の全容に驚いた。

「不思議な建物ですね」

本殿を真横から見ると、八の字をふたつ並べたような屋根が印象的だ。「比翼入母屋《ひよくいりもや》造」または「吉備津造」と呼ばれる珍しい建物で、国宝に指定されている。

とても難しい建築技法で、絶妙なバランスは一見の価値がある。

「あれは塩飽《しわく》の大工さんが造ったんですよ」

「塩飽？　瀬戸内海の？」

無量が派遣されている島だ。松本は比翼の屋根を指さし、

「塩飽《しわく》水軍で有名な塩飽には、船大工がたくさんいたんです。腕のよさを買われて、神社仏閣なども建てるようになったそうですよ」

「そうか。船大工の技だったんですね」

富士山をふたつ並べたような屋根の美しいラインは、なるほど、和船の船体に通じるものがありそうだ。

「なんで塩飽っていうんでしょうね」

「さあ。潮流が複雑で潮が湧くように見えるから、とも言いますし、塩が取れすぎて飽きたから、とも」

「塩飽、か……」

忍が物思いに耽《ふけ》っていると、背後から歓声があがった。

若い起業家たちがおみくじを引いて、喜んでいる。

「なんだ。あのアミューズメントなおみくじは」

境内の片隅には、おとぎばなしの桃太郎の名場面を描いた、セルフおみくじコーナーがある。五角形の専用台は古き良き昭和のゲームコーナーめいた香りがする。よろこびみくじやいにしえみくじ、花みくじなどがあり、コインを入れて棒みくじを引き、出た数字と同じ番号の下の引き出しから自分でみくじ箋《せん》をとるという。

「すごい……。本殿の重厚さとのギャップが……」

「あの、ひとつ質問が」

と声をかけてきたのは、先ほどの久米晴夫だった。

「はい。なんですか」

「吉備津神社と吉備津彦神社は、どうちがうんでしょうか」

他の起業家たちとちがって、勉強熱心だ。

言われてガイドブックを見ると、確かに似た名前の神社がふたつ並んでいる。

「同じ神社の別名でしょうか？」

「いや。吉備津彦神社のほうは、ここと別の場所にあるようですね」

すごく近い。しかも、どちらも大きな神社であるらしい。祭神は両方とも「大吉備津彦」とあるが、なんでこんなに近いところに名のよく似た神社ができたのだろう。

「理由は……、この後ろの山ですよ」

背後から聞き覚えのある、低く落ち着いた男の声がした。

忍が振り返ると、思いがけない男がそこにいた。トレンチコートに身を包み、メガネをかけた三十代くらいの長身男性。

「……あなたは……っ」

「奇遇だね。相良くん」

宮内庁書陵部の降旗《ふるはた》拓実《たくみ》ではないか。

忍は棒立ちになった。

高知の御璽《ぎょじ》事件を一緒に解決したことは、まだ記憶に新しい——どころか、ほんのひと月前の話だ。まるで狙い澄ましたかのようなタイミングでの再会に、忍は混乱した。

「ふ……降旗さんじゃないですか。こんなところで何をしてるんです」

「なにって。仕事だよ。書陵部の」

いかにも公務というスーツスタイルで、アタッシェケースをもつ手にはトレードマークの白手袋をはめている。

「ここには宮内庁治定《じじょう》の陵墓があるのでね。管理課への挨拶《あいさつ》と吉備氏に関する新史料の確認だ。君こそ、こんなところで何をしている。今度は団体旅行のガイドか？」

「岡山県の起業促進イベントでコーディネーターをしてます」

「起業促進？　発掘とは全く関係なさそうだが」

「テーマが『桃太郎』なんですよ」

その一言で、降旗は飲み込んだらしい。

「ああ、それでこの神社に」

桃太郎のモデルが祀《まつ》られた神社なのは、歴史通なら当然知っているはずだった。

「ちなみにこの近くには、ちゃんと猿と犬とキジにあたる家来の子孫も住んでいるそうだよ」

「はあ。それよりさっきのはどういう意味なんですか。大吉備津彦を祀る大きな神社がこんな近くにふたつもある理由とは」

「この後ろにある御神体山。中山というんだが、あそこはね。御陵なんだ」

忍と久米晴夫は揃って背後の山を振り返った。こんもりとした低い山だが、鬱蒼《うっそう》としていて独特の雰囲気がある。

「御陵？　誰の？」

忍は「もしかして」と言い、

「吉備津彦の……」

「そのとおり。正式名称は、中山茶臼山《ちゃうすやま》古墳。頂上に宮内庁治定の前方後円墳がある。被葬者は、大吉備津彦命と言われている」

そうか、と忍は納得し、

「大吉備津彦命は、確か孝霊《こうれい》天皇の息子。だから宮内庁が管理してるんですね」

「吉備氏の祖であり、吉備氏の聖地だ。磐座《いわくら》もある」

この中山はかつて吉備の中心だった。が、吉備の国が、大和《やまと》にも匹敵するほどの力をもったため、備前《びぜん》、備中《びっちゅう》、備後《びんご》——三つの国に分けられた（のちに美作《みまさか》も加わる）。

聖地である中山を、備前と備中両方で仲良く分けて祀るようになったため、ここに国《くに》境《ざかい》が据えられて、ふたつの社がふもとにできたというわけだ。

今いる吉備津神社が備中一宮《いちのみや》で、北東にある吉備津彦神社が備前一宮。

「備前、備中……。なら備後にも？」

「勿論《もちろん》ある。福山《ふくやま》にある備後一宮・吉備津神社だ」

その三社は、ともに祭神は大吉備津彦命だ。吉備の神様を祀っている。

「大吉備津彦は一般には吉備津彦を指すとされるが、吉備津彦・稚武彦兄弟の父とする説もあって、本当のところは定かでない」

この吉備津神社は、創建が最も古い。

創建は第十六代・仁徳《にんとく》天皇の頃だ。吉備氏から宮中入りした黒媛《くろひめ》という采女《うねめ》（地方豪族から後宮に入った未婚女性）を慕った仁徳天皇が、吉備に行幸した際に、吉備津彦の功績をたたえて建てたという。

「吉備を平定した大恩人……という扱いだな。ちなみに備前一宮は元々、安仁《あに》神社という別の神社だったが、藤原純友《ふじわらのすみとも》の乱に荷担して廃止され、かわりに、吉備津神社から分《ぶん》祀《し》された吉備津彦神社が一宮になったとも」

「ちょっと待ってくださいよ」

異を唱えたのは、久米晴夫だった。

「吉備津彦は中央から派遣されてきて、吉備を征服したひとですよね。吉備を最初に作り上げたのは、桃太郎じゃなく、鬼のほうじゃないですか」

妙に食い下がる久米を見て、降旗は「誰だ？」という顔をした。イベント参加の起業家だと紹介すると、降旗はどこか嬉《うれ》しそうな顔をした。

「その鬼も、ここにいるとしたら？」

「え」

「ついてきたまえ」

と白手袋で手招きし、降旗は歩き出した。

長い下り坂の回廊を、降旗は先導していく。

なんなのだ、この男。

忍は警戒心でいっぱいだ。

なぜ、ここにいる？　偶然にしてはタイミングがよすぎる。確かに御陵管理は宮内庁書陵部の仕事だが、降旗は図書課のはずだし、皇室がらみの新史料ならともかく、吉備氏との関係はそこまで深いとも思えない。いくら吉備津彦が天皇の子だったとしても。

塩《し》飽《わく》大工が造ったという屋根を見上げ、忍はいやな予感がした。

降旗は、無量が目と鼻の先で発掘をしていると承知で、現れたのでは？

「ここだ」

回廊からそれて、たどりついたのは、古い平屋の建物だった。

格子から湯気が立ち上る。薪が燃える、甘く懐かしい匂いがしている。

「御竈殿《おかまでん》という。鳴釜《なるかま》神事を執り行うところだ」

「鳴釜……？」

中に入ると、壁も天井も黒く煤《すす》けている。一段高くなった中央には昔ながらの竈《かまど》が据えられ、薪がくべられて火が躍っている。後ろの壁には注連縄《しめなわ》が張られ、大きなしゃもじが三本かけられている。どこもかしこも煤で真っ黒で、まるで漆黒に塗られたかのようだ。黒光りする床にあがり、竈の正面に腰掛けた。

大きな蒸籠《せいろう》には神饌《しんせん》の米を炊いているのだろうか。白い湯気がもくもくとあがり、格子から差し込む光に照らされて、たとえようもなく厳粛だ。

「この竈。この下に、温羅《うら》の首が埋められているという」

降旗は神事に臨む氏子《うじこ》のように、竈の前に、正座した。

「温羅の、首？」

「温羅と吉備津彦命の戦いで、吉備津彦命は温羅の首をはね、串《くし》にさして晒《さら》したのだ。だが、首は何年も大きな声で唸《うな》り続けて、やむことがない。ミコトは部下の犬飼健《いぬかいたける》に命じて、首を犬に喰《く》わせたが、肉がなくなり髑髏《どくろ》になっても、まだ唸り続ける。ついにミコトは大きな竈の下八尺を掘って首を埋めた。それがこの竈だ」

正座した忍と久米も、思わず背筋をのばし、目の前の竈を見た。

この地下に、温羅の首が埋まっている……。

そう思うと、やけに暗く重い気配を感じる。

「だが、埋められて十三年経っても唸り声がやまない。あたりの村々にまで響きわたって、皆が困っていた。そんなときだ。ミコトの夢に温羅が出てきたのは」

夢枕に立った温羅は言った。

わが妻・阿曾媛《あそひめ》に、あなたの社の釜殿で神饌《みけ》を炊かせなさい。

幸あるときは釜はゆたかに鳴り、禍《わざわ》いある時は釜が荒く鳴るだろう。

そして、この先、あなたが神となって吉備に鎮座した時は、私があなたの使者となり、あらゆる人々に賞罰を与えましょう。

「鳴釜神事の由来だ」

降旗は白手袋をはめた手を正座した腿《もも》に置き、神官のように言った。

「この神社で古くから行われている吉凶を占う神事だ。温羅《うら》の霊は『丑寅《うしとら》みさき』と呼ばれた。後《ご》白河《しらかわ》法皇の『梁塵秘抄《りょうじんひしょう》』にもその名が記されている」

「御霊《ごりょう》信仰」

忍が後を引き継いだ。

「怨霊《おんりょう》を祀ることで、幸いをもたらす神となす。温羅の霊も、そうなったということですね」

「そうだ」

漆黒の壁や天井は、それ自体が、温羅を包む結界のようだ。

久米に向かって、降旗が言った。

「この通り、吉備の鬼もちゃんと祀られている。納得できましたか」

「はい……」

「ひとつ疑問なんですが」

忍が問いかけた。

「もし温羅《うら》が、ヤマト王権が入る前の吉備の首長だったとして、言い伝えでは百済の王子だと言われていたことと、鬼ノ城が朝鮮式の城であることに、何か関係はあるんでしょうか」

「百済と吉備の関係か……。だったら、鉄だな」

「製鉄？」

「渡来人との交流が、吉備に最先端技術をもたらした。吉備は鉄鉱石の産地でもある。それが吉備が繁栄した理由のひとつだからな」

　税を鉄で納めることが許されていたくらいだ。後に多くの刀工を生んだのも、昔から産鉄の地だった証《あかし》だ。

「〝まかね（真金《まがね》）ふく吉備の中山……〟と古今和歌集にもよまれたほど、この一帯は鉄の一大産地だった」

「武具だけでなく、鉄製の丈夫な農具は、収穫量をあげるのに不可欠ですし。そういえば〝鳴る釜〟も鉄がらみですよね」

「阿曾媛のいたという阿曾郷からは、製鉄遺跡も出ている。江戸時代は、鋳物師《いもじ》の里だった」

「そうか。血吸川の〝血〟は鉄錆《さび》の赤のことだ。酸化鉄の」

「温羅が片眼を射られた、というのも、鍛冶屋は片眼を痛めやすいところからきているのかもしれん」

「出雲にも一眼鬼《いちがんき》の伝説がありましたね。産鉄の民の」

知識の出し合いで、お互いに心なしか火花を散らせている。

降旗の左手。

白手袋で隠す無残なヤケドの痕《あと》は、無量の右手とまるで「対」だ。

忍は警戒を解かない。

神事が始まるようだ。神職と神事参列者が入ってきたので、三人は御竈殿をあとにした。外には松本学芸員が待ち受けている。

「降旗さん、ご無沙汰《ぶさた》しています！　こちらにいらしてたんですね！　……あれ？　相良さんともお知り合いだったんですか」

「知り合いというか……まあ」

「ガイドをしてたんですよ。温羅《うら》伝説の」

「そうですか。あ、せっかくですし、お茶屋さんできびだんご食べましょうよ」

「いや、きびだんごはちょっと」

降旗が珍しく遠慮がちに手をあげた。

「降旗さん、きびだんご、嫌いなんですか？」

「きびの風味が苦手で」

「……あれえ？　じゃあ鬼退治にはつれていけませんねえ」

松本があの降旗をいじっている。なかなか度胸がある。

「このあと私の職場に見学ツアーです。よろしければ、降旗さんも一緒にどうぞ」

＊

吉備の神奈備《かんなび》山――中山は、かつて吉備津彦が陣を敷いた山でもある。

鬱蒼《うっそう》とした渓谷沿いを、忍たちは歩く。

「〝まかねふく　吉備の中山　帯にせる　細谷川の　音のさやけさ〟……この川のことだったんでしょうか」

石碑には万葉集の歌が刻まれている。「まかね（真金）ふく」とは吉備の枕詞だ。いかにも産鉄地であった吉備らしい。このあたり一帯にも鍛冶工房があったのかもしれない。製鉄の里とは、火と水の里でもあった。

道路に出て少し坂を登ったところが、御陵の入口だ。

長い階段をあがっていくと、見慣れた「宮内庁仕様」の柵《さく》があり、その奥は森だ。立ち入ることはできないが、前方後円墳があるという。

「奈良にある第十代・崇神《すじん》天皇陵のちょうど半分の大きさだ。周辺からは弥生式土器も出ている。大和《やまと》の三輪山《みわやま》のような、古《いにしえ》からの神奈備山だったんだろう」

埋蔵文化財センターへ行く途中、降旗と忍はふたりきりで御陵に立ち寄った。

崇神天皇と聞いて、忍が思い浮かべたのは、学生時代よく歩いた奈良の山辺《やまべ》の道《みち》沿いにあった大きな前方後円墳だ。

「確か、吉備津彦たちが出雲振根を殺《あや》めたのも崇神天皇の頃でしたね」

「系図では、崇神天皇の大叔父《おじ》にあたる。箸墓《はしはか》の被葬者と言われる倭迹迹日百襲媛命《やまとととびももそひめのみこと》は、吉備津彦の姉か妹だと」

「箸墓……。卑弥呼の墓ともいわれてる、あれですか」

両者が同一人物……などと素直に受け取れば、吉備津彦は卑弥呼と兄妹《きょうだい》（姉弟《きょうだい》）かもしれないわけだ。

「崇神天皇は三世紀。箸墓も三世紀だから、そういう時代に生きた人物なんだろう。吉備津彦も、温羅《うら》も」

佇《たたず》んでいると足元から底冷えする。

雲が厚くなり、日が翳《かげ》って、あたりは薄暗くなってきた。

「時に、西原くんはどうしている？」

突然話題を振られて、忍は構えた。

「……。無量なら、瀬戸内海の島にいます。個人発掘の現場に」

「君は付き添わなくていいのか？」

「基本、付き添いは同僚が行くほうが多いですし。……無量の居所が気になりますか」

「彼は業界の有名人だからね。個人的に興味を持っているよ」

「興味、ね……」

少し前まで無量がつけていたスマートウォッチは、忍が外し、電池切れにして保管している。おかげでGRMはデータがとれなくなり、本部からはどやされたが、「なくした」の一点張りでかわした。かわりのスマートウォッチも渡されたが、それを無量につけるかどうかは、忍の胸三寸だ。これは本社との駆け引きでもある。

忍は無表情になると、暗く見つめ、

「……居所が摑《つか》めないと、神出鬼没な降旗さんも、さすがにいろいろ困りますかね」

重い沈黙が返ってきた。

降旗は鋭い目つきで、忍の眼差《まなざ》しを受け止めて、

「……。君こそ、こんなところでのんびりしていていいのかね？」

意味深な物言いだった。見えない火花を散らして、互いの腹を探り合いながら、尻尾《しっぽ》を摑ませないよう注意深く。

降旗の左手にはひどいやけどの古傷がある。同じ傷をもつ者同士にしかわからないものがあるのだとしたら、それは忍には決して踏み入ることができない領域だ。

――……足元をすくわれないように、ね……。

ＪＫの言葉が脳内でリピートする。

木々が北風にざわめいた。

＊

古代吉備埋蔵文化財センターは、松本が言った通り、御陵から歩いて五分ほどのところにある。吉備津彦ゆかりの地に建つあたり、古代吉備研究への矜持《きょうじ》が滲《にじ》む。

「そういえば、新しく出た史料というのは、なんなんです？」

歩きながら、忍が降旗に訊《たず》ねた。

「韓国の慶州《キョンジュ》で三国時代の新羅にまつわる碑文からとったと思われる拓本が見つかった。そこには吉備に関わる記述があった」

「新羅、ですか？　百済ではなく？」

「新羅だ。新羅が百済を滅ぼした後の話のようだが、そこにはあたかも新羅が軍船を出して日本に攻め込んだとも読める記述があった」

忍は驚いた。つまり、白村江《はくすきのえ》の戦いの後か？

倭（日本）軍は朝鮮半島に百済救援のため出兵したが大敗を喫し、百済も滅ぼされてしまう。百済の遺民が海を越えて日本に逃れてきたこともあり、日本は唐・新羅連合軍の侵攻が、自分たちにまで及ぶことに怯《おび》えた。

「でも、実際に攻め込んできたなんて話は、聞いた例《ため》しがありません」

「もちろん。拓本の出所については検証の余地がある。文字の欠落も多いので解釈が難しい。あるいは、単に船団を組んだ新羅の使者だったかもしれないが」

降旗はスマホの画像を見せながら、言った。

「吉備の海賊によって追い返された――と読めるんだ」

「水軍、ではなく、海賊……？」

「〝吉備之島口より賊船数千出《い》でて瀬戸を封じ〟……とある。官選史書には載ってない。これを裏付ける根拠はあるのか、専門家の意見を求めているところだ」

碑文の拓本というからには、どこかに石碑が存在していたはずだ。

「白村江は六六三年。……その数年後なら、このあたりに古代山城《さんじょう》が築かれた頃ですね」

「当時の吉備津に軍港のようなものがあったのか。それとも海賊的な何かがいたのか」

いずれにせよ、敵の侵攻を警戒するなら、城だけでは駄目だ。迎え撃つ水軍も必要だったろう。

瀬戸内海は古代から人と物流の大動脈だった。他国の船も往き来した。大陸から来る船は、瀬戸内海を通って都に近い難波《なにわ》津《つ》まで一気に進む。潮の流れが複雑な狭水道には、当然、操船のプロの知恵が要っただろう。その中で海賊的行為を働く者がいなかったとは限らない。

「古代の海賊……か。それが新羅の船団を襲ったと？」

「まったくなかった話でもない。荒唐無《こうとうむ》稽《けい》ではあるが」

忍と降旗は埋蔵文化財センターに到着した。すでに桃ビズ一行は二階で遺物整理を見学しているところだった。

忍たちは所長と挨拶《あいさつ》をし、職員から最新の発掘成果を聞いたりして過ごした。宮内庁職員である降旗の言動はいかにもお堅く、聞いているこちらまで、公務員の頃に戻ってしまいそうだ。

「……あ、相良さん。いま、終わりました」

松本に先導されて、ぞろぞろと一行が降りてきた。

「展示室を見学して、全行程終了です」

若手起業家たちは「桃太郎伝説」の歴史的背景を学んで、そこそこ刺激を受けたようだった。中には眠そうな者もいるが、後日開かれるコンベンションで優勝すれば、県から助成金も出るとあって、皆、やる気満々だ。

「あれ？　そういえば、久米さんは？」

忍が気付いて周りを見回した。姿が見えない。

「トイレかな？」

「あれえ？　ここ、変ですよー」

特別企画コーナーを覗《のぞ》き込んでいた和カフェの社長が松本を呼んだ。

岡山県で出土した鉄製品、という説明パネルがあるガラスケースだ。裏側のガラス戸が割れていて、遺物があるべきスペースに、モノがない。

「うそでしょ」

松本は真っ青になった。

「遺物がなくなってる！」

忍がすぐに駆け寄ってきた。

「紛失ですか」

「盗難かも。どうしよう」

「すみませんが、皆さん、部屋から出てもらえますか」

大騒ぎになった。職員たちが集まってきて、他の展示物も一斉に確認したが、なくなっていた遺物はひとつだけ。見学客がまばらな時間帯で、一時間前に職員がガイドをしたときには異常はなかった。

「ここには何があったんですか」

と降旗が訊ねた。

「鉄製品です。去年、瀬戸内海で見つかったものが……」

「それはどんな？」

「実はまだ結論が出ていないのですが……」

これです、と資料写真を見せる。鉄のかたまりだ。掌《てのひら》に載るくらいの。青サビで覆われているが、やや丸みを帯びた箱形だったとわかる。

「文鎮……？　いや」

横長の箱形だが、四つの角っこにそれぞれ面を取った、平たい八角柱のようにみえる。上部が盛り上がっているのは、紐《ひも》を通すためだろうか。八面あるうちの一番大きな側面に、篆書《てんしょ》体の文字が、刻まれている。それが裏表にある。

「まさか、駅鈴《えきれい》……!?」

「はい。その可能性が」

古代の日本で、国司などの官吏《かんり》や公使に授けられた鉄製の鈴だ。

「なんで海からこんなものが」

よく見ると、角っこに面をとった部分に銀象嵌《ぞうがん》らしき痕跡《こんせき》がある。古墳から出る鉄刀などにほどこされるものだが、これは文字ではなさそうだ。

「ひとの顔に見えますね……」

アーモンド形の目と三日月形の眉《まゆ》からつながった鼻、つり上がった唇。

「人面……？」

「これは、まさか……」

降旗が動揺したように自分のスマホの画像を探り始める。心当たりがあるのか？　と忍が訊ねようとしたとき――。

「大変です。久米さんがいません！」

イベント主催者の下山が息せき切って戻ってきた。

「久米さんが……？」

館内に一緒に入ったところまでは他の者も見ている。だが、そこから姿を見た者がいない。たったいま、点呼をとるまで桃ビズ一行は誰も気づかなかった。

「監視カメラを確認したところ、数十分前、皆さんが二階を見学中にひとりで展示室にいた男性が映っていたと」

「まさか……っ」

忍は松本と顔を見合わせた。

「久米さんが……?」

困惑する忍たちをよそに、降旗はひとり、重苦しい表情でスマホの画面をじっと睨《にら》んでいる。

第四章　発掘ボイコット

真冬の瀬戸《せと》内海《ないかい》には夕闇が迫っていた。

海にかかる鉄製の巨大な橋に明かりが灯《とも》り始める頃、戸《と》川《がわ》孝之《こうの》助《すけ》が島に戻ってきた。菊間《きくま》執事が運転する黒塗りの車で帰宅すると、真っ直ぐに作業場へとやってきた。

「水晶の遺物はどこだ」

姿を見せるなり、言った。

出土遺物の整理をしていた無量《むりょう》たちは、先ほど取り上げたばかりの「水晶製の黒い玉」を戸川に見せた。重機での作業中、鬼《おに》ノ腰掛岩《こしかけいわ》付近から出てきた遺物だ。

「材質は煙水晶ですね。表面に記号らしきものが線刻されています」

徳正寺《とくしょうじ》が説明した。土を落としたばかりだが、非常に丁寧に加工されているのがわかる。孝之助は白手袋をはめ、手にとって丹念に見た。

「こちらが拡大写真です」

徳正寺がタブレットを見せた。そこには人の顔のようなものが彫り込まれている。

「おお」

孝之助は興奮を隠せず、身を震わせた。

「まちがいない……。あの方のお顔だ。やはり、釜《かま》のお告げは本当だったのだ……」

無量は少し離れたところから壁にもたれて様子を見ている。孝之助は他の遺物には見向きもしないで、その水晶玉ばかりを喜んで見ていた。

「会長。この子が掘り当てた犬飼《いぬかい》さくらです」

「そうか。よくやった。これからも期待しているぞ」

厳めしい顔を緩め、孝之助は興奮気味だった。

「お告げが真実だったということは、やはりあの場所に埋まっているはずだ。ここが鬼たちの島であったと示すものが。必ずや掘り当ててくれ」

「お任せください。会長」

水晶玉は孝之助が持って行った。墨書土器や木簡の内容にはまるで興味がないようだ。文字情報のある遺物のほうが遥《はる》かにこの島の正体を知る手がかりになるのだが。

それよりも引っかかるのは——。

「釜のお告げってなんなんすか。徳正寺さん」

皆の疑問を代弁するように、無量が訊《たず》ねた。聞き流せない一言だった。そうでなくとも「神の手」だとか「鬼の手」だとか、神がかり的な話にはアレルギーがある無量だ。

徳正寺は苦々しい表情だ。だが訊かれた手前、説明しなければならなかった。

「実は、今回の発掘のきっかけは、鳴釜神事だったのです」

「なるかま……？」

「岡山にある吉備津《きびつ》神社に伝わる、吉凶を占う神事です」

戸川孝之助がそこを訪れたのは、二ヶ月前のことだった。

「会長が戸川海運の事業について、鳴釜神事で占ってもらったその夜、古《いにしえ》の武人が夢枕に立ったのだそうです」


〝そなたの島はかつて海の鬼が住んでいた島である。

鬼たちはたくさんの船を持ち、塩飽《しわく》の海をなわばりとしていた。

鬼ノ宝は山の頂に埋まっている。

我が顔の刻まれた水晶玉が目印だ〟


戸川はそれを「御竈殿《おかまでん》にいる温羅《うら》からのお告げ」と思い込み、今度の発掘を計画したという。

「そんな夢を真に受けて、俺たちに山を掘らせたっていうんですか」

動機があまりに胡乱《うろん》すぎて、無量は呆然《ぼうぜん》としてしまった。

「……とはいえ、この山が古代山城《さんじょう》である可能性は、私も存じておりました。以前から会長には調査を進言していたのですが、関心を持っていただけず」

そんな中、たまたま孝之助が見た夢のおかげで、掘る機会ができたわけだ。

「西原《さいばら》さんの仰《おっしゃ》る通り、神籠《こうご》石《いし》の列石と版築土塁と思われる場所を調査したいのは山々なのですが、会長はあくまで山頂部にこだわっておられ、私の一存では手を出せなかったのです」

　そもそも孝之助は古代山城の価値を知らない。戦国時代の城ならば、まだわかりやすかっただろうが、城の名も残っておらず、誰がいつ築城したかもわからない。歴史に興味のない相手の重い腰を上げさせるには、方便も必要だ。孝之助の宝探しに乗ったのもそのためだという。知名度の乏しい遺構の難しいところだ。

「ま、確かに桃太郎《ももたろう》って言や、子供でもわかるし、めっちゃキャッチーだけど？」

　鳥海《ちょうかい》は肩をすくめた。

「でも夢のとおり水晶玉が出てきたんだから、鬼ノ宝が埋まってるのもあながち眉唾《まゆつば》でもないってこったろ。こりゃますます面白くなってきた！」

「……ちがうんでしょ」

　無量が低く遮った。

「あの水晶玉。仕込んだんでしょ」

　一同の空気が凍りついた。

「戸川氏がみた夢の通りに出るよう、そっくりの水晶玉を用意して仕込んだ。ちがいますか」

　徳正寺は顔色を変えない。動じずに無量を見つめ返してくる。

「出土場所は、犬飼が見立てて掘った第三トレンチ。実際に遺物が出てきたとなれば、戸川氏は宝の存在を確信する。戸川氏を信じ込ませて、今度は何を埋めるつもりだったんです？」

いきなり怪しくなってきた雲行きに、鳥海たちも困惑した様子だ。

「目的はなんですか。金ですか。こんな八百長《やおちょう》みたいな発掘ゲームをやらせて、年寄りから金をむしりとるつもりですか」

徳正寺は何も答えない。不遜《ふそん》なほど冷静な表情には、暴かれた焦りも取り繕う気配もない。無量はたえられなくなり、

「やめる」

短く告げた。

「この発掘、おろさせてもらいます」

「な……なに言いだすんだよ、西原」

「目的がなんであれ、遺物を埋めたら捏造《ねつぞう》だ。捏造工作して平気でいられるひとの現場で働くことはできない。俺はおります」

徳正寺は顔色も変えなかったが、他の三人は呆気《あっけ》にとられている。

「おい、おまえのポイントはトップなんだぞ。出来高報酬はどうすんだ。まだ三百万のお宝も残ってんだぞ。大金が手に入るんだぞ！」

「どうでもいい」

鳥海の手も振り払い、無量は軍手をポケットにねじこんで作業部屋を出ていってしまう。背中に怒りを滲《にじ》ませる無量に追いすがったのは、犬飼さくらだった。

「待って。待ってください」

廊下で小走りに追いつくと、無量の前に立ちはだかった。

「やめるだなんて言わないでください」

「気づいてたんでしょ。捏造」

語尾は怒気を孕《はら》んでいる。

「昨日、俺、言ったよね。何かあるとしたら『鬼ノ腰掛岩』のとこだって。俺がそう言ったから乗っかった。ちがう？」

無量の語気を抑えた剣幕に、犬飼は立ち竦《すく》んでしまう。

「ち、ちがいます」

「俺と君のトレンチプランがそっくりだったのも、あのひとが裏工作したからなんでしょ。徳正寺さんとつるんでんの？　古代山城の調査のため仕方なく、なんて口実でしょ。捏造を見逃したのはなんで？　褒賞金、だましとるために手ぇ組んだの？」

犬飼はだんだんうなだれて小さくなっていく。しおれた細い肩が震えだしたのを見て、無量は少しうろたえた。

「おい……」

「泣ーかした泣ーかした。せーんせいにいってやろ」

振り返ると、猿渡《さわたり》早苗《さなえ》がいる。子供のようにはやし立てる猿渡を、無量はぎろりと睨《にら》みつけた。

「おお、こわ。これだから正義のヒーローは」

「誰が」

「別にいいじゃない。まじめな発掘調査ならともかく、道楽のお宝探しでした〜って事業主が認めたようなもんなんだから。ちょっとぐらい捏造したからって、記録に残すわけでもないだろうし」

猿渡の軽口は無量の神経を逆撫《さかな》でした。

「あんた、自分が何言ってんのか、わかってんすか」

「なにが不満なの？　確かに捏造はルール違反だから、ホントなら、とっととペナルティーつけてほしいけど、捏造したっていう証拠はあるの？」

無量はつまった。その時その場に居合わせたのは、徳正寺と犬飼だけだ。

「やめるなら、やめちゃいなさいよ。君が抜けてくれれば、ライバルがひとり減るんだもん。こちらとしては大歓迎」

「あんたそれでも研究者っすか」

「宝探しチャレンジがご不満なのかもしれないけど、ある意味、これは発掘屋の腕比べできる機会じゃない？　お堅くてつまんないお役所発掘より、ずっと楽しいし、上からごちゃごちゃ言われずに好きに掘れるの最高じゃない。しかも探し当てたらその分、お金がもらえるなんて夢みたい」

「俺は宝探しのためにこの仕事やってるんじゃない」

「いつもはそうでしょうともよ。でもこの現場は違うの。まさに宝探しをする現場なの。そう思えばいいのよ。本当はウズウズしてるくせに」

見透かされた無量は、どきり、とした。

「知ってるわよ。〈鬼の手《オーガ・ハンド》〉の噂。やっぱ桃太郎にも反応しちゃったりするの？」

「ふざけないでくださいよ」

「本当は『待ってました』って感じなんでしょ？」

「んなわけないじゃないすか」

「あら。図星？」

「そもそも宝探しなんて遺跡でするべきじゃない。そんなのやったら、ただのトレジャーハンターだ」

「本音はそのトレジャーハンターになりたいくせに」

「誰が！　遺跡荒らしっすよ？　ひとんちの小さな庭で子供が遊ぶくらいなら見逃せもするけど、あそこは貴重な山城跡だ。賞金めあての発掘なんてする場所じゃない」

「捏造アレルギーがひどいのは——」

猿渡が急に真顔になって言った。

「あなたが西原瑛一朗《えいいちろう》の孫だから？」

無量はいきなり喉笛《のどぶえ》を摑《つか》まれた気がした。

「捏造騒動でひどい目に遭ったから。だから、おキレイなふりするのよ」

「……。孫とかなんとかは関係ない。ならぬものはならぬってだけです」

振り払うように部屋に戻っていく。

そんな無量を、猿渡は呆《あき》れたように見送った。

「頭の固い子だこと」

部屋に戻ると、無量は照明もつけず、敷きっぱなしの布団に寝転がり、毛布にくるまった。

いろんなことにもやもやするし、「鬼ヶ島の鬼」のメッセージも解けない。

――桃太郎を退治してくれ。

「鬼ヶ島の鬼」はこれから何が起きるのかが見えているはずだ。

それを未然に止めてくれ、という話なのだろうが、さっきの捏造遺物での賞金詐欺も含まれているのか。

夢枕の件はにわかに信じるわけにいかないが、字面通りなら「宝を奪う桃太郎」は本来、戸川孝之助本人のはずだ。今朝、戸川が言った「鬼ノ宝は見つかったのか」の一言は、進捗《しんちょく》を訊《たず》ねる言葉ではなく、無量に対するカマかけだったとしたら？

だったら、理人《りひと》を襲った鬼装束の暴漢は何だ？　出てけ、と言った。発掘そのものに危機感を覚えている様子だった。

なにかが混線している。

結露したサッシに庭の明かりが滲んでいる。

暗い部屋は、しんしんと冷え込んでいる。

*

無量の突然の「発掘ボイコット宣言」に驚いたのは理人《りひと》だった。

昨日の騒ぎを聞きつけて、翌朝、理人が仲裁にやってきたが、無量の姿が見えない。それどころか「朝早く出ていった」と家政婦に聞かされて、動転してフェリー乗り場に走った。

無量は、まだいた。

ダウンジャケットのフードを深くかぶって、防波堤に腰掛け、ぼんやりと海にかかる瀬戸大橋を見つめている。

「間に合った！　西原さん……！」

半べそをかいて駆け寄ってきた理人が、無量にすがりついた。荷物をまとめて出ていくつもりなのだと思い込んだらしく、派手に引き留められた。無量は、といえば、現場に出る気にもなれず、かといって契約放棄もできず、どうするか迷っているうちに、フェリー乗り場に来てしまった。通勤通学客が乗り込むフェリーを見送って、海面に残る航跡が消えていくのを眺めていた無量は、何かずっと考え込んでいる。

「発掘ボイコットしたってホントですか！　なんで突然！」

事情を話した。徳正寺の捏造工作が許せない。戸川孝之助の調査動機に疑問を感じる。遺物に懸賞金をかけるのは受け容《い》れがたい。宝探し目的のトレジャーハンターめいた真似は……云々《うんぬん》。

その全てを理人は真顔で聞いていた。

「……考えすぎだって言われそうだけど、やっぱ、じーさんのことがあったから」

海風の冷たさに微熱を覚えたように、無量は手の甲を額にあてた。

「遺物を目当てに発掘をしてしまうと、いつか、じーさんみたいに悪いもんに取り憑《つ》かれて間違いを起こす。そうなりそうで怖いんだと思う」

現に徳正寺のような間違いをおかす者が出てくる。欲望が絡むと、必ず誰かが不正を働くようになる。

「だから、たとえ窮屈で杓子《しゃくし》定規でも、四角四面のルールの中で淡々と発掘してるほうが安心なんだ」

無量が通ってきた道のりに、理人は思いを馳《は》せたのだろう。申し訳なさそうにうなだれた。

「すみません。俺が声かけたせいで」

「あ、いや。おまえが謝ることじゃなくて……」

「会社経営のことしか頭になかったおじいさまが、いきなり発掘とか言い出したから、変だとは思ってたんです。宝探しなんて所詮《しょせん》道楽ですよね。そんなものに西原さんみたいなプロを駆りだすのは、さすがにどうか、と俺も思います」

理人は殊勝に頭を下げた。

「……ただ俺自身は、あの山が無量さんの言う古代山城なんだとしたら、ちゃんと調査してもらいたいけん。もちろん、ちゃんとした方法で、です」

「そう思うか」

「おじいさまが無理な注文をしてきたら、俺が止めます。徳正寺には発掘手順を決める時は俺を通すように言います。変な発掘にはさせません」

理人の生真面目な言葉は、ありがたかった。なんだか自分ひとりがゴネて理人を困らせているような気もして、複雑だった。

いや……。それともちがう。

無量自身だけが本当の理由を知っている。

猿渡は、自由に宝探しをしていいのだと言った。それは無量にとって、とてつもない誘惑だったのだ。行政発掘だの学術発掘だのおためごかしではなく、ただ「右手」が求めるままに、ルールなく自由に、理屈などこねず好きに掘っていい、というのは。

土の中に眠る遺物を、本能のまま、むさぼるように掘りあさりたい。空《す》きっ腹を抱えた獣のような欲望の爆弾が、体の奥に潜んでいる。鎖をちぎって暴れ出しそうな衝動が、常に自分の中に棲《す》んでいるのがわかるからだ。

だからこそ、ブレーキが要る。何重にも。

捏造《ねつぞう》への嫌悪感も、本当は自分をこんなふうにした祖父への恨み以上のものではない。モラルを遵守せよ、などと正義漢を気取るのはうわべの自分に過ぎず、本当は自分の中の獣を飼い慣らすための鎖としてそれを利用しているに過ぎない。

こんなことは誰にも言えないし、理解してもらえるとも思えない。だから飲み込むしかないのだが。

急に黙り込んでしまった無量をみて、理人は不安そうにしている。

「……俺じゃ、だめですか？」

「いや。そういうことじゃなくて——」

無量のスマホが着信を知らせた。みれば、萌絵《もえ》からだ。こんな朝っぱらから電話をかけてくるのは珍しい。

「もしもし？」

出ると、いきなり萌絵の甲高い声が返ってきた。

『西原くん、なにやってるの！』

おはようの挨拶《あいさつ》もなく、いきなり横っ面を張られた気がした。思わずスマホを耳から離した。萌絵は朝からテンション高く、

『発掘をボイコットする？　なに言ってるの。そんなのだめだよ！』

昨日、夜中に送ったメッセージのせいだ。朝起きて読んだのだろう。

「だって、目の前で遺物の捏造やらかされて、あんな怪しい理由で発掘させる現場だぞ？　契約以前に、現場に問題がありすぎる！」

『確かに理由がどうあれ絶対やっちゃいけないことだよね。現場が信用できなくなるのも無理ないと思う。でも西原くんがいなかったら、誰がその現場を見張れるの？』

萌絵の言葉に無量はハッとした。

『そんな怪しい現場だからこそ、西原くんがちゃんと見てないといけないんじゃないかな』

　萌絵の言う通りだ。

誰がまともで誰がそうでないのか、まだなにひとつ見極めたわけでもない。無量が現場を離れたら、ますますこの危なっかしい発掘がどこに向かっていくか、わからなくなる。

『そうでなくても、発掘は遺跡の破壊行為でもあるんだもの。二度と元には戻せないから慎重に掘るんでしょう？　誰かがちゃんとみてることは、遺構を守ることにも繋《つな》がるんだよね？』

「そっか……。そうだよな」

無量は次第に落ち着きを取り戻した。我ながら神経が細い。危ういものの臭いをかぐと、すぐ逃げ出したくなる。臆病《おくびょう》癖がまだ治ってないのだ。

「俺が目を光らせてないといけないんだな」

うん、と萌絵は電話の向こうで励ました。

『近くにいてあげられたら、私が一肌脱げるんだけど。いまはたぶん西原くんが砦《とりで》だから。雑音に惑わされないで、目の前の遺構に集中して。そこに埋まってる遺構や遺物を第一に考えて』

その言葉は、無量の胸に響いた。

「……だな」

ひとと衝突するのは勇気もいるし気力もすり減る。何より心が疲弊する。そうなるのが億劫《おっくう》で「頭のいい人たち」の意見に諾々と従って、波風立たせないことが、現場での「疲れない居方」だった。発掘勘を理屈で説明できない自分にも引け目があったし、そんな自分にどこか諦《あきら》めを抱くようにもなっていた。だが、人の顔色を窺《うかが》って言いたいことも言えず、フラストレーションばかりためていけば、あの「闇雲に掘りあさりたい」衝動を膨らませるだけだ。

無量はふんぎりをつけるように、ひとつ、肩で息をした。

「いつも思うけど、あんた、ひとのケツ蹴《け》っ飛ばすのうまいよな」

『呼んでもらえれば、いつでもリアルに蹴っ飛ばしにいきますけど？』

「ケツ壊れるからやめて」

遠く離れていても、言葉で支えてくれる萌絵が頼もしい。なにも武闘派だけが取り柄ではないようだ。

「ありがとな。なんかハラくくれたわ」

『それでこそ我らがエース発掘師《ディガー》。私もいま色々調べてるから、判明したらすぐにメールするね』

萌絵との通話を終えた無量は、理人に向き直った。

「理人、頼みがある」

「なんでも言ってください！」

「遺物の管理。誰かに持ってかれたりしないよう、厳重に保管してくれる？」

「ええ、はい。もちろんです！」

「目が覚めた。気合いれないと」

瀬戸内海を渡る風は、凍《い》てついている。

温暖とは言え、目の前にあるのは真冬の海だ。だが、無量はあえてフードをとり、冷たい風に頬をさらした。

高速船が出港の汽笛を鳴らした。

＊

「おやおやあ？　ボイコットすんじゃなかったのかよ」

　現場に姿を現した無量を見て、鳥海省吾《しょうご》がわざとらしく大きな声で言った。

「なあんだ。ライバル減って喜んでたのになあ」

　猿渡早苗は無量の意図を探るような目つきでじろじろと見、犬飼さくらは少し怯《おび》えたようにこちらを窺っている。無量は見ないふりをしてリュックをテントに置いた。

　猿渡が近づいてきた。

「荷物まとめて帰ったんじゃないの？」

「やめました。発掘もやりかけだし、野放しにすると今度はなに埋められっか、わかんないんで」

　腰に道具挿しのベルトを巻きながら、無量は身支度を調える。徳正寺も来て、

「第二トレンチにとりかかりますか」

「いや。今のとこ続けます。木簡全部とりあげたら、もう一枚ひっぺがします」

「まだその下に何かあると？」

「縄文土器も出てるって聞いたんで包含層がどこまであるのか、念のため。……犬飼のトレンチはどうなんすか。水晶玉以外にも、なんか出てるんすか」

「あそこはもう掘らないって言ってます」

　振り返ると、犬飼は別の場所に重機を入れている。アームを廻《まわ》すモーターの音が禿《は》げ上がった山頂部に響いている。

「……あの煙水晶。ひとの顔が刻んでありましたよね」

「はい。そのようですね」

「昨日、ここから出た墨書土器の人面にそっくりでしたよね。あれはわざとですか」

無量は気づいていた。無量のトレンチから出た人面土器の顔とよく似ていた。

「俺が出したやつの人面を真似て加工したんすか？　それとも、あの人面なにかあるんですか」

「まじないの意味をこめたのか。それともただの落書きか。もしくは」

徳正寺はメガネ越しに、重なるように並ぶ塩飽《しわく》の島々を眺めた。

「誰かのお顔を描いているのかもしれませんよ」

妙にひっかかる言い回しだった。

疑問の答えは出ないまま、発掘作業は進んだ。

動きがあったのは、その日の午後だった。

「ちょっと！　ちょっときて！」

コールしたのは、猿渡だった。

「なんか変なのが出た」

猿渡が担当している黄色のラインで記された「ふたこぶのトレンチ」だ。無量のプランとかぶる場所だったが、猿渡が先に掘っていた。

皆が駆けつけると、トレンチの底から顔を覗《のぞ》かせているのは、角張った加工石だ。また礎石かと思ったが、様子が変だ。礎石にしては加工がかっちりとしすぎている。

「何か刻んである」

無量もトレンチに入って、作業を手伝った。なめらかな表面に文字が記してある。

犬飼も加わって、三人がかりで全体を掘りあげた。

「これは……？」

正方形に近い御《み》影《かげ》石の板だ。明らかに何か文字が刻まれている。漢文のようだ。無量は目をこらして、

「これ……。墓碑じゃないですか」

中国で出土した陵墓の墓誌に型式がよく似ている。

ふたこぶの隆起は墳丘に見えないこともないが、前方後円墳といったものとはほど遠い。古い墓である可能性はある。

「墓誌かもしれません。解読すれば、誰が埋葬されているかわかるかも」

「山城の中に墓？　こんなところに埋めるかね」

ちょっと待って、と無量がハケを取りだして、なるだけ線刻部分が浮き出るように表面の土を払う。険しい顔をした。

「また……人面？」

「人面……？　ひとの顔が刻まれているっていうんですか」

「しかも、これ」

無量が出土させた墨書土器に描かれていた「人面」とそっくりなのだ。笹の葉のような半眼、三日月眉《まゆ》から繋がった鼻、つり上がった唇。どこか白鳳《はくほう》文化の頃の仏像を思わせる。

白鳳文化といえば、七世紀後半。飛鳥時代のあたり。古代山城が造られ始めた頃だ。

「おんなじだ。墨書土器の人面と同じものが刻まれてる」

水晶玉に刻まれた人面（こちらは捏造物かもしれないが）と合わせると、これで三つ目だ。

こうなると、もうただの落書きとは思えない。無量は確信した。

この人面には、明確になにか意味がこめられている。

*

その日の発掘で、一番ポイントの高い発見は、猿渡が出した御影石の碑文となった。

無量も拓本をとる作業を手伝ったので、自分の担当トレンチでの作業は止まってしまったのだが、様々な文字遺物の中でも碑文は遺構の正体を知るために大事な情報が詰まっている。重要度を思えば、最優先だ。

「ひとんとこ手伝ってる場合かよ。自分のとこ掘らないとカネになんねーぞ」

大浴場で一緒になった鳥海が言った。

「すっかり毒されてますね……」

「発掘なんて普段は全くカネになんねー商売だろ。こんな堂々と稼げるチャンスなんか二度とないんだから、そりゃ張り切るわ」

無量は湯船にあごをのせて、呆《あき》れた。そういえば……。

犬飼と猿渡は、それぞれ危ない目に遭っているが、この男にはまだなにも起きていない。まさか〝鬼〟側の人間では、とチラリと疑いつつ、

「鳥海さんも気をつけたほうがいいすよ」

「なにが。俺は呪いを信じるタイプじゃない」

「さっきの人面ですけど、あれもまじないだと思います？」

墨書土器に記される文字や絵は、単なる使用上の印である場合も多いが、まじないを意味する時もある。たとえば「竈神《かまどがみ》」と記されたものは「竈神」に捧《ささ》げる供物《くもつ》を載せる器、もてなすための器だ。

「一般に墨書土器に描かれた人面は、疫病神や外来神を示す、とも言われてるな。あえて疫病神をもてなして禍《わざわ》いを払うってやつだ」

無量は菊間執事の言葉を思い出した。

――鬼たちは桃太郎をもてなしたのかもしれませんよ……。

「あの人面は、疫病神のような存在を指してるんですか？　碑文のも？」

「墓碑に記される場合は、逆に、厄除けという可能性もある。神の顔を描いて威嚇し、

禍いを遠ざける。銅鐸《どうたく》に描かれる邪視《じゃし》文なんかは、それに当たるな」

「なら、土器と墓碑に同じ人面が描かれたのには、どういう理由が考えられます？」

「難しいな。案外、誰かの似顔絵だったりしてな」

徳正寺も同じようなことを言っていた。名前を書けばいいところをわざわざ絵で表したのには、何か事情でもあったのだろうか。

「もしかして、あれが〝桃太郎〟のカオなんじゃ……」

鳥海は、ぽかん、とした。

ぷっと噴き出し、

「はは！　なにそれウケる！」

お湯を叩《たた》いて笑うものだから、波がザブザブと湯船から溢《あふ》れ出た。鳥海はまともに取り合わなかったが、無量は大真面目だ。桃太郎の似顔絵かもしれないと。

風呂《ふろ》からあがった無量が、思うところあって向かった先は、徳正寺の詰めている執務室だった。

徳正寺は残業中だ。時計は夜八時をまわっている。パソコンに向かっていた徳正寺はメガネを外して一息つき、入口に立つ無量に気がついた。

「西原くん。どうしました」

「今日出た碑文の件でちょっと話が」

「碑文なら解読中です。欠けが多いので拓本をデジタル処理してみようかと。石碑自体も――」

「昨日、犬飼のトレンチから出た水晶玉」

徳正寺は、鋭い目つきになった。無量は入口にもたれ、

「あの水晶玉にも人面が刻まれてましたよね。碑文に刻まれた人面とそっくりだった。ついでに言うと、墨書土器のとも。あの共通の人面はなんなんすか」

「……」

「戸川氏は夢のお告げに出てきたひとの顔だと思いこんでるみたいすけど、偶然じゃないすよね。なにか知ってて、水晶玉に刻んだんですか」

徳正寺は組んでいた脚を戻し、髪を束ねていたクリップをおもむろに外した。長い髪がハラリとおりると急に印象が変わったので、無量はどきりとした。

「……あの水晶玉ね。そう、あなたの見立て通りよ。私が埋めたの」

「……。なんで」

「でもあの人面は、私が加工したんじゃない。もともと刻まれてあったもの。あの水晶玉自体が遺物なのよ」

無量は意表をつかれた。

「どこかで出土した遺物だったんすか」

「観音山《かんのんやま》」

徳正寺は立ち上がって、裏山が見える窓辺に立った。

「あなたは捏造《ねつぞう》だと言ったわね。確かに埋めた行為は捏造だけど、全てが捏造ではない。あの水晶玉は確かに鬼ノ腰掛岩のそばから出た。観音山の出土遺物なのは本当だから」

「つまり、過去に、あの場所から見つかったもの。そういうことですか」

「察しがよくて助かるわ」

結露したガラスを指で拭《ふ》いて、徳正寺は現場がある頂を見つめている。

「徳正寺さんが、見つけたんですか」

「まさか。私は生まれてもいない。今から三百年以上前。元禄《げんろく》時代の話よ」

「元禄……って」

江戸時代ではないか。

「そんな昔に出た遺物を、どこで手に入れたんですか」

「言えない」

徳正寺はカーテンを閉めて、無量に向き直った。

「西原くん、これから起こることには関知しないで。手を出さないでほしいの」

「どういう意味ですか。手を出すなって」

「言葉通りの意味です。何が起きてもスルーして、関わらないでほしいだけ」

徳正寺の真意を探ろうと、無量は穿《うが》つように見つめた。

「これから起こる不正を見逃せ、と？」

「遺跡調査に関する不正はしません。約束します」

「なら、遺物を自分のものにするとでも？」

無量は厳しい表情で詰め寄った。

「あなたが〝桃太郎〟だったんですか？」

徳正寺は冷静に無量を見つめている。静まりかえった執務室には、加湿器の発するかすかな蒸気音がするだけだ。

「西原くん。例の鬼から何か言われたのなら、そんなものは真に受けてはいけませんよ。桃太郎の目的は、お宝などではない。あくまで鬼を退治することよ」

「退治って……それどういう意味ですか」

「それでもどうしても首を突っ込むというのなら、あなたも鬼のひとりとみなして、退治します」

あからさまな宣戦布告だ。

まあ、日頃〈鬼の手〉と呼ばれ慣れている自分は、確かに「桃太郎組」よりは「鬼組」がふさわしいのだろうが、こんなところで退治されては困る。

「………。スルーするかどうかは、そちらの行動を見てから決めますよ」

無量は目にかかる前髪をいじりながら、

「とりあえず、窃盗とか傷害とかは即アウトだから。腹括《くく》っといてくださいね」

言い残して、執務室から出ていく。

残された徳正寺は、椅子に腰掛けると、かたわらに置いたメガネをかけた。

＊

島に来てから、最初の休日となった。

メンバーは島の外へ買い物に行く者もいれば、部屋でくつろぐ者もいる。無量はといえば、朝から萌絵と電話でやりとりをしていた。

萌絵は休日出勤中で、現地に行けない分、無量の代わりに調査係を買って出た。徳正寺あやめの経歴について、調べ上げた結果を伝えてきたところだ。最近、鶴谷《つるや》から情報収集スキルを学んでいる萌絵は、口調まで鶴谷っぽくなってきた。

『徳正寺氏の出身は、青森県。生まれも育ちも下北《しもきた》半島のむつ市。恐山《おそれざん》があるところっていえばいいかな。家は古くて代々、川内湊《かわうちみなと》で船大工をしていたみたい』

「船大工……？」

『うん。その流れで今も小型漁船専門の造船業をしてる』

どうやら考古学のような学究方向に進んだのは、彼女だけのようだ。

青森と言えば、三内丸山《さんないまるやま》遺跡が有名だから、発掘に興味をもったきっかけは、やはり縄文時代なのだろうか。

『その後、金沢《かなざわ》の大学からペンシルバニアの大学に留学してグアテマラでマヤ遺跡の発掘調査にも参加してたって。帰国後は国際文化研究所に就職。石材の専門家としてセミナーの講師もしてる。その後、山形県の埋文《まいぶん》に就職。そこで犬飼さん家族とは知り合ったみたいだね。半年前、戸川海運に入社』

　メモをとりながら、無量は首を傾げた。

「ずっと考古学畑にいたひとが、なんでいきなり海運会社に？」

　奇妙な転身がひっかかる。

『……お父様がご病気で介護を受けられてるようだから、おうちの事情かな』

「でも実家は青森なんでしょ？　地元に戻るならわかるけど」

　萌絵も理由までは摑《つか》めていない。

「例の人面水晶については、何かわかった？」

『それに類似した遺物がないか、調べてみたんだけど、水晶玉ではヒットしなかった。墨書土器や木製の祭祀《さいし》道具なら近い物が見つかるんだけど』

　どこかの遺跡から出てきたものなら、たいてい自治体の教育委員会で情報開示しているだろうし、あれだけ珍しい遺物ならば、割と前面に出していてもおかしくない。だがヒットしない。

『そもそも私物にはできないはずだし』

「三百年前にあの場所で出土したって言い切るくらいだから、どこかに伝わってきたものなんだろうけど」

碑文と墨書土器にも同じ人面が刻まれていた。三つの遺物の関連性は高い。

「どこで手に入れたんだろう」

すると、電話の向こうがガチャガチャ騒がしくなってきて男の声が聞こえた。亀石《かめいし》が事務所に来たらしい。萌絵といくらかやりとりをした後で、

『よう、無量。そっちは順調かー』

もやもやを吹っ飛ばしてくれるような、明るい声だ。

「そうだ。亀石サン、ちょっと知恵貸してもらえないすか」

事情を打ち明けると、亀石もいっしょになって考えてくれた。

『塩飽《しわく》の島から出てきた三百年前の遺物か……』

「どっかで手に入れたみたいなんすけど、骨董《こっとう》系すかね」

『待てよ。その徳正寺ってひとは、青森の出身なんだよな。青森のどこだ』

むつ市です、と電話の向こうで萌絵が答えた。

『もしかして旧南部《なんぶ》領の川内湊か？』

「何か知ってるんすか」

『丸尾《まるお》家だ』

丸尾？　と無量が訊《き》き返した。

『江戸時代、塩飽牛島《うしじま》から出てきて〝内海の海運王〟と呼ばれてた家だ。あの鴻池《こうのいけ》と並ぶ廻船《かいせん》問屋だった』

牛島といえば、本島のすぐお隣の島だ。

『その丸尾家は下北半島に弁才船《べざいぶね》の巨大な建造基地を築いていた。塩飽《しわく》からも沢山の船大工が送り込まれているはずだ』

「青森で、ですか。なんでわざわざそんな遠くで」

『塩飽といえば、江戸時代の公儀船方《こうぎふなかた》。御城米《ごじょうまい》の輸送を一手に担って、隆盛を極めたやつらだろ。塩飽廻船と呼ばれて日本中から公儀御用の海上輸送を行って、それはそれは賑《にぎ》わったんだ』

その前身である塩飽水軍の話を、無量は思い出した。腕利きの船乗りたちが多く、積極的な武力行使をしなかったことから、信長《のぶなが》や秀吉《ひでよし》など時の権力者からの信頼を得、重用された。徳川《とくがわ》の世になると、塩飽の船乗りは幕府から公儀御用船としての任を与えられ、全国から米の輸送を請け負ったという。各地で米の生産が奨励されて、値段が爆上がりするとともに、塩飽廻船も爆発的に増え、大輸送船団として日本中の海上輸送の主役に躍り出た。

『多いときは四百隻くらいの塩飽の弁才船が、日本の海を縦横無尽に行き交ってたと聞くよ。朝鮮通信使を迎えたり、西廻《まわ》り東廻り航路を開拓したのも塩飽船だ』

参勤交代が始まると、西の大名たちは瀬戸内海を渡航するため、塩飽の船を使いはじめた。大きな湊には「塩飽屋」が軒を連ね、船の手配をしたという。

「塩飽の船は大人気だったんですね」

『ああ。帆をはって走る弁才船が、瀬戸内海を往き来するのは壮観だったろうなあ』

この塩飽《しわく》諸島にも多いときは一万人が住んでいたという。皆、船に関わる仕事についていて、とても豊かだった。

『そんな感じでひっぱりだこになって、弁才船をどんどん造らなきゃならなかったんだが、西日本では秀吉の朝鮮出兵やら小田原《おだわら》の陣やらで軍船需要が続いてて、質のいい木材が足りなくなってたんだな。そこで牛島の丸尾家は下北で船を造ることを思い立ったんだ』

下北半島は良質のヒバ材が豊富で、しかも鉄の産地でもあった。鉄釘《くぎ》は船に欠かせない。丸尾家は南部藩の川内湊と津軽《つがる》藩の蟹田湊《かにたみなと》とを弁才船の一大造船基地に育て上げたのだ。

塩飽からも大勢の船大工が送り込まれ、高い造船技術を伝えたという。

「そういえば、徳正寺さんちも船大工やってたって……。もとは塩飽の船大工だったたってことすか」

『かもしれんな』

これで繋《つな》がった。

「三百年前……そうか。先祖が塩飽出身者なら」

あの人面水晶は代々、家に伝わってきたものなのかもしれない。

「徳正寺さんが戸川海運の秘書になったのも、その人面水晶つながり？」

『けど、そんな昔の話じゃ今も親戚《しんせき》がいるような感じでもないでしょ。研究者としてのキャリアを捨ててまで、わざわざ塩飽《しわく》の船会社に来る?』

萌絵もしきりにハテナを飛ばす。

手がかりになるのは、昨日の徳正寺の言葉だ。

――桃太郎の目的は、お宝などではない。あくまで鬼を退治することよ。

「鬼退治って言ってた。鬼って誰のこと? 退治って、いったい何をしようとしてるんだ」

――不正はしない。約束します。だから関知しないで。

徳正寺は何を抱えてこの発掘に臨んできたのか。

考え込んだ無量は、何とはなしに庭を眺めた。その視界に奇妙なものが飛び込んできた。

「え!」

いきなり叫んだものだから、電話の向こうの萌絵たちも驚き、

『どうしたの?』

「鬼だ。あのときの」

無量は弾《はじ》かれたように立ち上がり、サッシを開けて庭用サンダルをひっかけると、走り出した。

あのときの鬼だ。発掘初日に裏山で理人を突き飛ばした。面をかぶり鬼装束を着てい

る。こちらを見張っていたのか。

「おい待てよ！」

無量が追いかけると、鬼は植え込みの向こうへと逃げ出した。無量はあきらめない。果敢に裏山のほうまで追いかけて、ついに鬼に追いついた。

「正体みせろって！」

無量が後ろから腕を摑んで、かぶっている鬼面を剝がそうとした。ぶん、と目の前で棒状のものを振り回され、無量はあやうくかわして尻餅《しりもち》をついた。鬼が握っているのは金棒……ならぬ抜き身の小太刀《こだち》だ。

「あんたが〈鬼ヶ島の鬼〉なのか……？　俺に桃太郎退治を頼んだのは」

鬼は小太刀をかまえて、威嚇する。無量も低く体勢を整えた。

「そっちは桃太郎退治をしろという。向こうは鬼退治をするという。あんたらいったい、なんの戦争をしてるんだ」

すると、問答無用とばかり、鬼が小太刀を振り上げて、無量に襲いかかってきた。なんとかかわして、後ろに飛びすさり、足元に転がっていた松の枝を摑んだ。枝打ちで落ちた枝は小太刀に対抗できる太さではなかったが、先には松葉がたくさんついている。目つぶしがわりにはなる。丸腰よりはいい。

「あんたが〈鬼ヶ島の鬼〉なら、なんでこんなことするんだ。俺に桃太郎退治させたいんじゃないのか」

鬼は耳も貸さず、むやみやたらに襲ってくる。松の枝をかざして防いだ。松葉が散り、細枝を落とされた。

「おい！」

「出ていけ！」

鬼が初めて声を発した。

「ここは帆柱《ほばしら》様の墓だ。暴くのは許さない！」

無量は、あっと思った。気づいたのだ。……ちがう、と。

この鬼は〈鬼ヶ島の鬼〉でも〈桃太郎〉でもない。

そのどちらでもない人間だ。

「墓って言ったな。……あの碑文はやっぱ墓碑なのか？」

「！……墓碑が出たのか！」

「教えてくれ。ここには誰が埋葬されてるんだ？　あの人面が意味するものを、あんた知ってるのか」

鬼は一瞬、刀を下げて構えを解いた。

「人面をみたのか……っ」

「墓碑に記してあった。あの人面の意味はなんだ。あの墓の埋葬者は！」

「――モモタロウ……」

え？　と無量が訊《き》き返そうとした時、やりとりを遮るように、背後から突然、何かが炸裂《さくれつ》するような音があがった。

　無量と鬼は反射的に身をかがめた。それは銃声だった。誰かが発砲したのだ。銃声は立て続けに数発あがった。

「な……っ。なんだ！」

　振り返ると、茂みの向こうから、猟銃を構えた戸川孝之助が現れたではないか。

　戸川はそれこそ鬼気迫る形相で、鬼装束の男に銃口を向けている。

「今すぐ私の土地から出ていけ！」

　怒鳴るやいなや、さらに発砲する。鬼装束はたまらず逃げ出した。無量は思わず腰をぬかしていたが、すぐに「まずい」と思い直し、無我夢中で銃身にとびついた。

「邪魔だ、どけ！」

「待ってくださいよ！　あのひとなんか知ってる！」

「撃ち殺されたいのか、どけ！」

　無量を押しのけてなおも発砲しようとする戸川に夢中でしがみつき、銃身を摑《つか》んで上に押し上げる。ばん、と発砲音があがった。無量は身をすくめた。戸川は老人とも思えぬ力で無量を突き飛ばし、銃口を無量に向けてきた。

「発掘屋ごときが！　いいから黙って命令に従っていろ！」

　目の前の銃口にすくみ上がり、無量は恐怖で固まってしまったが、戸川の一言でかえって冷静になってしまった。

「……なんなんすか、あんた。掘らせたいだけなら、俺らなんか呼ばないで、おたくんとこの社員でも駆りだして掘らせればいいだけじゃないすか」

「きさま、誰に向かって口をきいてる」

「会長だかなんだか知らないが、みんながあんたの言いなりになると思ったら大間違いすよ。なんか勘違いしてません？　あんたは自分んちに埋まってる宝にしか興味がないみたいすけど、そんなんよりこの山そのもののほうが宝なんすよ」

「若輩が！　わしに説教する気か」

「花咲《はなさか》じーさんの話、知ってます？　欲張りじーさんは、優秀な犬がいたところで、掘っても掘ってもガラクタしか出てこないんすよ。欲にまかせて掘れば掘っただけ大事なものを壊してるのに、なんで気づかないんすかね」

戸川が怒りにまかせて銃を振り上げる。叩《たた》かれる！　と思い、無量は一瞬すくみあがった。

が、威嚇だった。舌打ちして去っていく。

無量は気が抜けて、尻餅をついた。萌絵が叫んでいる。

ポケットに入れたスマホから、

『西原くん、大丈夫？　どうしたの？　大丈夫？』

怒鳴り声やら銃声やらは、切り忘れたスマホからずっと届いていたのだろう。無量は我に返り、応答した。

「ああ……だいじょうぶ。なんでもない」

『いまの声が戸川氏……？』

「うん。おっかねー……。殺されるかと思った」

祖父が重なった、とは言わなかった。

「気に入らないとかんしゃくかよ。家族の誰も逆らわないわけだ……」

『ほんとにだいじょうぶ？』

「ああ。でもおかげで、とっかかりをみつけた。さっきの鬼装束だ」

無量は立ち上がって、尻から土を払った。

墓の埋葬者について何か知っている。人面の意味も。

「たぶん、この島のひとだ。見つけ出して話を聞いてみる」

＊

島の案内を理人に頼み、無量は「鬼」捜しのために集落を巡り始めた。

自転車に乗って、島中にいる理人の友人知人を訪ねては、心当たりがないか、聞いてまわる。

「背の高さは百七十くらい。固太り系のベリーショート。左利き。鬼の面かぶってたから歳はわかんないけど、動きっぷりからアラサーくらい」

なにより声に特徴があった。男性にしては濁りのない高い声で、楽器にたとえるならトランペット系だ。喉《のど》も鍛えている感じだ。たぶんもう一度言葉をかわしたら、すぐにその人だとわかる自信があった。

該当しそうな人物は何人かいたけれど、どんぴしゃではない。小学校で島太鼓を練習しているひとたちがいたので、聞いてみたところ、ひとり当てはまる者がいるという。

「泊《とまり》の龍平《りゅうへい》のことかな」

「龍平さん……ですか」

「吉田《よしだ》龍平。背格好が似てる気が。左利きだし」

鬼装束のようなものにも心当たりがあるという。

「去年、木烏《こがらす》神社の千歳座《ちとせざ》で芝居打った時の衣装じゃないかな」

泊地区にある古い神社だ。境内には江戸時代に建てられた千歳座という芝居小屋があって、昔、島民たちによる手製の芝居を上演していた。客席は境内にゴザや椅子を並べるスタイルだが、舞台には昔ながらの回り舞台もあって、小さいながらも凝った造りだという。修繕後のこけら落としには東京から歌舞伎俳優が来て上演もした。

「龍平さんは本島の地芝居を復活させるって言って、泊千歳座って名前で活動してるよ」

地元民だけで打つ芝居のことだ。役者も囃子《はやし》方《かた》も衣装も小道具も全て自分たちで行う。島太鼓チームからも囃子方で何人か参加したという。

「去年の演目は龍平さんが自作した歌舞伎やったね。しかも桃太郎が題材で」

「桃太郎？　おとぎ話の？」

「それが子供向けやのうて本格的な歌舞伎仕立てで、なかなか見応《みごた》えあったし、かっこよかった。鬼も裸に縞々《しましま》パンツとかでなくて、能みたいな衣装を着てて」

無量や理人が見たのと同じだ。

「その龍平さんと連絡とれるひといませんか」

連絡先を知る者が電話をかけてくれたが留守電になっている。ＳＮＳでメッセージを送ってもらって返信を待つことにした。

「うちの嫁が動画撮ってたはずなんで、よかったら後で送りますよ」

手がかりを得たふたりは小学校を後にして、フェリー乗り場まで戻ってきた。隣接のカフェで遅い昼食をとった。

「桃太郎の地芝居か……。おまえは見なかったの？」

「すみません。芝居とか、あんま興味無くて。……あ、動画来た」

島太鼓チームの知人から上演中の様子が送られてきた。ふたりで雁首《がんくび》並べてスマホに見入り、同じシーンで「あっ」と声をあげた。

「この間の鬼だ！　同じ格好ですよ、無量さん」

「まちがいない。さっきのやつだ」

舞台上の鬼は勇壮に小太刀を振るっている。さっきのは芝居道具だったらしい。

「家まで押しかけますか」

「いや……。勢い余ってむやみに問い詰めても、知らないふり決められたら、そこまでだし。ここはちゃんと作戦を」

港のほうから乗船アナウンスが聞こえてきた。ちょうど埠頭《ふとう》に岡山県の児島《こじま》から来た高速船が接岸したところだった。なんとはなしに見ていた無量は、降りてくる客の中に見覚えのある背格好を見つけて、目を疑った。

「……忍《しのぶ》、ちゃん……？」

無量は、がたっと席を立った。理人を置いて外に飛び出した。

「うそでしょ。忍！　……忍ちゃん！」

上着も忘れて桟橋へと走る。まっしぐらに駆けてきた無量の姿に、忍も気がついた。

「あれ？　無量！」

再会は桟橋の上だった。無量は息を切らし、

「なんで？　なにいきなり」

「はは。ＬＩＮＥいれる手間が省けた。あけましておめでとう」

「あけおめなんていいから。なに連絡もなしにいきなり来たりして」

抗議をしかけた無量は、その後ろから降りてきたトレンチコートの男に気づいて、再び目を丸くしてしまった。宮内庁の降旗拓実《ふるはたたくみ》ではないか。

「あけましておめでとう。西原くん」

無量は目を白黒させた。なんだ。なんなのだこれは。

元文化庁と宮内庁が連れだって、こんな瀬戸内海の小島まで、わざわざ年始の挨拶《あいさつ》にやってきたわけではあるまい。

「なん……なん……だよ。これ」

忍と降旗は意思疎通ができているようで、目線を交わしあうと、混乱している無量に向けて、こう言った。

「実はひとを捜している。この本島にいるはずなんだ。島の案内を頼めないか」

第五章　もうひとりの桃太郎

説明を一から聞いた後も、なかなか腑《ふ》に落ちなかった。

内容が、というよりも、このふたりが目の前に並んで座っていることが、だ。

「変なカンジ」

無量《むりょう》は拗《す》ねていた。

「全然連絡くんなかったくせに、来たと思ったら、いきなりこれ？」

ご機嫌をとるように、忍《しのぶ》は「ごめん」と繰り返した。

「また会えて嬉《うれ》しいよ。西原《さいばら》くん」

降旗《ふるはた》は白手袋をはめた手をテーブルの上で組んで、メガネ越しに微笑みかけてくる。

「これも運命というやつかな？」

「はあ……。ご縁があるっすね」

「きっと良縁だよ」

引き気味の無量だ。忍はじっとりと降旗を睨《にら》み、降旗も睨み返す。よくわからない火花を散らす長身の男ふたりを見て、理人《りひと》は困惑している。

あの後、カフェに戻ってきた無量は、忍たちを理人に会わせた。ふたりが島にやってきた事情を一通り聞くと、冷めたカフェラテを一口飲んで、無量は混乱する頭を整理した。

「つまり……岡山の埋文《まいぶん》から展示遺物を盗み出した容疑者がこの島に逃げ込んでるってこと？」

「そんなところだ」

事の起こりは、桃ビズツアーだった。古代吉備《きび》埋蔵文化財センターからなくなった鉄の遺物。忍と降旗はそれを持ち出した人間を追う羽目になったのだ。

「このひとだ。久米《くめ》晴夫《はるお》氏。防犯カメラに映っていた」

いくつかあるカメラのひとつが捉《とら》えていた。背面からの映像で手元は映っていなかったが、久米が去った後、問題の遺物はなくなっている。

「久米氏はその後、埋文近くのタクシー会社に行き、児島《こじま》観光港まで乗ったことがわかった。その後、高速船の切符を買って乗船してる。この島まで来たはずだ」

「なんで本島《ほんじま》に？」

「久米氏の実家が本島にある」

倉敷《くらしき》の自宅には帰っていなかった。実家にいると踏み、追ってきたところだった。

「久米氏が持ち出した遺物が、これだ」

スマホには、赤錆《あかさび》に覆われた鉄のかたまりが映っている。ぱっと見の印象はちょっと

大きな風鈴か、弁当箱だ。無量は首を突き出して画像をじっと見ていたが、やがて忍たちを上目遣いに見、

「駅鈴《えきれい》……かな？」

降旗は満足そうにうなずいた。

「さすがだ、西原無量。そう、駅鈴だ」

なんですかそれ、と理人が訊《たず》ねる。無量はかみ砕いて、

「古代の公務員が遠くに出張する時に支給されたやつ。都から地方の県庁所在地みたいなとこまで繋《つな》がる道路に『駅』がいくつもあって、この鈴をもってると、馬とか船とか人足《にんそく》とか出してもらえんの。役人の身分証明物がわり」

篆書《てんしょ》体で大きく裏表に一面ずつ記された文字は『驛』と『鈴』。

大化の改新によって定められた律令期の交通・通信制度だ。地方の国府から都まで、主要街道上十六キロごとに駅家《うまや》を置き、駅鈴をもつ官人が利用できる。当時の交通手段であった馬や船を用立て、スピーディーな移動を可能にした。

「ですよね。降旗さん」

「いい説明だ。ついでにいえば、この制度の管轄は兵部《ひょうぶ》省。今でいう防衛省にあたる」

「つまり軍事的な目的が？」

「租税を届ける者などは使えない。あくまで官人が都まで素早く情報伝達するために使った。外敵や反乱や災害が起きた時のためだ。これを馬の首にぶらさげて鳴らしなが

ら、先を急いだ、らしい」

「パトカーのサイレンみたいなもんか」

「現物は、今は隠岐《おき》に二例残っているだけだが」

これが古代の駅鈴だとすると全国で三例目の貴重な発見だ。

「でも錆がひどいし、盗んで売ろうとしたとこで、美術品としての値打ちはイマイチだと思うけど」

こんな鉄錆のかたまりをなぜ持ち出したりしたのか。

「確かに久米さんは他のひとたちよりは勉強熱心だったけど。そこまで歴史マニアにも見えなかった」

桃太郎《ももたろう》伝説には関心を持って温羅《うら》に同情的な発言はしていたが、歴史に詳しそうでもなかったし、まして律令制度における駅鈴の価値をどこまで理解していたか。

「埋文の所長さんを必死で説得してなんとか三日だけ猶予をもらった。三日以内に返却すれば、被害届は出さないと」

それでふたりが追ってきたわけだ。

「よりにもよって、それが本島だったと……」

「無量に会えたのは嬉しい誤算」

「年始のご挨拶じゃなくて残念」

無量は、降旗のスマホの画像にふと気になるものを見つけた。

「なんすか、これ」

鉄鈴のX線解析映像だ。八面ある側面のひとつに、象嵌《ぞうがん》らしき痕跡《こんせき》がある。目が釘付《くぎづ》けになった。

「人面……だ」

え？　と理人が無量を見た。

「ほら。この人面、いっしょじゃないか……」

戸川《とがわ》家の遺跡から出てきた、墨書土器と碑文、そして徳正寺《とくしょうじ》が持っていた水晶玉。それらに刻まれていた人面と同じものが、駅鈴にも記されているのだ。

無量が自分のスマホで撮った画像を忍たちに見せると、今度は降旗が食いついてきた。

「どういうことだ」

すぐに自分のスマホを繰り始める。

「見ろ」

今度は拓本の画像だ。漢文で書かれた篆書体の拓本は碑文を写し取ったもの。どこかで見たような文字並びの下に、人面がくっきりと刻み込まれている。

「これ！　どうしたんですか」

「韓国で発見された墨本《ぼくほん》にあったものだ。吉備のことが記してある」

「待って。これ昨日出てきたやつですよ。昨日、戸川の山から出土した碑文とそっくり……まさか」

考えられる可能性は、ふたつだ。

ひとつは、拓本自体が観音山《かんのんやま》に埋まっていた碑文からとったもの。

もうひとつは、よく似た（もしくは同一の）墓碑または石碑が、韓国のどこかにもあったか。

「これ、なにが書いてあるんですか」

新羅《しらぎ》と唐《とう》によって滅ぼされた百済《くだら》の遺民が、日本に逃れてきた頃のこと。新羅は船団を率いて難波《なにわ》津《つ》に入ろうとしたが、吉備の海賊に阻まれてしまった……。

そんな内容が記してある。新羅の船団とは、武力を備えた軍団だったのか、それとも大がかりな使者だったのか。

「百済が滅ぼされた後、日本は西海防衛のため、多くの山城を築城している。山城とは呼ばれるが、正確には海防の城だ」

「そこまで日本との関係は緊張していたということですか？」

降旗は「一方的に恐れたんだろう」と答えた。

「幸い数年後には新羅の使者とのやりとりも始まっている。だが百済の亡命貴族は、追撃を恐れたろうな。天智《てんじ》帝が海から離れた近江《おうみ》に都を遷したのも、避難の意味合いが強かった」

「白村江《はくすきのえ》で負けて日本がびびったってことすか」

「百済に進駐した唐の司令官が使者をよこしたりはしてるが、深追いをした形跡はない。

日本が神経質になってたんだろう」

自信満々で大きな敵に刃向かったはいいが、こてんぱんにされたので、やばい、今度は自分がやられる、と思ったのだろう。

それだけ当時は大陸とのやりとりが緊密で、なおかつ、心理的な距離感も近かったということだ。

「その時の碑文が、本島の古代山城《さんじょう》に埋まっていた……か」

戸川の山から今回の発掘で出土した、墨書土器、碑文。

同じ場所から三百年前に出土した、水晶玉。

韓国で見つかった、碑文の拓本。

埋蔵文化財センターから持ち出された、駅鈴らしきもの。

その全部に人面が入っている。

「この人面の意味はなんなんでしょうね」

疑問は、その一点に集中した。

「そもそも駅鈴の制度は、朝鮮半島の戦乱が日本に及ぶのに備えて整えた、軍事制度だ」

「つまり、古代山城と無縁じゃないってことすか」

「百済の滅亡ともな」

無量は押し黙ってしまう。さっきの鬼の言葉——。

「……〝あの墓に埋まっているのは、モモタロウ〟」

「なんだ？　無量。それは」

「発掘を妨害した鬼が言ってたんだ。埋葬者は、モモタロウって」

忍も降旗も、少し困惑した。

「まさか、あの人面は……本当に〝モモタロウ〟の顔？」

不意に徳正寺の顔が頭に浮かんだ。どこまでも冷静で冷徹な眼差《まなざ》しは、あの人面にもどこか似ている。

――あなたも鬼のひとりとみなして、退治します。

カップの底に沈んだ珈琲《コーヒー》の粉が、西の空に浮かぶ三日月を思わせる。

岸壁からフェリーがゆっくりと離れていく。

*

理人に案内されて、忍と無量と降旗は、久米の実家を訪れることにした。

笠島《かさしま》という集落にあるという。

無量と理人は自転車だったので、先に行き、忍たちは後からバスで追いかけることになった。

笠島の集落は港に面していて、町屋の古い街並みが美しい。昔ながらの本瓦葺《ほんかわらぶ》きの木造住宅が軒を連ね、なまこ壁をあしらった土蔵が建つ。漆喰《しっくい》絵や、潮に強い焼板張りの白壁など、船大工の多かった島らしい佇《たたず》まいだ。細い小路を猫が歩き、味わい深い格子戸が並ぶ景観は、どこか懐かしく居心地がいい。

「ここには塩飽《しわく》が一番豊かだった頃の名残があるんです」

理人が自転車を止めて言った。

「ほら。道が交差するところが、ちょっと曲がってるでしょ。マッチョ通りっていうんですけど」

「マッチョ？　筋肉？」

「はは。町通りがなまってマッチョ。わざと先を見通しにくくして、敵が攻め込みにくくしてるんです」

「これも塩飽水軍の知恵？」

「あの小高い山の上に、前言った笠島《かさじま》城っていう戦国時代の小さい城があったんです。一応城下町なんですよ」

「殿様がいたの？」

「らしきひとが、一応。経緯はよくわからないけど、徳川《とくがわ》の時代になると幕府の直轄領になって、大名ではなく人名《にんみょう》っていう船方六百五十人による自治の島になったんです」

バスも到着した。降りてくる二人を離れたところから見ていると、似たようなスペックの男子ふたり、相棒感がすごい。てっきり意気投合して、ひとつの事件を追いかけているのかと思ったが、目も合わさない。

「ここが塩飽《しわく》廻船《かいせん》の島か……。名残を感じるな」

降旗は興味深そうに見回している。瀬戸内には古い街並みの景観が似合うが、ここもそのひとつなのだろう。

久米の実家は集落の奥まったところにある。

「ごめんください」

声をかけると、中から小柄な年配女性が現れた。穏やかな雰囲気で受け答えするそのひとが、久米の母親だった。遺物持ち出しのことには触れず、友人という態《てい》で久米が帰宅しているか訊《たず》ねてみると……。

「帰ってきていない？　連絡などは？」

「いえ。特には何も」

かくまっている、にしては、母親の反応は素朴すぎる。するとそこへ――。

「おや。ぼっちゃんじゃありませんか」

家の奥から聞き覚えのある声が聞こえた。

菊間《きくま》執事ではないか。

セーターにスラックスという、くつろいだ普段着姿だ。

「菊間さん。ここでなにしてるんですか」

「なにって、近所のもんでお茶しとるんですよ。私の家はこの二軒隣なんです」

執事だが、屋敷には住まわず、ここから通っている。高齢化で無住の住宅が増えており、伝統的建物の保存も兼ねて、よそからの移住者もぼちぼちいる。

「菊間さんは本島《ほんじま》のひとじゃなかったんですか」

「私の出身は高松《たかまつ》です。ひとり者なので気楽なものです」

降旗は何が気になるのか、やたらジロジロと菊間を見ている。お茶でも飲んでいきませんか、と菊間からにこやかに誘われた。久米からの連絡があるかもしれない、と無量は忍と目配せし、お邪魔することにした。

「こちらも昔ながらの町屋ですね……」

玄関をくぐるとニワと呼ばれる土間があり、座敷への上がり口になっている。突然の若い男子四人組の訪問に、久米の母も急に華やいだ顔になった。

「そうですか。戸川さんとこの山で発掘を……」

お茶を飲みながら、興味深そうに聞いている。

「祖父は鬼ヶ《おにが》島《しま》の証拠を見つける、なんて言ってるんです。無茶ぶりでしょ」

忍に問われて、無量は古代山城の話をした。これには降旗も驚いたらしい。

「それで何か珍しいものは出てきてるの？」

「神籠《こうご》石《いし》か……。それは大発見だな」

「でしょ。鬼のお宝よりも優先だと思うんすけど」

「鬼のお宝やないけど、あの山には昔から埋蔵金の噂があるんですよ」

久米母の言葉に、無量は身を乗り出した。……埋蔵金？

「鬼ヶ島の、ですか？」

「村上《むらかみ》水軍の、です」

　これには意表をつかれた。

「塩飽《しわく》でなく村上水軍の埋蔵金……？　なんで」

「昔、織田《おだ》信長《のぶなが》と石山本願寺《いしやまほんがんじ》が戦をした時、本願寺と手ぇ組んだ毛利《もうり》が村上水軍に兵糧《ひょうろう》を運ばせたんやけどな、塩飽水軍が立ちはだかって妨害したんやそうや」

　その話は埋人からも聞いた。備讃《びさん》瀬戸の複雑な潮の流れを知る塩飽水軍に阻まれて、村上水軍は塩飽を越えられなかったという。

「信長は気前ようて塩飽の船方たちに村上の船から没収した荷を与えたんやけど、悪心を起こしたよそもんが夜中に島に忍び込んで、金銀を盗みだそうとしたそうや。船方たちは盗人《ぬすっと》を追いかけて捕まえたんやけど、盗人の手に金銀はのうなっとった。山のどこかに隠したんやないかて」

　その山が、戸川の山、か。

「掘るいうきん、てっきりそれや思うたんですわ」

　久米母はほがらかに笑った。

　だが、無量は笑っていない。

——手を出したら、鬼とみなして退治しますよ。

徳正寺の家に伝わっていたとおぼしき人面の水晶玉。鬼《おに》ノ腰掛岩《こしかけいわ》から出土したと言っていた。

彼女の先祖が埋蔵金めあてで山を掘ったのだとしたら……。

「ははは。ただのよくある言い伝えですよ」

菊間は笑った。

「久米さんちは、昔ながらの町屋の造りがよう残っとるんです。ご案内しましょう」

古い階段をあがるとツシ二階（中二階）がある。珍しい虫籠《むしこ》窓からは、向かいの家の格子窓が見える。中庭には井戸があり、隣に建つ土蔵のなまこ壁が美しい。

「今は丸亀《まるがめ》から水道が通っていますが、つい二十年ほど前までは井戸水をポンプであげてたんですよ」

「それで島には井戸が多いんですね」

「こっちがカマバです」

奥の土間には昔ながらの立派な竈《かまど》が据えられている。

大きな釜《かま》がひとつ、載っていた。

「……竈か……。吉備津《きびつ》神社の御《お》竈殿《かまでん》を思い出すなあ」

忍の言葉に、無量は「えっ」と反応した。

「それって鳴釜神事の？」

「うん。竈の下に鬼の首が埋められているという言い伝えの」

戸川孝之《こうの》助《すけ》が占ったという、あの神事のことだ。その竈の下に埋まっている鬼の首から「宝が出る」と夢のお告げがあり、今回の発掘のきっかけになったのだ。

「竈には神様がおるんですよ」

久米母はにこにこと言った。

「この竈に載っとる大釜があるでしょ。これは竈神様を祀《まつ》っとる特別な釜やきん、ふだんは使わんの」

竈神は火伏せの神だという。忍は目の前の竈に、吉備津神社の御竈殿を重ねた。その下に鬼――温羅の首が埋められているという竈のことを。

「竈の下には鬼が埋まっている……」

ふと忍が呟《つぶや》いた。

「鬼が？」

「うん。竈神の正体は……実は鬼なんだろうか」

煤《すす》けた梁《はり》を見上げると、神棚がある。燻《いぶ》されて真っ黒になった神棚は重々しく、御札の文字もよく見えない。無量はなんとはなしにそばにある柱を見て、ある一点に目が釘《くぎ》付《づ》けになった。

「え……っ」

「どうした？　無量」

無量は「あれ……」と指さした。

「人面、だ……」

指さしたところを忍も見上げる。煤で真っ黒になっていて見にくいけれど、柱に人の顔らしき彫りものが刻まれているのだ。

墨書土器、碑文、水晶玉、駅鈴……。それらに刻まれていた人面にそっくりだ。笹の葉のような半眼に細い鼻筋、三日月のような眉。白鳳時代の仏像に似ている。

「あれはなんですか」

久米の母親に訊ねると、煤だらけの天井部に目をこらした。

「私らは柱神様と呼んでます」

「柱神……？」

「昔、塩飽《しわく》の船の帆柱に刻まれよった守り神ゆうふうに聞いとります」

もともとは船の守り神として帆柱に彫刻された人面だったが、転じて家の柱にも刻まれるようになり、家の守り神となったという。塩飽には船大工の技で建てられた家が多いので、自然と船のものが陸にも取り入れられるようになったのだろう。

「塩飽の船の守り神……」

少しずつ手がかりの糸を手繰っている感触はあるのだが、まだ辿《たど》りきれない。

手を伸ばせば、答えに届きそうな気はするのだが。

＊

結局、久米の足取りは摑《つか》めず、吉田龍平《よしだりゅうへい》とも連絡がつかなかった。フェリー乗り場の職員は島の者の出入りもよく見ているので、訊《たず》ねてみたが、ここ二、三日、島の外に出る船に彼らが乗っていたのを確認した者はいなかった。ただ龍平の家は漁師なので、フェリーを使うとは限らない。

理人の厚意で、忍は無量と一緒に泊まることになり、降旗は最終便で一旦《いったん》、岡山に戻っていった。

「あら、いい男が増えてるじゃない」

戸川邸で猿渡《さわたり》がめざとく忍を見つけた。無量が一番紹介したくなかった相手だ。

「へえ。マネージャーさんなんているの。さすが有名人、待遇がちがうわねえ」

「人面の碑文を掘り当てたのは、あなただそうですね。猿渡さん」

忍に言われ、猿渡は「大したことないけどね」と謙遜《けんそん》しつつ、

「教科書に載るような大発見だったら、あちこちから取材がきちゃうかも。あ、エステのコース増やさなきゃ」

「徳玉《とくたま》神社でなにしてたんです？」

忍は一連の経緯を無量から聞いた後だった。

「あなたの部屋に投石があった翌朝、徳玉神社に何か投げ込んでたそうですね。誰かとメッセージのやりとりでもしてたんですか？」

それまで軽薄を通していた猿渡が、真顔になった。

「なによ、それ。つけまわしてたの？」

「ジョギング中にたまたまっす」

「こう見えて信心深いのよ、あたし。お賽銭《さいせん》を投げただけよ」

「理人さんから聞いたのですが、徳玉神社の祭神は安徳《あんとく》天皇だそうですね。屋島《やしま》の合戦で逃げ延びた平家《へいけ》一門が、塩飽《しわく》に婦女らを残していったとか」

「えっ。そうなの？」

これには無量のほうが驚いた。安徳帝といえば、ついこの間、高知の事件で深く関わったばかりだから、なおさらだ。

「安徳帝に対して信心深い、ってことは、平家の落人《おちゅうど》の子孫ですか？」

「私、出身が門司《もじ》なの。下関《しものせき》の赤間《あかま》神宮には毎年行ってたし、思い入れがあるのよ」

「例のトレンチに先に着手したのは」

忍は追及の手を緩めない。

「無量に先を越されないためですか」

猿渡は露骨に不機嫌になった。

「当たり前じゃない。お金がかかってんのよ。出し抜いてナンボでしょ」

「あんたもさ、そんなに金が欲しいなら他の仕事すりゃいいのに」

「そんな簡単に転職できるなら苦労してないわよ。こんな美味《おい》しいボーナスもらえる機会なんて滅多にないんだから」

「でも、そのトレンチプラン」

　忍は冷静に問いかけた。

「本当にあなたが考えたものですか」

「失礼ね！　ひとを小馬鹿にしてるの？　これでもあたし山城のプロよ。イケメンってこれだから嫌。カオがよけりゃなんでも許されると勘違いしてるんだから」

　プライドを傷つけられた猿渡は、般若《はんにゃ》のような顔で去っていった。

「さすがに言い過ぎじゃない……？」

「いや」

　忍はわざと言ったのだ。反応を見るために。

「なるほどな……」

　部屋に戻る途中で、鳥海《ちょうかい》にも会った。今日は一日買い物で島を出ていたらしく、両肩に大きなショッパーをかけて上機嫌だ。

「聞いたか、西原。明日《あした》、作業だってよ」

「えっ。だって日曜でしょ」

「戸川の旦那《だんな》に徳正寺が大目玉くらってた。悠長に休みなんかとらせないで早く掘れって。あのじーさん、なんか鬼にでもとっつかれてんじゃね？」

　無量は察した。今朝の鬼装束のせいだ。戸川はまるで害獣でも追い払うように猟銃を撃ちまくった。金をちらつかせて競わせてまで、この発掘を急がせる理由が何かあるというのか。

「俺、最下位だから挽回《ばんかい》しねーと。まだ特賞でてねーし」

「三百万の……？」

「そ。一発狙い。また明日な」

　やりとりを見ていた忍も、この発掘の奇妙さを理解した。つまり、まだ戸川の望む「本命」遺物は出ていないということか。

「お、噂をすれば……」

　執務室のほうから徳正寺あやめがやってきた。表情が硬く強《こわ》ばっている。

　忍を見るとあからさまに不審感をあらわにした。

「亀石《かめいし》発掘派遣事務所の相良《さがら》忍です」

　名刺交換をして「出張ついでに無量の様子を見に来た」とだけ話した。

「契約条件にはなかった出来高加算の件について伺いたいのですが、少しお時間よろしいでしょうか」

　徳正寺は警戒している。忍は慌てて微笑を浮かべ、

「……あ、いえ。報酬が増える分には本人にも悪いことではないので、あくまで上への

報告のためです。うちの取り分については後で本人と相談します」

わかりました、と徳正寺は応じた。忍は無量に「心配無用」と目配せすると、応接室へと消えていった。

＊

「やっぱり無関係じゃなさそうだな……」

部屋に戻ってくると、忍は無量と情報整理を始めた。

メモに描いた相関図を眺めて、赤ボールペンで大きく丸を描いた。

「キーワードは、人面。それで全部が繫《つな》がってる」

戸川の観音山から出てきた、人面墨書土器と人面碑文。

徳正寺が持っていた、江戸時代に出土した人面水晶。

降旗が示した、韓国で見つかった人面碑文の拓本。

久米が埋文から持ち出した、人面駅鈴。

久米家の柱に刻まれていた、人面柱神。

そして、人面のことを知っていた鬼装束の男。

「この人面はきっとなにか、ひとつの意味を持っている」

「それが〝モモタロウ〟……？」

鬼装束の男がもらした呟《つぶや》きだ。

「つまり、モモタロウの土器、モモタロウの碑文、モモタロウの水晶、モモタロウの駅鈴、モモタロウの柱神……。結局、モモタロウってなんなん？」

「吉《き》備《び》津《つ》彦《ひこ》……。だけでは説明できないものだろうな」

根拠は「戸川の山の埋葬者は〝モモタロウ〟」という一言だ。

「吉備津彦の墓は、総社《そうじゃ》にある。中山茶臼山《なかやまちゃうすやま》古墳だ」

「つまり、桃太郎はふたりいる？」

「鍵《かぎ》は、韓国で見つかった碑文だ。新羅の船団が吉備の海賊に襲われたとあった。吉備津彦の時代じゃない。それより何百年も後、鬼《き》ノ城《じょう》ができた時代」

もうひとりの〝桃太郎〟だ。

吉備の桃太郎ではない。塩《し》飽《わく》の桃太郎だ。

「そのモデルになった人物は、塩飽水軍とも関わりが深いのかもしれない。塩飽の海賊は、藤原純友《ふじわらのすみとも》の頃からいたというが、実際はもっと古いのかも」

「じゃあ、韓国の碑文に出てきた吉備の海賊ってのは、正しくは、塩飽の海賊？」

「かもしれないな」

塩飽の桃太郎は、本島に埋葬された。あの人面は、彼を指す暗号なのか。

「でも兵部省から支給される駅鈴にまで刻印されてたのは、どうして」

「それこそ鬼退治のために任命されたのかもしれない。吉備津彦のように」

「瀬戸内警備の桃太郎か。なら、鬼っていうのは……？」

「新羅の船団？」

　無量はぞっとした。

「それってやばくない？」

「まかりまちがえば、国と国の戦争になってたかもしれないな」

　武力衝突したのかどうかはわからない。ただ、今は歴史的意味について考えている場合ではない。

「問題は、そのモモタロウがいた城で、徳正寺さんが何をしでかそうとしてるかだ。戸川氏が〝鬼ノ宝〟とする本命遺物は、まだ出ていないのだとしたら、たぶん、徳正寺さんがしようとしてることも、それに関わることじゃないかな」

「俺もそう思う。『見逃せ』っていうくらいだから、良いことじゃないと思う。徳正寺さんからは何か聞き出せた？」

「いや。あの手この手で『語るに落ちる』を狙ったけど、のらりくらりとかわされた。尻尾《しっぽ》を掴《つか》ませてくれない」

　ただ、と言い、忍はボールペンで「牛島丸尾《うしじままるお》家」と書かれたところに下線を引いた。

「徳正寺さんの先祖が下北《しもきた》半島に移った塩飽《しわく》の船大工で、まだ塩飽にいる時、観音山を掘ったりしてたなら、何か伝わってたかもしれない」

「案外、戸川氏の本命遺物って村上水軍の金銀財宝なんじゃないの？」

「それなら話も簡単だけどね」

あの人面の水晶玉も三百年前、鬼ノ腰掛岩から出てきている。

――鬼退治……。

「……戸川氏と徳正寺さんの関係、もう一掘りしたほうがいいかもね」

無量が言うと、忍は「やってみようか」と申し出た。

「いいの？」

「調べるのは得意さ。問題は久米さんの行方だ。明後日《あさって》までに駅鈴を返却させないと」

「菊間さんに手伝ってもらうってのは、どう？」

島のことには詳しそうだ。人柄もよく、頼もしい。

「そうしよう。あとは鬼装束の男か。その吉田龍平ってひととは連絡とれたのか？」

「いや、まだ。理人が明日、家を訪ねてみようかって」

「理人くんひとりじゃ危ないな。俺も一緒にいこう。降旗氏も朝イチで島に戻ると言ってるし」

「だな。よし、以上。考えるのおしまい」

というと無量は「はー！」と息をつき、大の字になって畳に寝っ転がった。

「今年こそは穏やかに発掘できますようにって初詣《はつもうで》でお願いしたのに」

「実家はどうだった？　ゆっくりできたか？」

「忍が正月いなかったから調子狂った」

無量は拗《す》ねたようにこちらを見た。

「忍ちゃんの雑煮食べたい」

「帰ったら作るよ」

「だし巻きも」

「ああ」

こうやってひとつの部屋にいると、やっぱりホッとする。忍がそばにいるだけで家にいるような安心感だ。一緒にいるだけで部屋が二、三度暖まるような。遠慮なく手足を伸ばしてゴロゴロできる。不安が消えたと感じる。

あれ？　と無量は我に返った。

今回は、忍に頼らず自力で解決するんじゃなかったっけ？

急に決まりが悪くなった。

「それにしても降旗氏、よくわかんないひとだな……」

どきり、としたのは忍だ。

「忍ちゃんと息合うんじゃない？　並んでると刑事モノのドラマみたい」

「やめろよ。息なんか合わないよ」

「そうかな。どっちも頭の回転速そうだし、ツーカーって感じだったぞ。あと、あのひと紅茶とか好きそう」

忍は不機嫌そうにほうじ茶を飲んでいたが、ふと真顔になって、

「……あのひとのこと、どう思う？　無量」

「どうって？」

「その、好きとか嫌いとか」

「ちょっと気になるひとではあるかな」

「手のことで？」

「うん、まあ」

無量は右手を電灯にかざした。

犬飼《いぬかい》が言っていた。自分も遺物に呼ばれている気がするのだと。その感覚が異常ではないのなら、自分と降旗が発掘中に手のヤケド痕《あと》が疼《うず》いたりしても、それは特別おかしなことではないのかもしれない。

「そういうので、あのひとも悩んだことがあるなら、話聞いてみたいと思うし」

忍は心中穏やかでない。が、寝転がった無量からは見えない。

「手が使えないつらさとか……わかるし。それに」

——孤独だったよ……。

いつだったか、ふとこぼした一言が、無量の耳には焼きついている。

同じ傷に心を寄せる無量を、忍はじっと見つめている。

「……。降旗氏なら、自分のこと、誰よりも理解してもらえるって思う？」

それはない、と無量はあっさり否定した。

「俺のこと誰よりもわかってんのは、忍ちゃんでしょ」

「……無量」

「ガキの頃から知ってんだもん。年季がちがうよ。年季が」

だが、同じ痛みや苦しみをもつ者同士というものは、いともたやすく心の距離を飛び越してしまえるのだ。ひとは常に、痛みをわかちあえる相手を探しているからだ。

忍は後ろめたさでしか向き合えない。

「さ、布団しこっか」

無量が起き上がり、押し入れをあけた。枕を並べると、子供の頃の、相良家でのお泊まり会を思い出すのか、無量はどこか楽しそうにしている。

「今度の件さ、やっぱ自力でなんとかしてみっから、忍は駅鈴を探す方に力いれてよ。お荷物になりたくないし」

「お荷物だなんて思ってないけど」

「うん。でも頼ってばっかじゃ、かっこわるいし」

おやすみ、と言って電気を消す。暗くなると、あっというまに寝息が聞こえてくる。

以前の無量は、決してひとになつかない手負いの動物みたいだった、と亀石は言っていた。今は、こんなにも無防備で大丈夫なのかと心配になるほどだ。

忍にしかそんな姿は、見せない。

「……。いっそ喉笛《のどぶえ》を食い破られたら、楽かな……」

結露したガラスににじむ瀬戸大橋の明かりを見つめ、忍は考え込んでいる。

*

翌朝、忍は理人とともに朝から出ていった。久米の捜索と、吉田龍平に会うためだ。

一方、無量たちは休日返上で発掘作業だ。戸川の意向で急遽《きゅうきょ》、日曜出勤と相成った。

「昨日の口の悪いイケメンは帰ったの？」

朝の食堂で、無量は猿渡に声をかけられた。

「先に出たっす。一応仕事で来てるんで色々忙しいんすよ」

「あら残念。嫌味のひとつも言い返してやろうと思っていたのに」

鳥海と犬飼はもうとうに食事を終えて現場に向かったという。猿渡も食事を終えていたが、無量の分まで珈琲《コーヒー》を注いで持ってきてくれた。

「はいどうぞ。こないだうちのトレンチ手伝ってくれたから、一応、借りは返すわね」

「そりゃどーも。俺は地道に礎石んとこ掘るんで、あとは皆さんご自由に」

「欲がないのねえ。まだ三百万の特賞が残ってるのに」

「特賞って……商店街の福引じゃないんだから……」

じゃ先に行ってるわね、と言い、猿渡も食堂を出ていった。大金がかかっていると、こうもやる気が違うものか、と肩をすくめて珈琲を飲んだ。

ただ無量ものんびりとはできない。自分は監視役だし、鬼装束もまた妨害しにくるかもしれない。

苦い珈琲を一気に飲み干して、食堂を後にした。

部屋に戻ってすぐに支度を済ませ、出ていこうとした時だった。

「あれ？」

急にぐらりと目が回った。

めまいだと思って壁に手を突いた。

「なんだ？」

体調はいいし、脱水症状でもない。風邪は引いていないし、貧血持ちでもない。そうこうするうちに頭がぼんやりしてきて、強い眠気に襲われた。昨日はよく寝たはずだし、寝不足ということはないはずだ。珈琲も飲んだから、すぐにすっきりするだろう……と思っているうちに、がく、と力が抜けて、体が崩れ落ちた。

猛烈な眠気が襲いかかってきた。

体が鉛みたいに重く、言うことをきかない。

やばい……。ねるわけには……。

眠気はみるみる意識を飲み込んで、抗《あらが》おうとする意志も奪われ、無量は力尽きたようにその場に倒れこむと、そのまま昏睡《こんすい》してしまった。

＊

「昨日から帰っていない？　それは本当ですか？」

理人とともに福田《ふくだ》地区にある吉田龍平の家を訪ねた忍は、龍平の父親から不在を告げられた。

龍平には「鬼装束の男」ではないか、との疑いがかかっている。昨日の朝、家を出たきり、まだ帰ってきていないという。

「島の外の友人んちに泊まるゆうて夜、連絡があったが、今朝は何《なん》も無いなあ」

その友人が誰かはわからない。

玄関には塩飽《しわく》水軍だった頃の名残だという道具が飾られている。棒の先に刺《とげ》のような突起状の金具がたくさんついている。あれ？　と理人が何かに気づいたようだったが、口にはしなかった。

人面の柱神についても訊《たず》ねてみたところ、

「……うちにはないが、昔、ひいじーさんの木造船で見たことあるなあ」

「やっぱり、あったんですね」

「ああ。船では帆柱様ゆうんや」

「それの正体がモモタロウだという話は、聞いたことありますか？」

龍平の父親は、首を傾げてしまう。

忍と理人は吉田宅を後にした。

「どうした？　理人くん。何か気になったものが？」

「あの、玄関に飾ってあったトゲトゲの金具がついた棒、見ました？」

「袖搦《そでがらみ》って道具だね。昔、捕物なんかでも使われた。船同士の戦いで敵の袖にひっかけて海に落としたらしいよ」

「あれ、鬼が持ってた金棒です！」

理人が鬼装束に襲われた時、振り回していたものだった。

「間違いない。ってことは、やっぱり龍平さんという人が……」

自転車にまたがった。島を周回する海沿いの道は、車の通りもほとんどない。集落の多い島の南西側は道幅も狭く、猫の額ほどの平地に身を寄せ合うように家が並んでいる。今にも岩が落ちてきそうな崖沿いの道で、海風切ってペダルを漕ぐ。

「島を出てしまったんですかね。フェリー乗り場で見た人はいないけど」

「でも発掘を妨害したいんだろうから、また邪魔しにきそうなものだけど」

急に忍がブレーキをかけて止まった。理人はあやうく追突しそうになって、つんのめるように急停止した。

「どうしました？」

「……。久米さんだ」

忍の目線の先に、リュックをしょって歩く見覚えのある背中がある。

「久米さん！」

声をかけると、大袈裟《おおげさ》なくらい驚いて振り返った。やはりそうだ。久米晴夫だった。

が、忍の姿を見た途端、脱兎《だっと》のごとく逃げ出した。

「待ってください、久米さん！」

忍は自転車で追いかける。久米は山のほうへと逃げた。急坂の細道だ。狭い階段になっていて、それ以上は自転車では追えなくなった。

「逃げないで、久米さん！　話がしたいんです！」

自転車を捨てて追いかけた。理人もついてくる。地元出身の久米は土地勘があるので、路地や階段を縫うように逃げる。とうとう見失ってしまった。

「どこいっちゃったんでしょう……」

「まだ遠くには行ってないはずだけど」

急な斜面に石段をみつけ、あがっていくと、その先に古い木造の建物が見えてきた。体育倉庫くらいの大きさで、看板が下がっている。

「〝泊千歳座《とまりちとせざ》〟……これ、龍平さんのやってる地芝居復興会の」

どうやらここが稽古場《けいこば》兼倉庫らしい。人気《ひとけ》はなく、しん、と静まりかえっている。

道は行き止まりになっている。隠れるとしたらここしかない、と思い、忍び足で近づいていった。

「ごめんください」

引き戸に手をかけると、……開いている。

中は電気もついておらず、ひんやりとした空気と埃《ほこり》っぽさが混ざって、古い神社の拝殿めいた気配がした。奥には衣装や小道具らしきものが並んでいる。

「わ！」

いきなり理人が大きな声を出したので、忍も驚いて振り返った。

「どうした！」

「びっくりした……お面が」

見ると、鬼の面ではないか。ざんばらの髪と大きな目と鼻、開いた口。

「あの時の鬼がつけてたやつです……。まちがいない」

「じゃあ、やっぱり……」

わ！　とまた理人が悲鳴をあげた。今度は何の面が……と再び振り返った忍は、その姿勢のまま凍りついた。

理人が捕まっている。

後ろに立っているのは、固太りの短髪男だ。理人の喉元《のどもと》を太い腕で締め上げている。忍が動けなかったのは、理人が刃《やいば》をつきつけられていたせいだ。

「そのまま動くな」

「……。あなたが吉田龍平さんですか」

「あの連中の仲間か。それ以上、近づくな」

刃物は小道具ではない。本物のサバイバルナイフだ。

「あなたを捜していました。理人くんを放してもらえませんか。話がしたいんです」

「それはだめです」

今度は背後から別の男の声がした。聞き覚えがあった。振り返った忍は青ざめた。

「――久米さん……」

忍の真後ろに立つ久米がつきつけているのは、銃口だ。猟銃を突きつけている。

さすがの忍も、これには両手をあげるしかない。

「なんでこんな真似を……」

「すみません。相良さん。こんなことはしたくなかったのですが」

暗く湿った声で、久米は言った。

「計画が果たされるまで、しばらくここで静かにしていてもらえますか」

＊

無量が目を覚ましたのは、陽もだいぶ高くなった頃だった。

部屋のあがり口で床板に転がるようにして寝ていた無量は、まず、なんでこんなところに横になっていたのか、不思議に思った。時計を見てギョッとした。

「十二時……？　うそだろ！」

支度をして部屋を出ようとしたところまでは覚えている。ドアの前で何か猛烈な眠気に襲われ、そのまま崩れるように寝落ちしてしまったらしい。ほんの一瞬のことと思いきや、四時間も経ってしまっている。

午前の作業をまるまるすっぽかしてしまった。こんな失態は初めてだったので激しく動揺し、慌てて玄関から飛び出した。

すると向こうから発掘メンバーたちが戻ってくるではないか。

徳正寺もいっしょだ。

「す……すみません、俺！」

「よう、西原。具合でも悪かったのかー？」

鳥海が運んでいるのは遺物を入れたコンテナボックスだ。

「特賞が出たぞ。俺が掘り当てた」

「なんだって……っ」

遺物は緩衝材にくるまっている。鳥海は自慢げに笑い、

「飛鳥《あすか》時代の金銅仏だ。三百万、いただいたぜ！」

意気揚々だ。まるで獲物をゲットしたかのように。無量はぼう然としている。

何かに化かされでもした気分だ。時間泥棒にでもあったのか。四時間が一瞬で盗まれた。気絶でもしていたのか。

後からついてくる猿渡は「あーあ、先越されちゃったー」と投げやりだし、犬飼にいたっては意気消沈しているのか、うなだれて無量と目を合わそうとしない。徳正寺は相変わらずニコリともせず、冷静だ。

玄関から戸川孝之助が飛び出してきた。まるで凱旋《がいせん》を待ち受けていたように。

「よくやった！　ついに見つけたか！」

「会長、ようやく出土しました」

「でかしたぞ、徳正寺。鬼ノ宝をよくぞ見つけた！」

異様にはしゃぐ戸川を見て、無量はますます狐につままれた気分だ。

「その仏像が夢のお告げにあった鬼ノ宝なんですか？　ほんとうに？」

「そうだ。これが海の鬼が隠した観音像だ。よくやったぞ、徳正寺」

と、その肩を摑《つか》んで褒めまくる。

「これで戸川は守られる。我が社は安泰だ！」

無量は耳を疑った。それはどういう意味だ。

興奮する戸川に指示されて、遺物は整理作業をする部屋に持ち込まれる。宝探しの「本命」が出たので、ほとんどお開きのような空気になっていた。

無量には違和感しか残らない。

出土したという金銅仏は、鳥海の言う通り、飛鳥時代（七世紀前半頃）から白鳳《はくほう》時代

（七世紀後半頃）の仏像と思われる。

高さ四十センチほどの、非常に美麗な半跏《はんか》思惟《しい》像だ。

金銅仏とは銅で鋳造された像に鍍金《めっき》を施したもので、鍍金はもうだいぶ剝《は》がれてはいるが、造形の美しさは際立っている。法隆寺《ほうりゅうじ》の菩薩《ぼさつ》半跏像にも比肩する出来栄えだ。

台座に腰掛け、右足を折り曲げて左膝《ひざ》に載せ、ややうつむきがちになり、右手を右頰に添えている。頭部に宝冠をいただき、垂れ下がった衣紋《えもん》がリズミカルな弧を描いている。

片膝を折り、物思いに耽《ふけ》る様子から「半跏思惟」と呼ばれる仏像だ。

このスタイルの仏像では、広隆寺《こうりゅうじ》や中宮寺《ちゅうぐうじ》の弥勒《みろく》半跏思惟像が有名だ（中宮寺のものは一説には如意《にょい》輪《りん》観音とも言われている）。

半跏像が多く作られたのは、七世紀。朝鮮半島からの影響が大きい。

このサイズのものは法隆寺に多いが、腕が細く長く、胸が薄く、頭が小さいところは、いかにも大陸の香りがする。

見たところ、完形で損傷が少なく、クリーニング作業を済ませれば、かなりの価値が出てくることは必至で、重要文化財、もしくは国宝級だ。

などと、大騒ぎだ。

午後は発掘現場に来る者もいなかった。

無量ひとり、作業の続きをするため、現場にやってきた。

空は鉛色の雲に覆われている。やけに冷え込んでいて、今にも雪がちらつきそうだ。明るいまさ土《ど》に覆われた発掘現場も、今日はやけに薄暗く、掘りかけのトレンチがわびしく残されている。

無量は自分の担当トレンチに入ると、だいぶ水が染みだした底を掘り始める。

すでに木簡が出土していた場所だ。土中では容易に分解されて跡形もなくなる木製品が、唯一、形を留《とど》めるのは、湿地など水分が多い場所。木製遺物に乾燥は大敵なので、取り上げた後も水に浸しておかないといけない。

誰もいなくなった現場で、ひとりわびしく作業を始めた無量のもとに、やってきた者がいる。

降旗拓実《たくみ》だった。

「……他の連中は、どうした？」

トレンチのきわにしゃがんで声をかけてくる。

無量は顔もあげない。背を丸め、手を動かしながら、

「本命が出て、宝探し大会に決着ついたみたいだから、あとはもう消化試合みたいなもんなんじゃないすか。あのひとたち、まともに遺構調査する気もないみたいだし」

「ひどい現場だな」

「ええ、ほんとに」

「人面の碑文が出たのは、どこだ」

「そっちのトレンチです」

　無量は立ち上がりもせず、ふたこぶの隆起を指さした。

「ほんとに墓なんだとしたら、あの隆起の下あたりに骨蔵器が埋まってるかもしれないすね。しらないけど」

「あがって来る途中に神籠《こうご》石《いし》らしき列石を見た。やはり古代山城だな」

「たぶん」

「城の中に墓があるのは、珍しいな」

「そっすね。墓と城、どっちが先かはわからないけど」

　どこか投げやりな無量の受け答えを見て、降旗は「何があった」と訊《たず》ねてきた。

「本命が出たと言ったな。今度は何が出た？」

「飛鳥時代の金銅仏みたいです。いま、お屋敷で整理作業してますよ。気になるんなら、あっちに行けば見れるんじゃないすか」

「出土した時、君はどこにいたんだ」

　無量の手が止まった。

「……。午前中、すっぽかしちゃったんすよ」

「すっぽかした？　発掘を？」

「急に動けないくらい眠気に襲われて、寝落ちして、気づいたら昼だったんす」

　降旗はすぐに気づいたようだ。

「薬を盛られたな」

「……やっぱ、そうなんすかね」

「たちの悪い睡眠薬だろう。心当たりは」

ありますね、と答えて、無量は実測用の竹串《たけぐし》を土に刺した。

「俺を現場に行かせないため、……ってことすか」

猿渡だ。無量へ差し出した珈琲《コーヒー》に睡眠薬を混ぜていたのだろう。無量を現場に行かせないための工作をしたのだ。

「やけに冷静だが、薬物を盛られたんだぞ。怖くはならないのか」

「そりゃ怖いすよ。怖くて仕方ないですよ。すげーハラ立つし、あいつら全員信用できないし、むちゃくちゃ怒ってますよ」

だが憤怒《ふんぬ》も度が過ぎると、爆発するよりも先に気持ちが荒んでしまい、無感情のようになってしまう。淡々としてみえるのは、そのせいだ。心の窓をみんな閉めてしまった無量は、怒りすら放棄してしまったかのようだ。

「何もかも嫌になった。いったいなんなんすか。俺を出し抜くため？　薬を盛ってまで？　三百万のためにどんだけライバル蹴落《けお》としたかったんだっつの」

「ごめんなさい」

女の声が聞こえた。

無量が立ち上がって、振り返ると、登り口に立っているのは犬飼さくらではないか。

「犬飼……」

「西原さん、ごめんなさい」

無量はトレンチからあがった。

「なんで君が謝る？　薬入れたのは猿渡だろ」

犬飼はうなだれて小さくなっている。

「それとも、何か知ってるのか？」

「ほんとじゃないの」

搾り出すように、犬飼は言った。

「あれは、土の中から出てきた遺物じゃないの……」

「なんだって」

降旗もやってきて、問いかけた。

「誰かが用意した遺物なのか」

「徳正寺さん」

犬飼は蚊の鳴くような声で言った。

「徳正寺さんが用意して、鳥海さんが掘り当てたことにしたの」

うそだろ、と無量はうめくように呟《つぶや》いた。

「あの金銅仏はほんとに掘り当てたものじゃなかったのか？　徳正寺さんが用意して、出土したふりをしたと？」

犬飼は肩をすぼめて、何度も何度もうなずいた。

「ほんとは口止めされてたんだども……わたし……」

「なんで教えてくれたの？」

つらかったから……、と犬飼は答えた。

「ほんとじゃないのにほんとのふりするの、つらかったから！」

無量はようやく気がついた。犬飼は今までずっと罪悪感を抱えていたのだ。土の中の遺物から呼ばれている気がする、と言っていた。きっとそれは「ほんとう」なのだ。「ほんとう」の声が聞こえるからこそ、真実ではない発掘が耐えられなかったのだ。

それなのに無量はずいぶんきつい言葉を投げつけてしまった。悪いことをしたと思い、腰をかがめて、小柄な犬飼の顔を覗《のぞ》き込んだ。

「そうだったのか。ごめんな。打ち明けてくれてありがとう。……徳正寺さんが仕組んだのか？　全部」

「はい」

「水晶玉もうそ。金銅仏もうそ。あのひと一体、何をしようとしてるんだ」

――鬼退治。

そう言葉にした時の徳正寺の目を思い出した。冷静沈着という仮面をかぶっていたが、その目の奥に隠された感情があったことに、無量は気づいていた。めらめらと青白く燃える炎のような感情の気配が。

——桃太郎の目的は、お宝などではない。鬼を退治すること……。

「これが鬼退治？　このうそが鬼退治？　なら鬼っていうのは——」

無量は頭の中のパズルに一個のピースをはめこむように、

「戸川孝之助？　退治というのは、贋物《にせもの》を握らすこと？」

「どういうことだ。それは」

「徳正寺さんは発掘前から知ってたんです。戸川氏がここから何が出ることを願い、何が出ることを望んでいたのか」

戸川は鳴釜《なるかま》神事を終えた晩、「夢のお告げ」を授かったという。

〝そなたの島はかつて海の鬼が住んでいた島である。
鬼たちはたくさんの船を持ち、塩飽の海をなわばりとしていた。
鬼ノ宝は山の頂に埋まっている。
我が顔の刻まれた水晶玉が目印だ〟

「海の鬼とは、塩飽の海賊のこと。海賊の宝。徳正寺さんは戸川氏が出て欲しいと願う遺物を、そのとおりに出した。『鬼の顔がある水晶玉』も『鬼ノ宝の金銅仏』も。だが、それらは贋物。贋物でだましたんです」

「なんのために」

「わからない」

これだけでは、ただ、「だました」だけだ。戸川はひとりご満悦。気むずかしい老人の機嫌を上手にとってめでたし、というだけならば、徳正寺の言う通り「怪しい我が家のお宝」で済ませられるだろう（もちろん見過ごせることではないが）。

だが、徳正寺は「退治する」と言い切った。

桃太郎は鬼を退治した。懲らしめて、滅ぼした。

徳正寺も「懲らしめて、滅ぼ」すつもりだとしたら？

「これだけじゃ終わらない……。そう言いたいのか」

無量はうなずいた。

「それに戸川氏はさっき、こう口走った。『これで戸川は守られる。我が社は安泰だ』って……。発掘を急がせたのにも、裏になにか理由があるんじゃないかと」

何か聞いていないか？　と犬飼に問う。犬飼は首を横に振った。

そうか、と無量は腕組みした。

「どうすっぺ……」

「贋物《にせもの》だとわかってて、放置しとくわけにもいかない。でも」

徳正寺にも何か言い分があるのだとしたら、それを無神経にぶちこわして台無しにするだけが、果たして正しいといえるのだろうか。

「〈桃太郎〉の正義……か」

徳正寺には、そうしなければならない理由がある。

だったら、それを聞かなくては。

それに無量にも譲れないものがある。「その土から出たわけではない遺物を、その土から出たと言う人間」に対して「NO」を突きつけることだ。

だが、証明したくても、手立てがない。無量はその場にいなかった。

通常の発掘ならば必ず詳細な記録を残すから、それが検証の材料になるのだが、いまは犬飼の証言しかない。

「それに、あの金銅仏も贋物とは限らない。水晶玉がそうだったように、三百年前にあの場所から出土したものだったとしたら」

三百年という大きな時間差はあるものの、同じ土の下から出たのが真実だったとしたら。

「あれはちがう」

と犬飼が言った。

「ちがう？　どういうこと？」

「徳正寺さんが言ってだった。あれは自分が作らせたレプリカで、本物はまだ土の中さ埋まってるって」

無量と降旗は、顔を見合わせた。

「なんで土の中に埋まってるものがわかる？」

「ご先祖が水晶玉と一緒さ見づけだんだーって言ってました」

やっぱりそうなのか、と無量は前のめりになった。

「やっぱ徳正寺さんの先祖は塩飽《しわく》の船大工だったのか。江戸時代に水晶玉と観音を掘り当ててたんだな？」

「でも観音様は土の中さ戻したって。島の守り仏だから」

その際に、金銅仏の姿を絵に写し取って、掛け軸にして残してあったという。

徳正寺はその絵から飛鳥・白鳳仏の特徴を読み取り、あのレプリカを作ったのだ。

「つまり、本物はまだここに埋まってる？」

犬飼はコクリとうなずいた。無量は現場を見渡した。

「ここに……」

「掘ってみたらどうだ」

降旗が言った。

「本物のほうを、掘り当ててみてはどうだ」

「……贋物《にせもの》証明するためっすか」

「これが本物だと言えるものが出てきたならば、捏造《ねつぞう》自体を帳消しにできる。今ならまだそれが可能だ。なんの記録にも残らないうちに贋物を闇に消せる。贋物を葬れるのは、本物しかない」

世に出てしまってからでは遅い。本物が存在するのならば、それを出すことが、捏造を潰《つぶ》す近道だ。鷹島《たかしま》の事件でも、そうやって贋物証明を果たした。

「でも、どこさ埋め戻したのか、わかるんですか」

「手がかりが全くないわけじゃない。水晶玉と一緒に見つけたというなら、共伴《きょうはん》遺物だった可能性が高い。近い場所に埋まってたはずだ。人面の水晶玉はあの場所から——鬼ノ腰掛岩の近くから出てきたと、徳正寺さんは言ってた」

無量と犬飼が、揃ってトレンチを設定した場所だ。だが、ただ勘だけに頼ったわけではない。根拠もある。

大きな岩は、弥生《やよい》時代から……あるいはもっと昔から、神の降りる場（磐座《いわくら》）とされてきたし、巨石そのものを神とみる向きもあった。巨石のそばからは、しばしば祭祀《さいし》遺物が出てくる。巨石をみたら、その周りを疑え、というのは基本だ。

重機で表土を剥《は》ぎ、「水晶玉が出た」後、犬飼は作業を止めたままでいた。

「三百年前に埋め戻したなら、当時の地表面から埋納坑の痕《あと》が出てくるはずだ。それを手がかりにすれば、発見できる可能性はある」

柱穴や埋納坑の痕跡《こんせき》は、地表面の土色が変わるので、わかる。

見つけ出すことは可能だ。

「だが、岩自体が大きいから、かなり広く掘らないと出せないぞ」

「犬飼はユンボ使いなんすよ。がーっと表土剥いで、速度をあげます。ただ」

無量は真剣な目つきになった。

「ただ掘るだけじゃ駄目だ。これが『正しい発掘』だと証明できないといけない。記録を疎《おろそ》かにできないから、降旗さん、手伝ってもらえますか」

指名を受けた降旗は、困惑した。そもそも島に戻ってきたのは、久米を捜して駅鈴を取り戻すためなのだ。

が、頭の奥で別の思惑が動いた。

西原無量の発掘にまた立ち会える、格好のチャンスだ。

降旗は発掘屋の血が騒いだとばかりに上着を脱ぎ、ネクタイをゆるめるとカフスボタンをはずして袖《そで》をまくりあげた。

「いいだろう」

無量と犬飼も、ヘルメットをかぶる。

鉛色の空の下、捏造《ねつぞう》潰《つぶ》しのための「本物探し」が始まった。

第六章　観音は見ていた

発掘現場に小雪が舞い始めた。

瀬戸内海《せとないかい》には鉛色の低い雲がたれこめて、隣に浮かぶ「塩飽《しわく》の広島《ひろしま》」もかすんでいる。海も空の暗さを映して重く、陰鬱《いんうつ》な景色だ。雪は積もるほどの降り方ではないが、しんしんと底冷えがする。

だが、無量《むりょう》たちはもう寒さを感じなかった。

速度があがっている。無量は上着を脱ぎ、ジョレンで土と格闘する。表土剝《は》ぎを終えた犬飼《いぬかい》も、重機から降りてきてジョレンを握った。小柄だが手際がいい。

「なかなか当たらないな」

汗を拭《ぬぐ》って、無量は腰を伸ばした。

「昔掘り返した痕跡はあるし、江戸《えど》時代に出土したってのは、このあたりに間違いないんだろうけど」

「徳正寺《とくしょうじ》さんのご先祖は、なして、ここさ掘ったの？」

「たぶん、村上《むらかみ》水軍の軍資金めあてだろう」

答えたのは降旗《ふるはた》だった。こちらはコートも上着も脱ぎ、Yシャツ一枚になってネコ車を押し、土を運ぶのを手伝っている。

「塩飽《しわく》水軍が村上水軍から奪った荷がここに埋まっている、との噂があったらしい。それを手に入れようとしたんだろうな」

「陸奥《みちのく》行きの資金にでもしようとしたのかな」

無量のスマホが着信を知らせた。

萌絵《もえ》だった。

「おつかれ。何かあったか」

『仕事中ごめんね。そろそろ休憩時間だと思って。さっき資料送ったんだけど、見てくれた？』

作業に没頭していて気がつかなかった。

『戸川《とがわ》孝之助《こうのすけ》さんのこと調べてたんだけど、亀石《かめいし》所長の知り合いの古美術商が、戸川さんのこと知ってたらしくて』

「古美術商？」

無量は思わず降旗と顔を見合わせた。

『業界では結構、知られてたみたい』

「有名なコレクターとして？」

確かに家の中に骨董《こっとう》品があちこちに飾られて、ゆくゆくは美術館を作る、なんて菊間《きくま》執事は話していたけれど。

『それがね、いろんな古美術商やオークション会社に声かけて、売ったり買ったりをだいぶ頻繁に繰り返してたようなの』

「つまり、儲《もう》けるための？」

富裕層に時々見られる投資目的の古美術売買だ。株や為替や金と同じ手法で資産を増やす。土地転がしならぬ骨董転がしというやつだ。本来目利きでなければ難しい売買だが、今は間に専属アドバイザーが入って素人でも利益を出せるらしい。元オークション会社のエージェントを個人で雇うこともある。

『ただね、戸川海運さんって、調べさせてもらったんだけど、あまり業績がよくないみたいで。数年前に粉飾決算疑惑を指摘されて騒ぎになったことも』

萌絵が送ったのは、その資料だった。

『業績不振と粉飾決算疑惑で、銀行さんがお金を貸してくれなくなってるようで』

「その帳尻《ちょうじり》合わせのために、骨董品の売り買いを？」

確かなことはわかんないんだけど、と萌絵は前置きして、

『業界では、ちょっとあぶなっかしいひとって言われてたみたい。取引お断りしてる古美術商もいるらしくて、最近は海外のバイヤーと組み始めたとか』

無量は、嫌な予感がした。

「そのバイヤーって、誰？」

『わからない。あくまで噂。でも、もしかしたら会社の屋台骨が傾いてて、何かのっぴきならない状況になってるのかも』

「無茶しかねないってことか……」

今度の発掘も、その「のっぴきならない状況」を打開するための、起死回生の一手なのかもしれない。

そんな戸川に贋物《にせもの》の宝を握らせて、徳正寺はどうするつもりなのか。

――鬼退治……。

「ありがと。またなんかわかったら、連絡して」

『うん。それと相良《さがら》さんがそっちに行ってるようだけど』

本島《ほんじま》に来ていることは、忍《しのぶ》自身から聞いたらしい。

『……その相良さんと朝から連絡がつかないんだけど』

「忍なら、朝から、例の駅鈴を持ち出したやつを捜しに行ってるけど？」

『朝から？なんか電源が切れてるみたいで留守電にもならないし、既読もつかないの。どうしたのかな？』

無量の表情が強《こわ》ばった。萌絵との通話を終え、すぐに忍のスマホにかけてみたが、繋《つな》がらない。圏外になりそうな場所は島にはないはずだ。

念のため、理人《りひと》にもかけてみたが、やはり繋がらない。

「連絡がつかないのか？」

「ああ。なんか、やばいことになってる……？」

急に不安になってきた無量のもとに、再び電話がかかってきた。

液晶画面には、忍の名がある。

「もしもし、忍ちゃん？　なにやってたの？　通じないから心配——」

『発掘をやめるんだ、無量』

突然そう切り出され、無量は驚いた。

『いまやってる発掘を、今すぐ中止してくれ』

「なんで。なんかあったの？　久米《くめ》さん、見つかったの？」

『何も聞かないで発掘を中止してくれ。やめてくれないと、理人くんの身に危険が及ぶ』

スマホスピーカーから聞こえてきた硬い声に、降旗と犬飼も息を呑《の》んだ。

「ちょっと待てよ。忍。それ、なんかの脅し？」

『おまえたちは監視されてる。作業を続けたら、理人くんがあぶない』

無量たちは思わず辺りを見回した。それらしき人影は見えない。

『これ以上現場には手をつけないで、島から撤収してくれ。もちろん、メンバー全員だ。そうすれば、理人くんは無事、家に帰れる』

降旗が隣でなにかスマホをいじっている。無量にしきりにジェスチャーで「会話をできるだけ続けろ」と指示してくる。

「待って。理人は近くにいるのか？　いまどこにいるんだ？」

忍は答えない。無量は焦り、

「作業やめてもいいけど、鳥海《ちょうかい》さんたちがすでに本命遺物を見つけて、お屋敷のほうに持ってってる。俺たちがやってるのは遺構の検出だけど、それでもやめなきゃだめ？」

『やめたほうがいい』

覇気のない声は、忍自身も安全とは言えない状況にあることを伝えていた。

『すまない、無量。これ以上は――』

言いかけたところで、通話はぶちりと途切れた。

犬飼も心配そうに覗《のぞ》き込んでくる。

「警察呼んだほうがいいんじゃ」

「たぶん、鬼装束のやつだ。やられた」

家を訪ねて、そのまま捕まってしまったのだろう。ふたりで行動すれば大丈夫だと思っていたのだが、仲間がいたのかもしれない。その横で降旗はハンディサイズの単眼鏡を取りだし、周りを警戒している。

「怪しい船がいる」

見ているのは海上だった。発掘現場は見晴らしがいい。当然、海からも丸見えのはずだ。

「こっちを見てるやつがいるな。あいつが監視役だろう」

同時に降旗のスマホにメールが着信した。画面をちらりと見ると、無量に向かって、

「鬼装束というのは、誰だ」

「こないだから発掘妨害してきてた男。泊千歳座《とまりちとせざ》っていう劇団を主宰してる吉田龍平《よしだりゅうへい》氏じゃないかって疑ってる」

そうか、と降旗は手早くスマホに何か打ち込むと、

「相良のことは私に任せろ。君は彼女を連れて一旦《いったん》宿舎に戻り、待機しててくれ」

「任せろって……どうする気なんです！」

「どうにかする。いいな、待機だ」

降旗は、羽織ったコートを翻して、山道を駆け下りていく。取り残された無量と犬飼は、不安しかない。

「あのひとお友達ですか？」

「宮内庁の書陵部のひと。でもすごい強い」

一緒についていって忍たちを助けたいのは山々だが、犬飼をひとりここには残せない。相手は人質をとるような卑怯《ひきょう》な手も厭《いと》わない連中だ。

「大丈夫。作業は一旦中止するけど、すぐに再開できるようにしとこう。例の仏像の本物、岩のそばに埋まってると思ってたけど、出ないとこみると、別の場所に移し替えたのかもしれない」

「私もそう思う」

「でも、この頂のどこかだ。ここにあるのは間違いない。埋まってるとしたら――」

無量と犬飼は、同時に同じ場所を指さした。

「ここだ」

ふたりは驚いて、顔を見合わせた。

どうやらふたりの発掘勘は、同じものに反応しているらしい。

確信した。

まさ土《ど》の上に小雪が舞う。観音山《かんのんやま》と名付けられたのは、おそらく、ここに観音が埋められていることを、古《いにしえ》の人々が知っていたからなのだろう。

――ここにいるぞ。私はここにいるぞ。

地面の下から呼びかけられているような気がする。確かに気配がする。かくれんぼの鬼になった気分だ。だが、いまはこれ以上、手が出せない。

後ろ髪を引かれながら、発掘現場をあとにしようとした無量と犬飼は、登山道から人があがってくる気配を察知した。

龍平たちかと思い、手近な岩陰に身を隠した。

登ってきたのは、戸川孝之助と徳正寺だ。男をひとり、連れている。

「外国のひと……？」

褐色肌の男は、戸川の客のようだ。徳正寺が英語で説明をしながら、発掘現場へと歩いていく。無量の目は次第に客の男へと釘付《くぎづ》けになった。

「あの男……どこかで……」

*

泊千歳座の稽古《けいこ》場《ば》には、鬼の面や舞台装束がかけられている。

手作りの小道具も丁寧に作られていて、熱心な活動ぶりがうかがえた。

だるまストーブの上に置かれた鍋《なべ》からは、湯気があがっている。

そのそばに、忍と理人は座らされていた。体をどこかに縛りつけられてこそいないが、両手は後ろ手にされ、粘着テープでぐるぐる巻きにされている。両足首も同様で、この格好では逃げるのはむずかしい。

「……なんでそうまでして、発掘をさせたくないんです」

忍は、目の前にいる男に問いかけた。

「あなたが駅鈴を持ち出したのは、あの人面が刻まれていたから。……そうですよね。久米さん」

久米晴夫《はるお》は椅子に腰掛けて、舞台衣装のほつれを縫っている。

聞こえているのか、いないのか。目も上げない。

「昨日、ご実家に行きました」

久米が、針を止めた。忍は続け、

「お母様に会いました。竈《かまど》のそばの柱に刻まれていた人面。柱神と呼ぶそうですね。駅鈴にほどこされた象嵌《ぞうがん》の人面とそっくりだった」

「……」

「駅鈴を返してください。埋文の所長さんも、三日以内に戻してくれれば、大事《おおごと》にはしないと仰《おっしゃ》ってくれてます」

「……」

「保存処理されているとは言え、雑に取り扱って損傷を受けたりすると、元に戻せなくなる可能性もあります。保管するにはそれなりの……」

「あの人面。誰の顔だかわかりますか。相良さん」

ようやく久米が言葉を返した。

「……。いいえ、わかりません。誰の顔ですか」

「桃太郎《ももたろう》、だそうです」

忍は神妙な顔をした。

背中合わせになっている理人も不思議そうにしている。

「それは、吉備津彦《きびつひこ》の……、という意味ですか」

「いいえ。その桃太郎じゃありません。この島の桃太郎です」

それは、塩飽《しわく》に伝わる「もうひとつの桃太郎伝説」だという。

「この島には昔、百済《くだら》から逃れてきた高貴なひとが住んでいたそうです」

「百済の、高貴な？」

はい、と久米は鬼装束を繕いながら、語った。

「そのひとはとても勇猛な武人で、戦においては負けなしだったが、冷酷で残虐だと言われ、皆から恐れられていたそうです」

そう聞いて、忍が思い出したのは、温羅《うら》だ。

温羅も言い伝えでは「百済の王子」だった。

だるまストーブの中で炎が揺れる。鍋からゆるく湯気があがる。久米は子供におとぎ話を聞かせるような口調で語った。

「……まだ百済にいた頃、その武人は、王様から謀反《むほん》の疑いをかけられて、討たれそうになってしまいます。武人は身代わりを置いて、向かいの倭国《わこく》に逃れ、帝《みかど》に助けを求めたそうです。当時、倭国と百済は仲がよく、その武人は外交でもよく働いたので、帝は産鉄でにぎわう吉備の地に武人をかくまいました」

忍も理人も、はじめて聞くその物語に、じっと耳を傾けている。

「当時、備讃《びさん》瀬戸には乱暴な海賊たちがおり、海をゆく人々を困らせておりました。武人は帝の恩に応《こた》えるため、海賊退治を買って出たのです」

「海賊退治……」

「はい。素性が知られぬよう、面をかぶって顔を隠し、三人のお伴の武人をつれて、海賊のいる島に乗り込んだのです」

「その島が、つまり……」

「はい。本島《ほんじま》です」

それはまさに昔話の「桃太郎」だ。鬼退治ならぬ海賊退治、だが。

「武人は勇猛と恐れられていたにもかかわらず、刀もたず身ひとつで乗り込んでいきました。海賊たちは追い払おうとしましたが、武人は破邪を意味する桃の実と美しい観音像を携えて、その尊い後光で皆をひれ伏させたといいます。その立派な態度に感銘を受けた海賊は、武人を篤くもてなしました」

鬼を退治して、めでたし、となるのが、昔話の「桃太郎」だが、そうはならない。

それどころか、両者は意気投合してしまった。

武人は海賊に悪さをするわけを訊《たず》ねたのだ。

「海賊たちは、塩飽《しわく》の島は海の幸には富むが、耕地が狭く、作物がとれないので困っていると言いました。そこで武人が目をつけたのは、塩でした」

「塩……」

「はい。塩飽はその名の通り、古くから製塩の島でした。ありあまる塩を用いて、交易をしようと持ちかけたのです。この思惑は大当たり。塩飽の船は遠い海まで塩を載せて交易し、米も作物も手に入れて、豊かになった海賊はもう船を襲わなくなりました。武人は島に移り住み、城を造り、海賊を集めて訓練し、瀬戸内海警固のための水軍を作ったのです」

だが、彼は百済の謀反人。生きていると知られれば、百済の王様が黙っていない。

そこで島人はよそ者に知られぬため、あえて「この島には鬼がいる」と吹聴《ふいちょう》し、本島に誰も近づけないようにしたという。

「鬼……ですか」

「はい。ゆえに、鬼ヶ《おにが》島《しま》、とも」

桃太郎のごとく島にやってきた男は、やがて「鬼」と呼ばれるようになった。

「武人も鬼面をかぶり顔を隠して指揮をとり、ついには唐《とう》から攻めこんできた敵の軍船《いくさぶね》を追い払ったのです。帝はおおいに喜び、褒美を与えました」

久米は器用に結び止めして、糸を切った。

「そのときに帆柱に翻っていた旗に描かれていたのが、あの人面だったと」

忍は無量の言葉を思い出した。

――モモタロウの人面。

それは、百済の亡命武人のことだったのだ。

「あの人面は、名を記せぬその武人を表す『名』代わりとなりました」

久米は淡々と語った。

「埋蔵文化財センターで、あの駅鈴に刻まれていた人面を見た時、僕にはわかりました。あの駅鈴は、この島の『鬼』に与えられたものだと」

「鬼に与えた駅鈴……。つまりそれは――」

「鬼の、もうひとつの顔」

はじめて久米は微笑んだ。

「モモタロウの駅鈴、とも言えますね」

忍は絶句し、理人はといえば、いたく興奮しているようだった。

「桃太郎は実在してたんですね！　この島に！」

「駅鈴を与えられるということは、国司として……または正式な武官として認められること」

忍は嚙《か》みしめるように呟《つぶや》いた。

「……桃太郎であり鬼でもあった男の名。それが人面の意味だったんですね」

「はい」

だるまストーブの中で揺れる炎が、久米の瞳《ひとみ》に映っている。

「武人はこの島で生涯を閉じました。亡骸《なきがら》は山の頂に葬られ、塩飽《しわく》の船の守り神として崇められるようになったのです」

「それであの人面が帆柱に彫られるようになったんですね」

「いまは家の柱にも彫られます。帆柱様とか柱神とか呼ばれているのは、島の守り神になった、その武人のことなのです」

「その武人の名は？」

久米は結露した窓の向こうにぼんやり広がる鉛色の海を眺めた。

「……武人の名は、彼が島に持ち込んだ観音像の背に刻んであると」

「観音像」

「はい。百済より持ち込んだ念持《ねんじ》仏《ぶつ》だそうです」

「その念持仏はどこへ」

わかりません、と答えた。

「この島のどこかには祀《まつ》られていたはずですが、どこの寺にもおらず。……ただ、言い伝えでは、あの観音山にご遺体とともに埋められたとも」

忍は久米の横顔をじっと見つめている。そうしながら、後ろ手にされた唯一動く指先で、理人の手首に巻き付いた粘着テープを剝《は》がそうとあがいている。

「……あの場所を掘るな、と要求したのは、そのためですか」

「鬼《おに》ノ腰掛岩《こしかけいわ》は、かつて島民全員の共有地でした。明治維新後、幕府直轄を解かれた混乱の中、戸川が占有してしまったんです」

島民の中にはいまだ納得していない者も多い。抗議に戸川家は応じなかった。

私有地となった観音山には、武人の墓がある。そこは島の聖地でもあった。

「それで、こんな真似を……」

「………。ほんとうなんですか」

背後から理人が声をあげた。

「とても興味深くはあるけれど、その話、本当なんですか？　鬼ヶ島だのモモタロウだの、そんな言い伝え、俺は聞いたことがありません。学校で教えられたこともないし、友達も誰も知らない！」

「でも、君のおじいさんは知っていた」

忍の言葉で、理人ははっとした。

「夢のお告げとか言っていたけど、本当は、君のおじいさんは言い伝えを知っていたのかもしれない。……久米さん、あなたはどこで知ったんですか。記録にも残ってない言い伝えを」

「百済の武人には、三人のお伴がいましたね。その子孫の方です」

忍は意表をつかれた。久米は微笑み、

「長くお寺の住職をされていたのですが、数年前に亡くなりました。寺は跡継ぎもなく廃寺に。資料はとうに散逸して口伝のみ。私たちでなんとか言い伝えを残したいと思い、龍平たちと勉強会を」

「……お寺の口伝、だったんですね」

「事実かどうかは定かじゃない。でも残したい。島は高齢化で、もう何年も住むひとが減り続けてる。このまま言い伝えまで消えてしまわないよう、龍平と芝居にして残していこうと決め、泊千歳座を立ち上げたんです」

島の若者が減って伝統芸能の担い手もいなくなっている。本島伝統の農村（漁村）歌舞伎を復活させて、本島の桃太郎伝説も伝えていこう、と。

「もしかして、桃ビズに参加したのも……」

「はい。島を元気にさせるために起業できたらと思ってました。県が違いますけど、うちの会社は一応、岡山にありますし……。ただ本土で桃太郎と言ったら、やはり吉備津彦なんです。私たちが知名度の低い〝塩飽《しわく》の桃太郎〟を語ったところで、どれだけのひとに興味をもってもらえるかわからず……」

次第に自信を失ってしまったという。

「そんな時に、人面の駅鈴を見ました。本島《ほんじま》にしか伝わっていない人面が、岡山の博物館にある遺物に刻まれているのを見て、震えるほど驚きました」

しかも、全国にも二例しか残っていない貴重な駅鈴だ。

「これが塩飽にあれば、必ず桃太郎伝説の根拠になる。そう興奮してしまい、思わず手が……っ」

「ちがいますね」

忍は冷たく遮った。

「そんな出来心みたいな単純な動機ではないはずです。本当の理由はなんですか。駅鈴を持ち出した理由は」

久米は黙った。

うわべの演技は忍には通用しない。

「……久米さん。僕は正直、物事の善悪というやつにあまり興味はないんです。あなたが悪いことをしたから咎《とが》めてるつもりは毛頭ない。あなたがあの駅鈴を持ち出したのが、戸川の発掘と無関係でないのでは、と思うから、あなたを問いただしているんです」

「なぜ、相良さんがそんなことまで」

「大事な弟分がこの発掘に関わってる」

別人のように暗く冷たい表情をする忍に、驚いたのは理人だ。

「無量を変な事件には巻き込みたくないんです。静かで公正な環境で発掘に集中させてやりたいんです。駅鈴を無断で持ち出して、どうするつもりだったんです」

「それは……」

久米は青ざめて声を震わせた。

「戸川氏から言われたんです」

「孝之助氏が？　なんのために」

「わかりません！　でも、もっていかないと、こちらが！」

たまらず割って入ったのは、理人だった。

「相良さん、おじいさまはたぶん、あの現場から出てきた遺物を古美術商に売ろうとしてるんだと思います」

「なんだって……っ」

「少し前から古美術商を名乗る人たちが頻繁に出入りしてました。おじいさまは時々、骨董《こっとう》の売り買いをしてましたけど、何かここにきて、海外の買付人みたいなひとがしょっちゅう来るように」

「欧米系？　それともアジア系？」

「顔が濃くて日に焼けてたから……インドとか、かな」

忍の表情が曇った。無量同様、悪い予感がしたのだ。

「おじいさまはしきりに『鬼ノ宝を掘り当てる』って言ってました。もしかして、モモタロウの宝を売ろうとしてるんじゃないでしょうか」

「念持仏」

忍はピンときた。久米の語りに出てきた、百済の武人。彼が持ち込んでいた観音像。

「もし本物の百済の金銅仏なら、古美術としての価値も高い。それが歴史に名の知れた人物のものだとしたら、取引価格もはねあがる」

今はもう島のどこにもないと久米は言ったが、あの現場にまだ埋まっている可能性がある。

「久米さん、このテープ外してください。確かめたいことがある」

「できません。あなたがたは人質です」

「久米さん！」

入口の戸ががらりと開いた。立っていたのは、鬼装束の男。吉田龍平だ。

「鍵《かぎ》をしめとかなきゃ、だめやろ。久米さん」

龍平はだるまストーブのそばにきて、冷えた手をかざした。

「戸川は要求を飲んだようじゃ。発掘はやめさせたけえ、あとは連中が撤収するのを待つだけ」

「発掘は中止になったんですか」

「ああ。これで帆柱《ほばしら》様の墓は守られる」

帆柱様とは「百済の武人」のことだ。

「発掘調査だとか、おためごかしを言うたところで、所詮《しょせん》は墓暴きやろう。大昔の墓やけえ、無神経に暴いて埋葬品をお宝と騒いで見世物にする気なんじゃ。俺から言わせれば、発掘も盗掘もいっしょじゃ」

「ちがう」

忍は強く言った。

「盗掘の目的は宝だが、発掘の目的は過去だ。過去の証拠を集めるのが発掘だ。いっしょにされては困る」

「おまえ何者じゃ」

「相良忍。亀石発掘派遣事務所の職員だ」

「なにしにここにきた」

「君たちと話し合うためだ。発掘を中止にさせたなら、もう人質はいらないはず」

「まだじゃ。撤収が終わるまで、いてもらう。特におまえ。戸川理人」

理人はびくりと肩を揺らした。

「おまえの身柄と引き替えに、帆柱様の宝を返してもらう」

「龍平。戸川は帆柱様の宝を全部売り飛ばすつもりのようや」

なんじゃと、と大きな目を剝《む》きだした。

「なんと罰当たりな！　戸川のじじいめ、ますます許せん！」

龍平は戸川に猟銃で追い払われもしている。

「まずはこの孫を！」

「よせ！」

忍がとっさに理人を背中でかばった。そのときだ。

呼び鈴が鳴った。みると、曇ったガラス戸の向こうに人影がある。しきりに戸を叩《たた》いている。

久米が忍たちを物陰に隠すのを見計らって、龍平が警戒しながら応対に出た。

「……はい、どなたさまですか」

「駐在所の者です。こちらで盗難被害が発生したとの通報を受け、参りました」

龍平たちは緊迫した。取り繕った声音で、

「そのような通報はしていませんが」

「え？　いたずら電話だったかな……。念のため、誤報確認のサインをいただきたいので、出てきてもらえると助かるのですが」

龍平は久米に目配せしながら、引き戸を細く開けて、中を見せないよう外に出る。

途端に短い悲鳴があがった。曇りガラス越しに人がもみ合う影が映り、急に静かになったかと思うと、ガラリと戸が開いた。

降旗ではないか。

龍平を片腕でガッチリ、ホールドしている。

「無事か。相良」

どうしてここがわかったのか。理人は驚いていたが、忍はこうなることも予想していたのか、さも当たり前のように、

「ええ……、なんとか」

反撃に動いたのは久米だった。理人を摑《つか》んで刃物を突きつけようとしたが、降旗の手が動くのが早かった。

矢のように飛んだボールペンが、久米の額の真ん中に当たった。怯《ひる》んだ久米に忍がタックルし、もつれるように倒れ込んだところに、粘着テープを外した理人が飛び込んで、とうとう久米を押さえ込むことに成功した。

「素晴らしい連携だ」

今度は久米と龍平が粘着テープで縛られる番だった。

「高そうなボールペンですね……」

自由になった忍が床から拾い上げて、降旗の胸ポケットに返した。

「ダーツのかわりにもなるとはね」

「嗜《たしな》みだよ。相良」

「よくここがわかりましたね」

「経緯《いきさつ》は西原《さいばら》くんから聞いた」

龍平はまだ抵抗をあきらめず、こちらを睨《にら》んでいる。

「どこのどいつだか知らんが、戸川の味方をするバチあたりめ！　モモタロウの呪いをくらえばええんじゃ！」

久米がすかさず耳打ちする。宮内庁？　と聞き返して龍平は背筋をのばした。

「なんで」

「私は駅鈴を返してもらいにきただけだ。……だが、この島の古代山城は、小規模ながら興味深い。君たちはこの城のことを何か知っているのか」

忍に促され、久米と龍平は塩飽《しわく》の桃太郎伝説を語った。こんなことをしでかした経緯までも。

「なるほど。その話が本当だとすると、戸川という人物がしていることは、まさに盗掘だ。遺物を売り払おうとしているのだからな」

「そんなことに無量を荷担させる気だったなんて」

「俺に説得させてください」

それまで肩身が狭い様子で聞いていた理人が、名乗りを上げた。

「遺物を売るのはやめるよう、おじいさまを説得します！」

「いや、待て」

ふと降旗が何かに気づいて、記憶をたどった。

「……では、なんのためにニセの仏像を用意した？」

「ニセの仏像？」

「ああ。さっき、例の現場で、飛鳥時代の金銅仏が出土した」

「なんですって！　それはまさかモモタロウの……っ」

「いや。それがレプリカだったのだ。戸川の秘書が用意したという」

徳正寺が？　と理人が身を乗り出した。

「なんでそんな」

「戸川氏は贋物《にせもの》を買付人に押しつけて、買わせようとしてる？」

それはおかしい。初めからそのつもりだったなら、あの発掘はなんだったのか。

「西原くんによると、戸川氏は本物が出土したと思い込んでいるらしい」

「つまり、徳正寺がおじいさまをだましてるってことですか」

忠実な秘書である徳正寺が、そんな暴挙をする理由が、理人にはわからない。

「レプリカを用意すれば、本物を出土させる必要がなくなる。どこに埋まってるかわからない遺物を必ず出土させろ、など、そもそも難題だ。戸川氏からの圧力に耐えかねて、レプリカで済まそうとしたのか……それとも」

「帆柱様の――本物の観音像を、守るため？」

龍平が半信半疑で呟《つぶや》いた。

「……島の者でもないくせに、なんで……」

島の出身ではないが、先祖は塩飽《しわく》の者だ。しかも、江戸時代に観音山を掘っている。

そのことを降旗が告げると、龍平たちは驚いた。

「犬飼というメンバーによれば、徳正寺家には、その観音の姿を写した掛け軸があるらしい」

つまり、徳正寺は、島の者ですら知らない「観音像の御真影」というべきものを目にしているのだ。忍は集中し、

「とはいえ、レプリカを作るのだって、ただじゃない。業者を騙《だま》して儲《もう》けたとしても、得をするのは戸川氏だけだ。はじめから騙すつもりなら、戸川氏も巻き込むはず」

「だがプロの鑑定士ならレプリカなど、あっというまに見破るぞ」

「プロならね。そうでもない古美術商もざらにいる」

忍はかつて龍禅寺《りゅうぜんじ》のもとにいるとき、そういう輩《やから》もたくさん見てきた。

「古美術の世界では、たとえ贋物を掴まされたとしても、一度購入した以上は恨み言を言わないのが不文律。そこで騒ぐのは『私の目は節穴でした』と世間に吹聴《ふいちょう》してまわるようなものだからです。ゆえに蒐集家《しゅうしゅうか》は自分の眼を磨く。この世界では買わせた時点で勝ちだ」

中には故意に贋物を掴ませる者もいる。やり方は詐欺のそれだが、この業界では「掴

んだ者が負け」なのだ。売り手が「本物だと信じていた」と言いきってしまえば、それ以上責められない。

だが、今回のは明らかに「贋物工作」だ。

単なる〝百済の金銅仏〟として売ろうとしているのか、それとも〝自分の山から出た特別な金銅仏〟として売ろうとしているのか。さだかでないが、後者であれば、明らかに詐欺に問われる。

「そんな危ない橋を渡ってまで、徳正寺とやらは戸川氏の楯《たて》になろうというのか」

降旗の言う通りだ。忍も徳正寺の意図が読めない。

「ともかく、無量に連絡を」

忍は、久米から取り返したスマホの電源を入れると、無事を伝えるため、電話をかけた。ワンコールで繋《つな》がった。

『忍ちゃん？　忍ちゃん、無事なの？　大丈夫？』

その後の経過を伝えると、無量は安堵《あんど》して「もうなんなんだよ」と泣きそうな声を漏らした。とはいえ降旗がこんなに早く、忍たちの居所を掴むとは思っていなかったので、ちょっと怪しがっている。

「もうじき日も暮れる。とにかく龍平さんたちとちゃんと話をつけてから……」

『そんなのいいから早く戻ってきてよ！』

無量の声がやけに切迫している。

『なんか、やばいやつが来てる』

「やばいやつ？　誰？」

『忍も見覚えあるはず。とにかく早く戻ってきて。急いで！』

急《せ》かすばかりでそれが誰だとも口にしない。戸川の屋敷にいるという。

「わかった、すぐ戻る」

何か非常事態が起きていることだけは伝わった。忍も見覚えがあるというからには、どこかで以前会った人物か？

「降旗さん、こっちは任せていいですか」

「ああ。何かあったらすぐ知らせる」

「すみません。理人くん、先に行ってる！」

忍はとるものもとりあえず稽古場《けいこば》を出ていった。坂の登り口に止めてあった自転車にまたがり、夕闇が迫り始めた海沿いの道路へと、勢いよくペダルをこぎ始めた。

砂浜の向こうに、沖をゆく船のシルエットが浮かんでいる。

対岸の街にも明かりが灯《とも》り始めている。

*

戸川邸に忍が戻ったのは、ライトアップされた瀬戸大橋が、黒い海の上にくっきりと浮かび上がる頃だった。

正面玄関には、黒塗りのセダンが止まっている。打ち水で濡《ぬ》れた石畳が、玄関の灯《あか》りを映している。あがり口には客のものらしき高そうな革靴がある。

「忍ちゃん……っ」

待ち構えていたのは、無量と犬飼だった。

龍平たちのせいで発掘中止を余儀なくされて、一旦《いったん》、屋敷に戻ったふたりだ。問題の客人は徳正寺たちに連れられて、発掘現場にやってきたという。

「いま戸川氏と会ってる。こっち」

家の中からは様子が見えないので、庭にまわった。孝之助専用の応接間がある。

庭の石灯籠《どうろう》の陰に隠れ、さらに近い植え込みへと忍者のように走る。目だけを出して、部屋を覗《のぞ》き込むと、大きな座卓を挟んで、上座に客人がふたり、下座に戸川と徳正寺がいる。床の間の前に座る主客は、外国人のようだ。

「あの顔に、見覚えないか」

無量に言われ、忍は目をこらした。褐色肌に口髭《くちひげ》を蓄えたスーツの男、銀縁のメガネをかけ、黒目が大きく眉毛《まゆげ》も太く、薄い唇は口角が下がっている。インド系かアラブ系だろうか。スーツよりもカンドゥーラのほうが似合いそうな。

「見覚えがある……」

忍は猛スピードで脳内を検索した。あの男、どこかで見た。会話を交わしてはいないし、名乗りあった相手でもないが、あの眼光に覚えがある。

「もしかして……オークションの時か。バッカスの」

無量が何度もうなずいた。

「あの時、もぐらのそばにいたやつと似てない？」

「バロン・モールの、側近……っ」

ガレオスではないほうだ。

「まさか、コルドが関わってる……？」

コルドとは文化財専門の国際窃盗団のことだ。非正規に手に入れた文化財を闇のルートで取引して、その収益はテロ組織の資金源になっているという。構成員の名も国籍も一切が謎に包まれており、その活動は世界中に及ぶ。

〝もぐら男爵《バロン・モール》〟と呼ばれる男は、コルドの表の顔だ。闇から流れてきた貴重な文化財をロンダリングし、表の市場へと送り込む窓口役をしているらしい。

そのバロン・モールとは、鷹島《たかしま》海底遺跡での水中発掘調査の時、巻き込まれたある事件で、無量たちは直接対決した。その時はからくも無量たちの勝利となったが、おかげで無量は、バロン・モールに目をつけられたらしい。

「バロンはおまえを手に入れたがっていた。まさか、目的はおまえ？」

「んなわけない。つか、俺がここにいるのはさすがに知らないでしょ」

「じゃ、なんで」

犬飼が無言で部屋を指さした。

座卓の上に載せられているのは、仏像のようだ。

金銅の半跏《はんか》思惟《しい》像だ。

「……もしかして、午前中に出土した金銅仏、というのは、あれのこと？」

「んだ。徳正寺さん、発掘現場にもあのおじさんさ連れてきたんだ」

戸川と三人連れだってやってきて、発掘現場を披露していたのを、無量と犬飼は岩陰から目撃していた。

徳正寺は通訳も兼ねていて説明は全て英語だった。あの発掘現場が古代山城であることも、桃太郎伝説の地であることも語って、鬼ノ腰掛岩のそばのトレンチを、あの観音像の「出土場所」だとして事細かに説明していた。まるで実際に出たかのように。

「でも、みんな、でたらめ。作り話です」

「バイヤーを騙したって事か」

遺跡発掘現場をわざわざ見せたのは、出土遺物だと信じさせるためにちがいない。

謎が繋がった。忍はそう呟いて、

「理人くんが言っていた、このところ足繁く戸川氏のもとに通ってきていた海外のバイヤーというのは、コルドだ。しかも最初から、目当てはあの金銅仏。『百済の武人』の観音像だったのかもしれない」

「百済のって？」

「この島には、もうひとりの桃太郎がいたんだ」

忍は久米から聞いた「塩飽《しわく》の桃太郎伝説」を語った。あの謎の人面は、桃太郎のモデルになった百済の武人を指していたことも。

「本物の観音像には、そのひとの名前が記されているそうだ」

「マジか……」

それが本当に出てきたら、桃太郎の正体もわかるというわけだ。吉備津彦ではないほうの、だ。

「逆に言うと、あの観音像に名前が記されていなければ、それが贋物《にせもの》の証明になる」

「……。徳正寺さんはそれ知ってるの？」

わからない、と忍は答えた。

「おそらく、このままあの贋物をコルドに売りつけるつもりだろう。バレなければ取引成立になる」

「どうしたらいい？　忍」

無量にも、どうするべきかわからない。

贋物を本物だと言い切るなら、捏造《ねつぞう》だ。だが、相手は国際窃盗団コルド。非合法のブラックマーケットを持ち、テロ組織の資金源にもなっている。そんな連中にみすみす本物を渡して海外に流出させられるくらいなら、贋物を押しつけてでも本物を守ったほうがいいに決まっている。

だが問題は、めぐりめぐって、万一、贋物が表のマーケットに出てきた時だ。贋物なのに本物扱いされて世に周知されてしまったら、それこそ危険この上ない。真実を歪《ゆが》めることになる。

「今ここで止めるべきなのか？　あのひとたちのしてること止めたほうがいいのか？」

「……。無量」

「このまま見過ごしていいのか？　見過ごした方がいいのか？」

遺物捏造を止めるか、文化財流出を止めるか。

天秤《てんびん》にかかっているのは、そのふたつだ。

無量だけではない。犬飼も困った顔で、忍に答えを求めている。

忍はいままさに取引が行われている部屋をじっと見つめていたが、やがて——。

「一度流出した文化財は取り戻すのがむずかしい」

冷静に答えた。

「コルドがどうしてもあの観音像を欲しがっていて、それで戸川氏に取引を持ちかけたなら、やはり本物を渡すべきじゃない。あれをやつらが購入したとしても、贋物を見破れなかったコルド側の自己責任だ」

「詐欺になるぞ！」

「売り主が本物だと信じていたなら、詐欺とはみなされない」

出土工作がばれなければ、の話だが。

危険な橋を渡ることになる。

「いいのか？　ほんとうに」

「徳正寺さんはそのリスクもわかっててやってるはずだ。だったら俺たちが口を出すことでもない」

「相手はコルドだぞ！」

　ラフな手もいとわない連中だ。無量たちも危険な目に何度も遭った。

　戸川は観音像が本物と信じているようだから致し方ないとも言えるが、徳正寺たちは、故意だ。そんな危険な集団相手に金をだまし取ろうなど、危険きわまりない。

「きっと相手がコルドだとわかってないんだ。奴らの正体を伝えた方がいい」

　いや、と忍はあくまで静観を決め込む。

「いま出ていってバイヤーの前で真相を伝えたところで、立場がまずくなるのは徳正寺さんだ。おまえが出ていけば、余計、話がややこしくなる」

「だけど、詐欺がバレて報復でもされたら……っ」

　忍のスマホが着信を知らせた。降旗だった。

　降旗はその後、駅鈴の返却を久米に約束させ、理人とともにこれから受け取りに行くという。こちらの状況を伝えると、降旗は「コルド」の名に反応して、客の人相をやけにしつこく訊《たず》ねてきた。そして、

『……ヴォルフだ』

降旗は知っているようだった。

『その男はバロン・モールの代理人。もぐらファミリーのナンバー2だ』

「あなたも知ってたんですか。バロン・モールを」

『やつらは十六弁の菊花紋が入った文化財も、いたく好物のようでね』

皇室ゆかりの文化財も海外に流出している。宮内庁からも警戒されているのだろう、と無量は思ったが、忍はそうはみていない。険しい顔をして、

「その男、バイヤーとしての腕は」

『東アジアの文化財に強い。目利きだ』

室内で動きがあった。

その「ヴォルフ」が隣にいる秘書に指示し、戸川たちに差し出したのは、スマホだ。画面を確認している。

『やつらは電子決済を用いてる』

電話の向こうの降旗は、まるで見えているかのように伝えてきた。

『銀行口座を使うよりもロンダリングがしやすいからな』

「……握手してます」

ヴォルフと戸川は笑顔だった。

「取引成立したようです」

ヴォルフは席を立ち、戸川と徳正寺が見送りに出る。無量たちも動いた。玄関には菊

間執事が待っていて、送迎の車にヴォルフとその秘書が乗り込んだ。港まで見送りにいくのか、戸川も一緒に乗り込んだ。

　門を出ていく車を家人たちが見送る。

　徳正寺も、ここから見送った。

　戸川邸から客が去ったのを見計らって、家人たちが家に戻っていくと、徳正寺はひとり、玄関灯のもとに残った。

　無量はようやく物陰から出て、近づいていった。

「説明してもらえますか。徳正寺さん」

「西原さん」

「今までの発掘は全部、このためのお膳立《ぜんだ》てだったんですか」

「……」

「俺がいない間に起きたこと、犬飼が全部教えてくれました。観音像はレプリカ。あなたが用意した贋物だったと」

　徳正寺は薄いフレームのメガネ越しに犬飼を見た。犬飼は無量のそばに立ち、じっとにらみ返している。

「……。おっしゃるとおりです。西原さん」

「贋《にせ》の観音像を売りつけるためですか。あの男が誰だか、わかってるんすか。あれは国際窃盗団のバイヤーです。窃盗品を売りつけて、遺物を横流ししてる連中です。目的のためには手段も選ばないし、人殺しもする。そんな連中を騙《だま》して、贋物を売りつけるなんて。これがバレたら、どんな目に遭わされるか」

「知ってます」

徳正寺は冷静だった。

「最初から全部知ってました。あの男が、コルドのバイヤーであることは」

無量も忍も、絶句した。

「わかってて、あんな無謀な真似を……」

「鬼退治です」

徳正寺は刃《やいば》のような瞳《ひとみ》に、強い覚悟を滲《にじ》ませている。

「これが私の鬼退治なのです。西原さん」

無量の中で、あの時の徳正寺の言葉が響いた。

――桃太郎の目的は宝ではなく、鬼退治……。

「まさか！　あの場所に埋まる本物の金銅仏をコルドから守るために……」

「……。以前、海外の現場にいた時、遺物強盗に遭いました」

徳正寺がグアテマラにいた頃の話だ。

密林で発見されたばかりの未知のマヤ遺跡、その初発掘調査に参加した徳正寺は、数々の遺物を発見し、大きな功績をあげていた。

「未盗掘の王墓から出土したそれらは、いずれも完形に近く、美術的価値もすこぶる高いものばかりでした。翡翠《ひすい》の仮面、翡翠の首飾り、黒曜石の装飾品、マヤ文字がびっしりと刻み込まれた美しい石碑……。研究者として胸が躍るものばかりでした」

それがある日、何者かに保管庫を破られ、根こそぎ奪われてしまった。

「現地のギャングの仕業でした。彼らは私の同僚を殺して、出土品をことごとく奪っていったのです」

「遺物……強盗……」

無量も海外での発掘経験がある。日本と違って、海外の発掘は盗掘団との戦いでもある。中には古美術目当ての窃盗団が出土したばかりの遺物を狙うケースもある。高価な遺物は文字通り、お宝なのだ。

「後ろにいたのはコルドでした」

無量はぞっとした。

コルドは裏社会に通じている。地元ギャングを利用して、自分たちは手を汚さず目当ての遺物を確保する。それが常套《じょうとう》手段だった。

法整備のいきとどかない発展途上国では、ハイエナのようなギャングが虎視眈々《こしたんたん》と文化財を狙っている。貴重な工芸品、黄金、宝石……遺跡保護が必要なのは、高価な遺物に魔の手が伸びるのを防ぐためでもある。

徳正寺は悪夢を目の当たりにしたのだ。

「いまでも思い出すたび怒りと悔しさで身悶《みもだ》えします。遺物を奪われ、同僚を殺されたのです。同僚は、私の尊敬する指導者でもあり、……恋人でした」

無量たちは言葉を失った。

だが、徳正寺はあくまで淡々として、口調を変えなかった。

「……彼は私が研究室に忘れた車の鍵《かぎ》を、代わりに取りに行って、ギャングと鉢合わせたのです。ずっと後悔していました。悔やんでも悔やみきれない。あの時、鍵を忘れなかったら。自分で取りに行ってたら……」

身をもがれる思いだったろう。どこまでもクールで冷徹に見えたのは、心の底にやり場のない怒りを抱えていたからだ。感情を不用意に動かせば、箍《たが》が外れて荒れ狂いそうになるから、ずっと必死で抑え込んでいるのだ。

帰国した徳正寺は、ショックのあまり、すっかり心が折れていたという。

日本で仕事を見つけた後も、自ら土に触れることは二度となかった。

「数年前、海外の友人から、バロン・モールのファミリーがこの東アジアを標的にしはじめたとの噂を聞きました」

日本ではこの一、二年、地方の寺院での仏像窃盗が増えている。

やがて、戸川のことを嗅《か》ぎつけたのだろう。

戸川が投資目的の危なっかしい古美術転がしで儲《もう》けていたことは、業界でも知られていた。会社の経営不振が、コルドに付け入る隙を与えたにちがいない。

「もしかして、あなたが戸川の秘書になったのも……」

徳正寺はうなずいた。

「会長は本業の資金繰りが苦しくなり、古美術の売買で赤字を補塡《ほてん》しようとしていました。コルドのバイヤーが接触してきたのも、その頃だったと思います。ついには彼らにそそのかされて、自分の山に埋まっている遺物を売ろうと思い立ったのでしょう。そのための発掘アドバイザーを探していたのです」

「それで、徳正寺さんを招いたと」

「はい。村上水軍の軍資金の噂も、金銅仏が埋まっているとの言い伝えも、会長はご存じでした。コルドのバイヤーは、飛鳥《あすか》時代の……いえ、百済の金銅仏に関心を示して高値での購入を約束し、会長はこれに飛びついて発掘計画を進めたんです」

そこまで聞いて、大方の話が読めた。

「融資の返済期限が迫っていたんですね」

「はい。ここでなんとかできなければ、債務不履行で破産手続きに入ることに」

もうずいぶん延滞を繰り返し、銀行からは最終通告を受けていた。

「それで戸川氏は、あんな宝探し競争をさせてまで出土を急がせていた、と」

「……でも本物を出土させるわけにはいかなかった。絶対に。だから私も仕組んだんです。このひとたちに頼んで」

徳正寺の後ろから現れたのは、鳥海と猿渡《さわたり》だ。

そう。

ふたりは初めから、このために雇われていたのだ。

「ごめんね。西原くん」

「悪かったな、宝物発掘師《トレジャー・ディガー》。……まあ、そんな事情でな」

無量は「うそでしょ」と絶句した。

「じゃ、はじめから全部……」

ゲームにのっかってはしゃいでいるように見えたのは、全て演技だったのか。

「まさか犬飼……。君も？」

こくり、とうなずく。三人ともこの作戦のために集められた発掘要員だったのだ。

「本来は、私たちだけで行うはずでした。まさか理人さんが四人目を連れてくるとは思わず……。あなたのことも調べさせてもらい、宝物発掘師《トレジャー・ディガー》の異名をとる腕利きだとすぐにわかった。あなたに贋物《にせもの》工作を見破られては計画が台無しになってしまう。その焦りもあって、行き過ぎた真似をしてしまいました。本当に申し訳ありません」

「事情はわかったけど、薬盛るとか、ちょっとひどすぎるんじゃない？」

「だから、ごめんごめん。ごめんってば」

猿渡は手を合わせる。謝ってすむことではないのだが、悪気がなく見えるのは元からの性分のようだ。

「……犬飼さんにもつらい思いをさせてしまったみたいね」

贋物工作をする理由はわかっていたけれど、純粋な発掘魂をもつ犬飼には、心の負担が大きかったのだろう。いよいよ抱えきれなくなって無量に訴えたのだ。

「鬼退治の鬼っていうのは、コルドのことだったんすね」

徳正寺は静かにうなずいた。

「……あの連中にこれ以上、私の大切なものを奪われたくなかった」

静かな闘気の奥に、切実な想いが滲んでいる。

忍にはそれが読み取れる。

「復讐《ふくしゅう》でもあったんですね。コルドへの」

「……」

「あなたのルーツは下北《しもきた》半島に移り住んだ塩飽《しわく》の船大工だった。三百年前に、本物の金銅仏を掘り当てたのは、あなたの先祖だったんですね」

そう、と徳正寺は認めた。

「むつの実家には、床の間に正月の間だけかけられる特別な掛け軸がありました。それが、あの半跏思惟《はんかしい》像を描いた水墨画だったのです」

塩飽観音と呼ばれていた。

〝塩飽本島の鬼ノ腰掛岩のもとより出《い》でたる古《いにしえ》の観音像。後に再び同地の土に眠る〟

との一文が添えられていた。

掘り当てておきながら、あえて埋め戻したのは、それが島にとって、とても大事な観音像だと知っていたからだ。塩飽の魂とも呼べる仏だった。

せめて、その姿を写し取り、遠く離れる故郷を想うよすがにしようとしたのか。

美しい半跏思惟像。

徳正寺あやめにとっては、幼い頃から正月の間だけ出会える仏だった。伏し目がちに微笑して、瞑想《めいそう》するというよりも夢想に心を遊ばせているような、その穏やかな姿は、あやめの心を捉《とら》えてやまなかった。物心ついた時からずっと見ていたから、初めて広隆《こうりゅう》寺《じ》の弥勒菩薩《みろくぼさつ》像を見た時は、そっくりで驚いたものだった。

「私が初めて塩飽《しわく》を訪れたのは学生の頃。我が家のルーツを求め、訪ね歩きました。観音の埋まっている地にも行きたかったけれど、鬼ノ腰掛岩のある山は私有地だと聞いて、遠くから見るしかなかった」

門にかけられた表札の名だけは覚えていた。

仏像に興味をもったのをきっかけに歴史に関心を抱き、あやめは考古学の道に進んだのだ。

コルドのバイヤーが塩飽の資産家を狙っていると知ったのは、半年前。遺物強盗に遭って以来、海外の財団や古美術商から逐一情報を得ていた徳正寺は、その資産家が塩飽観音の山の所有者だと気づいた。迷わず行動に出た。

「会長には彼らの甘い言葉に耳を貸してはならないと再三訴えたのですが、聞き入れてもらえず、なし崩しに発掘をすることになり……」

やむなく、力を貸してもらえる精鋭を自ら選んで、声をかけた。

猿渡は、韓国の山城研究者。

鳥海は、墨書土器の専門家。

犬飼は、類《たぐ》い希《まれ》な発掘屋。

まさに桃太郎の鬼退治だったのだ。

「じゃあ、無量に手紙を送りつけてきた〝鬼ヶ島の鬼〟は……？」

――桃太郎を見つけて退治してくれ。

――鬼ノ宝を守ってくれ。

「わからないけど……、やっぱ戸川氏だったのかな。徳正寺さんに妨害されるんじゃないかって警戒してたのかも」

本当にいいんですか、と無量はあらためて向き直った。

「詐欺がばれたら、言い逃れできませんよ」

「覚悟はできています。これでこの島から鬼どもを追い払えるなら」

徳正寺の決意は揺るがない。これはもう白か黒かの問題ではなく、黒に黒をぶつけて白を守る「一手」なのだと割り切るしかなかった。

鬼を追い払えば、本物の観音は守られる。

――雑音に惑わされないで、目の前の遺構に集中して。そこに埋まってる遺構や遺物を第一に考えて。

萌絵の言葉が最後の一押しになって、無量はようやく自分の中で落としどころを見つけられた。

「わかりました。ただ贋物のことは出土記録に絶対残さないと約束してください」

「もちろん。これはあくまで調査とは別物。そのつもりよ」

無量は坂の向こうに広がる海を振り返った。瀬戸大橋をかすめるように、遠くの飛行機の尾翼灯が横切っていく。

忍が無量の肩を叩《たた》いた。

部屋に戻ろうとしていた、その時だった。

菊間執事から徳正寺に電話がかかってきたのは。

「お疲れ様です。先方のお見送りは、もう……？　はい？　いまなんて言いました？」

スマホ越しにまくしたてている菊間の声がした。

「そんな馬鹿な！」

徳正寺が叫んだので、靴を脱ぎかけていた無量たちも振り返った。

「なんてことを！」

「どうしたんです……？　何があったんです？」

「会長が！」

徳正寺は血相を変え、高い声で叫んだ。

「戸川会長が、先方の船で連れ去られてしまったと……！」

第七章　いとしき者は海に消え

それがヴォルフの計略だったと気づいたのは、すでにコトが起こった後だった。

菊間《きくま》執事によると、彼らは自家用クルーザーで島に乗り付けていたという。港まで見送りに来た戸《と》川《がわ》に声をかけたのはヴォルフだった。

――最新型の船です。もしよければ、三十分ほど試し乗りしてみませんか。

海運業者である戸川は船にも詳しい。だが何年も新造船を購入していない。雑談でそんな話が出ていたので、菊間はてっきりヴォルフが気遣いを見せたと思った。

だが、それが狙いだった。菊間を港に残し、戸川を乗せた船が沖に出た頃、ヴォルフの部下から電話がかかってきた。

――本物の塩飽《しわく》観音を引き渡せ。それまで戸川氏の身柄は預かっておく。

戸川は拉致《らち》されたのだ。

「どういうつもりなのですか。会長はご無事なのですか⁉」

徳正寺《とくしょうじ》がすぐに連絡をとった。電話にはヴォルフ本人が出た。

『そちらこそ、どういうつもりなのかね。レプリカを押しつけるとは』

「レプリカなどではありません。出土したものです！」

『本物には、この観音の主《あるじ》の名が刻まれていると聞いている』

やりとりをきいていた無量《むりよう》と忍《しのぶ》も、ギョッとした。

言い伝えでは、塩《し》飽《わく》観音の本物のほうには、背中に百済《くだら》の武人の名が記されている。

そのことまでヴォルフは知っている……？　島内でもごく一部の者しか知らないはずだ。

なのに、なぜ。

『主の名が刻まれているほうの観音を持ってきなさい。そうすれば、戸川氏は無事に帰してやろう』

「そんな……っ。ありません、そんなのは」

『では、まだ地中に埋まっているはずだ。掘り当てろ』

徳正寺は青ざめた。聞いていた者全員が、息を呑《の》んだ。

『明日《あした》の日の出まで時間をやろう。警察への通報はむろんアウトだよ。落ち合う場所は、追って知らせる』

「待って！　もし出土しなかったら……出せなかった時は！」

『戸川孝之《こうの》助《すけ》氏は、誤って夜の海に落ち、死亡……。となるね』

徳正寺の動揺がヴォルフにも伝わったのだろう。一晩で出土させられるかどうかの保証はない。すると、少しの間のあとで、こんな提案をしてきた。

『仕方ないね。では、特別にもうひとつ、条件をつけてやろう』

「条件とは……」

『そこに西原《さいばら》無量がいるね』

全員が一斉に無量を見た。

どこかから監視されているのかと思い、無量も思わず周りを見回した。

『観音がどうしても出土させられなかった場合は、西原無量の身柄をこちらに引き渡しなさい。そうすれば、戸川氏は解放する』

「なんで……っ。なぜ西原くんなんですか」

『西原無量の〈鬼の手《オーガ・ハンド》〉は、その百済仏に匹敵する逸品だからだよ』

いや、とヴォルフは息を漏らして笑い、

『むしろ、あの代金では格安といえるかな』

「おい待て！　ヴォルフ！」

横から怒鳴ったのは、忍だった。

「無量をどうする気だ。どこにつれていく気だ！」

『その声は……バッカスのオークションで、まんまと我々をだしぬいた日本人だな』

向こうも忍のことを覚えていたらしい。

『我が主バロン・モールは一度手に入れると決めたものは、必ず手に入れる。そう言わなかったかね？』

忍は戦慄《せんりつ》した。ヴォルフは落ち着き払った声で、

『名が刻まれた百済仏か、西原無量か。どちらでもいい。ミスター戸川と引き替えにできるのは、このふたつだけだ。どちらを差し出すか、まあ、じっくり考えておいてくれ。ではまた明朝』

電話は切れた。残されたのは、重い空気だ。

無量の顔が強《こわ》ばっている。鳥海《ちょうかい》は何か異様なものを見るように、

「おまえなんなんだよ……。あんなやべぇやつらに目ぇつけられるとか」

忍は青白い顔に怒りを滲《にじ》ませている。むろんヴォルフとバロンに対して、だ。

ここでまさか蒸し返してこられようとは。

「ムリョウ・サイバラの名は海外でも知られていて、前に元寇《げんこう》遺物をめぐってコルドと争った時、バロン・モールから目をつけられていたんです。おそらく無量を手に入れて海外でコルドのために盗掘を強制させる気だ」

さすがの鳥海たちも震えあがった。

「どうしたら……」

「ヴォルフに気づかれていたのか？」

そう言いながら執務室に入ってきたのは、降旗《ふるはた》と理人《りひと》だった。経緯を聞いても動揺せず、さもあらん、と降旗は冷静に言った。

「連中は、自前のクルーザーに遺物の分析装置を乗せている。ちょっとしたラボだ。装置にかければレプリカか本物かは一目瞭然《いちもくりょうぜん》だろうな」

「警察に通報します！」

理人はうろたえている。

「だめだ。あいつらの脅しははったりじゃない」

「じゃ、どうすればいいんですか！　おじいさまを助けてください！　このままじゃおじいさまが！」

泣きだしそうな理人の訴えにますます重苦しい空気になった。そのためには本物を出土させて引き替えにしなければならない。

「……だめだ」

無量がぼそりと言った。

「みすみす奴らには渡せない。絶対に駄目だ。……俺が代わりに行く」

「無量！」

「俺が行けば、連中も手を引く！」

「いけません」

毅《き》然《ぜん》と言い切ったのは徳正寺だった。

「あなたを引き渡すわけにはいきません。あなたの腕を奴らの盗掘に利用されるくらいなら私は観音を差し出します。世界中の遺物を守るためにも」

「徳正寺さん、でも……っ」

「相手が上手だったのです。元々、危うい賭けでした。でも遺物か人間かを選べと言われたら、私は迷わず、人間を選ぶ。……掘りましょう。掘って本物を出しましょう。それしかない」

忸怩《じくじ》たる思いはいっしょだ。いや、誰よりもコルドの言いなりになどなりたくないはず。本物の塩《し》飽《わく》観音を引き渡すなど断腸の決断だろうに、徳正寺は迷わなかった。念頭には殺された恋人のことがあっただろう。無量の迷いを断つように、

「今夜は徹夜になるかもしれません。皆さん、お願いできますか」

犬飼《いぬかい》と鳥海と猿渡《さわたり》は、重苦しい表情でうなずいた。

「仕方ねえな……。残業代高くつくぜ」

「そのかわり、明日は代休にしてよね」

結論は出た。まだ心が揺れている無量の肩を、忍が摑《つか》んだ。もう考えるな、と。

「忍」

「俺も手伝うよ」

だが、そう告げながら忍の目は、考えるのをやめていない。

真夜中の発掘が始まろうとしていた。

＊

凍《い》てつく月が発掘現場を照らしている。

まさ土《ど》に覆われた現場は、月明かりの反射で地面自体が輝いているかのようだ。澄んだ冬空に浮かぶ満月は冴《さ》え冴《ざ》えとしていて、投光器がなくても充分に明るい。

作業着に着替えて現場に入った。これまでとはまるで違う緊張感と、重苦しい空気が漂っている。

「どこ掘ります？　大将」

鳥海が振り返る。徳正寺も作業着姿だ。

「先祖の記録によれば、鬼《おに》ノ腰掛岩《こしかけいわ》のもとから出たとありました。埋め戻したのだとしたら、同じ場所では……」

「ちがう」

口を挟んだのは、無量だった。

「岩のもとじゃない。たぶん」

「わかるのですか」

「午後の間ずっと犬飼とトライしたけど感触がない。攪乱《かくらん》（土を掘り返した痕跡《こんせき》）は確認できたが、そこに埋まってる可能性が低い。別の場所に埋め変えたのかもしれない」

「では一体どこに」

無量と犬飼は顔を見合わせ、同時に同じ場所を指さした。

墓碑が出たトレンチのそばにある、ふたこぶ。そのそばに佇立《ちょりつ》する古い大木。

「試しにここから始めさせてもらいますか」

「……。わかったわ。やりましょう。念のため、岩のあるほうからも、攪乱の掘り返しを進めます」

「OK。そんなら俺がやるわ。理人ぼっちゃん、手伝ってくれる？」

と鳥海が名乗りを上げた。

作業は始まった。だが闇雲に掘るだけでは、ただの「盗掘」になる。あくまで調査のための「発掘」であることが大前提であり、それが大義名分でもある。測量と同時進行だ。

重機で広範囲の表土を剥いで掘り返しにかかる。江戸《えど》時代に埋めたものを探す。となると、鍵《かぎ》になるのは「江戸時代の地表面」だ。当時の地表面を露出させてから土色を観察し、穴を掘った跡を検出する。だから掘りすぎてもいけない。

「つか、埋め戻したとこは土が隆起してるはずだ。一気にさらいすぎんなよ、犬飼」

だが、ここというポイントがなかなか見つけられない。地表面が低くなるにつれ、攪乱が増えてきて、ますます狙いが定まらなくなっていく。

「江戸の頃に派手に掘り返しまくったわね」

「じかに埋めたってこたないと思うが、もしそうなら、銅錆《さび》が出てくるかもしれん。土の色に注意しろよー」

「明かり、こっちにくれますか！」

「そこ崩れやすくなってるわよ。気をつけて！」

汗だくになって土と格闘する。無量も上着を脱ぎ、Tシャツ一枚になって掘り続ける。忍や理人や降旗まで加わって、総力戦だ。排土の山はどんどん堆《うずたか》くなっていく。

「こんなに手間取るとは」

あっというまに月は高くなり、もう日付が変わろうとしている。

「なんでだべ。なんで出ねえの」

犬飼も焦っている。無量と犬飼、ふたりが「ここだ」と思ったところからは、掘り返した跡こそ見つかったが、掘っても掘っても何も出てこない。

「ここでねがったら、どこさ掘れば……」

「……」

観音が出なかった時は、自動的に無量が引き替えになるしかない。

そのときだ。無量の手ガリが何か硬いものにあたった。

「きた」

が、金属という感触ではない。

土を削っていくと、顔を出したのは、蓋《ふた》付きの方形の磁器だ。白地に青い文様が見て取れる。但《ただ》し、観音が入っているような大きさではない。

「気になるけど外れだわ。後回しにした方が」

猿渡はそう言った。目的は観音像を見つけることだから、他の遺物は明日《あした》以降でもいい。だが無量はスルーできないようだった。

「まだ掘り下げるかもしれないし、任せてもらってもいいすか」

徳正寺にも許可をとり、無量は磁器を出す作業を進める。大きさは硯箱《すずりばこ》くらいで、高さは十五センチほど。記録をとり、丁寧に周りの土を削った。

「蓋開けます」

ごり、と音がして蓋がもちあがった。

中に入っていたものを見て、無量と犬飼は目を瞠《みは》った。

「なんだべ、これ……」

中に入っていたのは、三つの品物だ。

ひとつは鉄製の鍵、銅製の札、四角い文鎮らしきもの。

「おい……。これ、駅鈴じゃないか」

無量は思わず顔を近づけた。素晴らしく状態がいい。鉄錆も多少出ているが、埋蔵文化財センターにあったもののような錆ぶくれもなく、表面の篆刻《てんこく》もくっきりと確認できる。しかも象嵌《ぞうがん》まで入っている。人面の象嵌だ。まるで久米《くめ》が持ち出した駅鈴を復元でもしたかのような見事な駅鈴だったのだ。

「ふたつめの、人面駅鈴……？　なんでこんなとこにまた！」

「どうした、無量」

忍と降旗も駆けつけた。蓋付き方形磁器に入っていたのは、三つの遺物だ。だがどういう意味をもつのかわからない。忍が覗《のぞ》き込んで、軽く絶句した。またしても駅鈴だ。

しかもとても保存状態がいい。隠岐《おき》で見つかった重要文化財の駅鈴にも匹敵する。

二つ目の鍵は、海老錠《えびじょう》の一部だ。だいぶ古い。

三つ目の銅製の札は、刻みがついている。

「もしかしてこれは、伝符と官鑰《かぎ》じゃないか」

「でんぷ？　かぎ……？」

「ああ、府庁に備わる租税を収める倉や武器庫の鍵だ。着任した地方の国司に渡されるという」

「ちょっと待って。なんでこれ見ただけでそうだとわかる？」

「国司に与えられる三点セット」

答えたのは降旗だった。その根拠がある。

「日本書紀だ。天武《てんむ》天皇の上巻に、壬申《じんしん》の乱で勝利した時、西国の国司たちに官鑰《かぎ》と伝《つたいの》印《しるし》（伝符）と駅鈴《すず》を返却させたとある……」

「壬申の乱……っ。それじゃ七世紀の遺物じゃないか！」

そんな古い遺物には見えない。このまま博物館にでも展示できそうな状態の良さだ。

千年以上、土の中に埋まっていたのにこの状態の良さはありえない。

「こいつもレプリカか？」

待って、と猿渡が覗き込んだ。

「……この磁器は伊万里《いまり》焼だわ。古くとも安土桃山《あづちももやま》以降に作られたもの。江戸時代の埋納坑から出てきたし、たぶんここに埋めるまでは誰かが外で手厚く保管していたとしか思えない」

駅鈴も官鑰《かぎ》も伝印《つたいのしるし》も、あまりにも状態がいいのは、そのためか。

「伝印が存在してたことは記録に残ってるけど、まだどこからも出土はしてないはず。これが本物だとしたら日本で初めての発見になる！」

「なんだよ。伝印は木製じゃなかったのかよ」

鳥海の専門は墨書土器だが、文字遺物全般が守備範囲だ。

「サイコーだな。塩飽《しわく》の古代山城から、こんなもんが出てくるとは！」

「しかも、この駅鈴にも人面が刻まれている」

百済の武人は国司が持つはずの駅鈴セットを与えられていたということだ。それらは兵部省の管轄。礎石のある建物跡は武器庫だった可能性がある。

「でもなんで駅鈴をふたつも持ってたんだ？　何者なんだ。この城の主《あるじ》は」

「おい、そこでなにやっとる！」

背後から男の声があがった。振り返ると、登り口にナイロンパーカを着込んだ固太りの男が息を切らせ、怒りもあらわに仁王立ちしている。吉田龍平だった。

忍たちを人質に発掘妨害をした龍平たちは、一旦《いったん》は降旗が話をつけて帰らせたはずだったが、真夜中にもかかわらずこうこうと明るい観音山の異変に気づいて再び駆けつけたらしい。怒り心頭に発している。手に握る金棒のようなものは、家に伝わる塩飽水軍ゆかりの袖搦《そでがらみ》だ。

「おまえら、こんな夜中に性懲りもなくまた荒らしおって！　今度は何を盗掘するつもりだ。戸川のやつから何を言われた！　これ以上、帆柱《ほばしら》様の聖地に手を出すな！」

袖搦を振り回す。やめろ！　と立ちはだかったのは忍だった。

「墓暴きなんかしてない」

「だまれ！　もうだまされん。よそもんの好き勝手にはさせんぞ！」

「よそもんじゃないわ」

徳正寺の言葉に、龍平は袖搦を振り回すのを止めた。

「あんただれだ」

「私の先祖は、牛島丸尾《うしじままるお》家とともに下北《しもきた》半島に渡った塩《し》飽《わく》の船大工。幕府から朱印状をもらった六百五十人の人名《にんみょう》のひとり」

　龍平は、あっと驚いて態度を変えた。

「人名の子孫！　じゃ、あんたが例の……」

「墓を暴くつもりはありません。ただ先祖がその目で見たという、幻の観音像を探し出さねばならない事態に」

「……レプリカを作ったのはあんたか。だったらなおさらだ！　戸川から帆柱様の宝を守ってくれるんじゃなかったのか！」

「バレたんだよ」

鳥海が面倒くさそうに言った。

「バレちゃったの。で、戸川の旦那《だんな》が人質にとられちゃったの。キレたマフィアが本物と引き替えじゃないと生きて返さないと言ってきやがって」

龍平はぼう然としていたが「自業自得だ」と切り捨てた。

「島の宝で自分の借金返そうなんてやつは、島民の敵だ。海にでもなんでも沈められてしまえばええんじゃ」

「見殺しにしろってのか。奴ら生半可じゃない。ホントに殺されるぞ!」

「そんな連中との約束よりも、島の宝を守るほうが大事じゃ! ほなきん、あんたらもレプリカなんか作ったんじゃろ。そうじゃろ?」

徳正寺たちは黙り込んでしまう。

「掘る必要なんかない。バチがあたったんじゃ。このまま放置しとけばええ!」

「わかってますよ……。おじいさまが悪い。一番悪い」

理人はいたたまれなさでいっぱいになっている。

「戸川の先祖がこの山を独り占めしたせいで、島のみんなの顰蹙《ひんしゅく》を買ったのは聞いてました。だからこそ、おじいさまは島のためになろうとしたんです。島のみんなが潤うよう、海運会社を作って島のひとたちの就職先を作ったって言ってました。俺はそんなおじいさまを尊敬しとったんです。でも、おじいさまは変わってしまった。古美術商なんかに関わったせいで欲に目がくらんだんや……。大事なものが見えなくなってしもた。

無量さんたちの話を聞いたら、もう自分の土地に埋まってたから自分のものだなんて言えない。おじいさまは鬼に取り憑《つ》かれたんや。鬼ヶ島の鬼になり果ててもうたんや。でも」

　気持ちを抱えきれなくなったように、理人は涙声になって訴えた。

「そんな悪い鬼でも、俺には大事な家族なんです！　血の繋《つな》がったおじいさまなんです。お願いです、俺なんでもしますけん助けてください、助けてやってください！　このとおりです！」

　地面に額をこすりつけて土下座する理人を見て、無量は立ち尽くした。恐れていた祖父のためにここまでしなければならない理人をみて、身につまされる思いがした。

　――おじいちゃんは悪いことをしたのよ。みんなにうそをついてしまったの。

祖父の捏造《ねつぞう》騒動の記憶がフラッシュバックして、あの時の気持ちがまざまざと甦《よみがえ》った。猛烈なバッシングを受けていた祖父。誰も彼もから罵倒《ばとう》を投げつけられていた。

　悪い鬼だとばかりに。

　鬼は外。悪い鬼には石投げろ。石を投げて退治しろ。鬼をみんなで退治しろ。

　この社会から退治しろ。

　――やめてよ！　誰かおじいちゃんを助けてあげてよ！　助けてあげて！

　無量は息苦しくなって、胸を押さえてしまう。

責め立てていた龍平も、そんな理人の家族への情はわかるのか、それ以上責めるに責められなくなり、罵倒の言葉を噛《か》み殺してしまう。

「なん……っなんじゃ……なんだってこんなことに……っ」

「………。やめよう」

ぽつり、と呟いたのは、それまで黙ってうつむいていた忍だ。

「やっぱり、こんなのはまちがっている。こんな理由で発掘をさせられるのは、おかしい」

忍は手にしていたスコップを捨てた。

「もうやめよう。やつらの言いなりになるのは、やめだ。観音は渡さない。無量も渡さない。本当の鬼はコルドだ。ならばコルドをこの手で退治しなければ」

力強い忍の言葉に無量は我に返った。徳正寺たちも立ち尽くし、降旗はぞっとした。

「相良……」

憤りを隠さない忍は、言葉こそ冷静だが、目にはただならぬ殺気がみなぎっている。

「もう我慢できない。戸川氏を取り戻してやつらを追い返す方法を考えましょう。龍平さん、船を出せますか」

龍平の家は漁師だ。漁船を持っている。海から山を監視したのも、その船だ。

「塩飽《しわく》は潮目が難しいと聞きました。でも地元の漁師さんなら、把握してますね」

「あ……ああ。もちろんじゃが」

「なにをする気だ。相良」

僕に考えがあります、と忍は言い、

「塩飽《しわく》水軍は村上《むらかみ》水軍を追い込んで、その荷を奪ったそうです。同じやり方で、いちかばちか、戸川氏を取り返します」

「なにを言ってるの！　無茶よ、危険すぎる！」

徳正寺に首を振り、忍は暗く眼を据わらせて、夜の海を睨《にら》みつけた。

「この島の遺物を守って、なおかつ戸川氏も救い出すには戦うしかない。唯々諾々と従うだけでは、鬼を追い払えない。力を貸してください」

忍の本気が伝わったのだろう。

龍平も、ごくり、とつばを飲み、緊張した顔で「わかった」と答えた。

「観音像はどうする」

「本物を出すのは、いつでもできる。それよりも用意して欲しいものがある。協力してくれ」

「そうこなくっちゃな」

胸のつかえがとれたとばかりに鳥海が言った。一度戦うと決めたなら、徹底してやるだけだ。後退はない。ハラをくくると、さっきまでの重苦しい空気がガラリと変わり、皆の顔に闘気がみなぎり始めた。

「よし！　いっちょやってやる。ここからが本当の鬼退治だ！」

鳥海が気勢を上げると、他の者たちも力強く声を合わせた。

「……あれ？　どうかした？　犬飼ちゃん」

猿渡が振り返ると、皆が盛り上がる中、犬飼だけが動かない。ひとり、先ほどから森の一点を凝視していて、ぴくりとも動かない。

「みてる……」

指さしたのは、大きな椚《くぬぎ》の木の根元だった。

「……あそこから、誰かが見てる」

まるで巫女《みこ》のように指さした先を、無量も見た。右手にざわっと疼《うず》きが走ったのは、そのときだ。肘《ひじ》から肩にかけて電流が駆け上がり、思わず右腕全体を押さえてしまった。

あの視線だ。

初めて現場に入った時から感じていた視線。あれは龍平ではなかったのだ。ずっとあの木から感じていた。ぶれることのない厳かな視線の正体が、いまやっと無量にもわかった。

椚の木の根元に近づいていって、立ち止まる。枯葉に覆われて土も見えないが。

ふいに何かに突き動かされたように、無量が角スコップを地面につきたてた。

「無量……ッ」

——わたしはここにいる……。

声はみるみる鮮明に聞こえてくる。ここにいる、わたしはここにいる。

わたしを掘れ、と。

＊

東の空が赤く焼け始めた。

瀬戸《せと》内海《ないかい》の夜空から星々が退場して、一時間ほどが経とうとしている。夜明けの海は静かで、瀬戸大橋の航空障害灯だけが星の名残のように、蛍のような明滅を繰り返している。

まだ暗い泊《とまり》港を一隻の漁船が出ていった。向かう先は牛島の東方沖だ。

その先に白いクルーザーが待っている。リゾートとは無縁なこの海域ではあまり見かけない船型は、海外のヨットハーバーにでもいるほうがお似合いだ。

目指す沖合で、二隻の船はゆっくりと落ち合った。

クルーザーの船首に現れたのは、ヴォルフだった。

「君、ひとりかね」

漁船に乗っているのは、無量だ。

「……と運転士な」

「本物の観音はどうした。見つからなかったのか」

「つか、やっぱ皆さん、本物はあんたらにどうしても渡したくないらしくて、気持ちもわかるから、俺がきたわ。で、戸川さんは無事なの？」

ヴォルフの部下が孝之助をデッキに連れ出した。縛られたりはしていないが、丸一晩、港に戻らなかったので、すっかり疲労しきっているようだ。

「これはどういうことなんだね。説明したまえ」

どうやら自分が人質になっていることもわかっていないようだ。

「……ご本人は呑気《のんき》にナイトクルーズですか。みんな徹夜だったのに」

とは言え、戸川は塩飽《しわく》観音が贋物《にせもの》だったとは知らなかった。本人は、正々堂々、本物で取引しているつもりでいたのだ。

「戸川サン、あんた人質にされてんすよ。俺か、本物の観音と、引き替えでなけりゃ、あんた、殺されてたとこっす」

「馬鹿をいうな。どういう意味だ、本物というのは」

「本物の塩飽観音を売られたくなかった徳正寺さんたちが、あんたに黙ってレプリカを押しつけたんです。だから、そのひとは、あんたを人質にとって、本物を要求してきたんすよ」

戸川には寝耳に水だった。うろたえる戸川を無視して、ヴォルフは言った。

「西原無量。バッカスのオークション以来だ。ボスはずっと君に会いたがっていたよ」

ヴォルフにとっては観音以上の手柄とみえて、終始、機嫌がいい。

「あんた最初見た時からレプリカだって気づいてたんでしょ。だったら、その場でつっかえしゃいいのに。ほんとの目的は俺？　だとしたら、大した策士だね。なんで俺がここに来てること知ってたの？　誰に聞いた？」

「それは知らなくていいことだ。百済の金銅仏は逃げないが、君は仏像のようにはいかない。さあ、こっちに乗り移ってもらおうか」

　無量は首を振った。

「ここは潮が速くて船同士をくっつけるのはヤバイって。一旦《いったん》、島にあがろう」

「駄目だ。逃げられても困る」

「戸川さんが魚の餌になっても後味悪いでしょ。あっちにちょうどいい小島がある。そこで乗り換えよう」

　ついてきな、と言い、無量は操縦席にいる龍平に指示を出した。龍平は船首をめぐらせて沖合へと漁船を走らせる。ヴォルフのクルーザーを先導した。

　二隻の船は、夜明けの海に白い航跡を描きながら瀬戸大橋に向かって走り始めた。

　やや波が高く、漁船は前後に大きく揺れた。

「……向こうはでかい船だぞ。大丈夫か」

　無量が横から訊《き》いた。大きな船ほど潮の影響は受けにくくなる。だが龍平は「問題ない」と答え、

「とっておきのポイントがある。このへんを知らない船乗りは、たいていはまる」

　瀬戸内海は日に二度、潮の流れが変わる。その変わり目が狙い目だ。

「あと五分」

瀬戸大橋の橋脚が迫ってきた。

巨大な橋梁《きょうりょう》をくぐる。圧倒的な重量感だ。鉄道も通る瀬戸大橋の太い橋梁を過ぎると、無人の小島が見えてくる。あえて船足を落として遠回りをして時間を稼ぐ。ヴォルフのクルーザーはぴたりと後から着いてくる。

島と島の距離が近く、狭水道になっている海域だ。しかも橋脚を建てるための台座が人工の島のようになっていて、さらに潮目を複雑にしている。

待つことしばし。高かった波がふと黙り込んだかのように穏やかになった。

「きた」

潮目の変わり時だ。

「いきますか！」

龍平が一気に船足をあげた。船首が上向きになり、蹴《け》り上げる波飛沫《しぶき》が遠くの景色を消し去っていく。これに気づいたヴォルフのクルーザーも、いささか慌てたようにスピードをあげてついてくる。

「よし、いまだ。来い！」

龍平が無線に向かって、叫んだ。

合図とともに岩陰から一隻、漁船が現れた。白波を蹴り立ててこちらめがけて向かってくるではないか。船尾に立っているのは、鳥海だ。

「おーい、戸川の旦那ー！　本物の観音像がみつかったぞー！」

掲げているのは、赤ん坊が入りそうなほどの大きさの箱だ。ヴォルフの船の少し先を併走して訴えてくる。微妙に行く手を阻まれてヴォルフは苛立った。

「おい、なんのつもりだ！　邪魔だ、どけ！」

「なあ頼むよ！　西原は見逃してやってくれよ、このとおり本物を掘り当ててやったんだから」

本物の観音と聞いて、身を乗り出したのは戸川だ。欲が出たのだろう。

「おい、渡すな！　もういいんだ、観音はひっこめろ！」

「そんなこと言ったって西原を助けないと」

そこにもう一隻、島影から漁船が現れた。猿渡と徳正寺が乗っている。猿渡もまた大きな箱を掲げている。

「会長、だまされないで！　そっちは贋物です！　こっちが本物でーす！」

「おい、ふざけんな！　こっちが本物だろ！」

猿渡と鳥海が海上でよくわからない真贋《しんがん》争いをしはじめる。おかげでクルーザーは二隻の漁船に阻まれて、どんどん無量の船から離されていく。

「おい、どけ！　どけというのがわからないのか！」

ヴォルフが叫んだ。二隻の漁船は数回クロスを繰り返したかと思うと、

「あ、あぶない！」

鳥海が箱を海に落としてしまう。これには戸川が血相を変えた。

「観音が落ちた……！　おい引き返せ！」

クルーザーは小回りが利かない。二隻の漁船は途端に左右へ離脱した。転針しようとするクルーザーめがけて突っ込んできたのは、無量の船だ。通せんぼをされていたヴォルフのクルーザーからは完全に死角だった。

「ぶつかる！」

船に急ブレーキはない。よけようとして、咄嗟《とっさ》にクルーザーが右に舵《かじ》をきる。だがその瞬間だった。船尾が強い潮の力を受け、船体はまるで滑るように横向きになって流され始めてしまう。

「なんだ、なにが起きてる……っ」

「まずい、臼磐《うすばえ》の流れだ！」

これにはさすがに戸川が気づいた。この水域には海底に大きな岩がいくつかあり、潮目の変わり時に強い渦を生じる。急激に鳴門《なると》の渦潮並の大きさになる危険な場所だということを戸川は知っていたが、あとのまつりだ。

「おい、取り舵にしてパワーをあげろ！」

だが瀬戸内海に不慣れな外国人操舵士は咄嗟に反応できない。そこにさらに猛スピードでモーターボートがツッコんできた。そこには忍が乗っている。操舵《そうだ》するのは犬飼だ。

「あぶない！」

急ブレーキ代わりの後進がクルーザーからなけなしの推進力を奪い、モーターボートはすれすれを勢いよく通り抜けていく。その波をまともにくらって、クルーザーが大きく左舷に傾いた。大傾斜したクルーザーは、そのまま渦に捕まってしまう。

「あぶない、つかまれ！」

激しい衝撃がつきあげた。渦に巻き込まれたクルーザーの船底が、海底の岩にぶつかったのだ。そのままコントロールを失ったクルーザーは、左舷に傾いたまま渦に流され、浅瀬の岩にひっかかって航行不能になってしまう。

かつて塩飽《しわく》水軍が得意としていた海の戦法「潮目の罠」だ。数隻の船で追い込んで敵方の船の挙動を巧みに操り、岩礁へと誘い込むというものだ。龍平の父親は古式水軍の戦法を再現する塩飽水軍保存会のメンバーだった。

「なんてことだ……」

手すりにしがみついたヴォルフが青ざめていると、そこに無量たちが乗った漁船とモーターボートが近づいてきた。

「こりゃ大変だ。大丈夫すか」

ヴォルフは怒り心頭だ。

「な……んのつもりだ、きさまらァ。消されたいのか！」

「西原止めようと思って駆けつけてきたんすけど、タイミング悪かったですかねえ」

鳥海は大胆にもすっとぼけてみせる。クルーザーはエンジンルームが浸水したようで完全に沈黙してしまった。乗組員は騒然としている。

「おい沈没するぞ、逃げろ！」

「くそ、きさまら、こんなことをしてただですむと……！」

「これが西原無量に手を出すリスクだ。ヴォルフ」

殺気をまとった忍がモーターボートの舳《へ》先《さき》に立ち、見下ろしながら言い放った。

「そっちが諦《あきら》めないなら、何度でもこうやって沈めてやる。高級クルーザーを何隻もおしゃかにしたくなかったら、二度と無量には手を出すな、とボスに伝えてもらえますか」

「き……さまぁ……っ」

ごご、と音がして、さらにクルーザーが傾斜する。海に飛び込んで逃げ出した戸川は、徳正寺たちが救出した。乗組員たちも次々と小島の岩場へと泳いでいく。幸い浅瀬になっていて、皆、すぐに安全なところに泳ぎ着いた。

クルーザーは岩にひっかかったまま、沈没もしなかったが、自力では動けそうにない。

忍は冷ややかにそれを眺めて、ヴォルフに告げた。

「振り込まれたお金は後ほど、全額返金しておきます。今回の取引は成立しなかったということで。但し、こちらの連絡ミスもあったので」

「ふざけるな！　勝手に決めるな！」

怒鳴ったのは戸川だった。

「徳正寺！　きさま、私を騙《だま》したのか！　やはり、きさまら全員、グルだったのか！」

「あなたが招いたことですよ。戸川さん」

　忍は冷静に言い放った。

「これは手を出してはいけないものに手を出した罰だ。あなたは島の宝を私物化しようとした」

「島のだと？　私の敷地に埋まっていたものだ！　自分のものを売って何が悪い！」

　勘違いするな！　と叫んだのは、隣の船上に立つ吉田龍平だった。

「塩飽《しわく》観音はあんたんもんなんかとちゃう。島の時間を積み上げて大切に守られてきた宝物なんじゃ。島の歴史が詰まっとるんじゃ。たかが七、八十年しか生きとらんもんの手で独り占めできるもんとは断じて違うけえ！」

　島民の思いを代弁した龍平の言葉を受けて、忍は裁定を下すように告げた。

「徳正寺さんたちの言葉にあなたは耳を傾けるべきだった。彼らを追い込んだのはあなたです。これは全て、自分で招いたことですよ。戸川さん」

　ずぶ濡れになった戸川は、ぼう然と徳正寺を見上げている。

「……会長。申し訳ありません」

「徳正寺、きさま……っ。我が社が潰《つぶ》れてもいいのか！」

「潰れてよいわけがありません。しかし、そのために塩飽の魂を売り渡すのはまちがっています。会長には、塩飽人の魂を失わないでいて欲しいのです」

　徳正寺はすがるように訴えた。

「もう一度、足元を——足元の土を、お見つめください。会長！」

戸川は絶句していたが、やがて、噛《か》みしめるようにうなだれてしまう。

塩飽《しわく》の鬼の策謀は、潮時を迎えたようだった。その姿を船の上から見届けた無量は、操縦席の窓にかけられた帆柱様のお面に気がついた。

「桃太郎の鬼退治、か」

不思議と腑《ふ》に落ちた無量は、龍平に話しかけた。

「あんたも、はじめは鬼だったけど、本当は誰よりも桃太郎だったんだね」

「ええんじゃ。塩飽では、鬼と桃太郎はひとつやきん……」

「西原無量！」

ヴォルフが叫んだ。

「ボスは貴様をあきらめんぞ！」

「はいはい。カラオケくらいならいつでもつきあうよって、もぐらじーさんに言っといて」

無量を乗せた漁船は、舳先を返して走り出していく。かつて塩飽水軍が村上水軍の船を追い込んだ水域は、いつしか渦も消えて、逆向きに潮が流れ始めている。

忍たちの船も引き返し始めた。

ようやく海は明るくなりはじめている。目の高さにまで垂れ込めた低い雲から、陽の光が滲《にじ》んでいた。

冷たい海風に吹かれて、再び瀬戸大橋をくぐる。巨大な鉄の塊が空を覆うのを見上げ、無量は潮風をきりながら、瀬戸内海の島々が朝日の中に輝き始めるのを眺めていた。

＊

本島《ほんじま》の泊港に戻ってきた無量たちの船を、岸壁で待っていたのは、降旗と理人たちだった。アタッシェケースを持つ降旗の隣で、作戦成功を知った理人が大きく手を振っている。そこには菊間執事の姿もあった。

「おじいさま！」

船からおりてきた戸川に理人が駆け寄っていく。無量たちの漁船も着岸し、最後に犬飼が操るモーターボートが到着した。

「作戦は成功したようだな。ヴォルフたちは」

「船は航行不能。船員は全員無事なので海上保安庁に助けてもらえるでしょう」

海上保安庁には通報した。航行妨害されて事故になった、と訴えてくる可能性はなきにしもあらずだが、向こうも人質をとっていた後ろ暗さがある。こんな不手際でわざわざ騒いで、真っ黒い腹を探らせるほど、コルドも脇が甘くはなかった。

毛布にくるまれた戸川は、寒さと怒りで真っ青になっている。

「旦那《だんな》様……。ご無事で」

「なにがご無事なものか！　このような目に遭わされて、なにが……」

「命をとられなかっただけ、よかったと思うべきですよ。戸川さん」

声をかけた降旗を、戸川が睨《にら》みつけた。

「誰だ、貴様」

「宮内庁の降旗です」

「く、宮内庁……？　なんでそんなところから」

省庁の名を出したのは正解だった。萎縮《いしゅく》した戸川に、降旗が言った。

「あれは国際窃盗団のバイヤーです。やつらと関わって、命があるだけマシだったと思ってください。骨までしゃぶられて破滅した富豪も大勢います」

ぞっとした戸川のもとに、もうひとり、近づいてきた者がいる。

久米晴夫《はるお》だった。

なぜ久米までここにいるのか、と忍は怪訝《けげん》そうな顔をした。

「埋文の駅鈴はもう降旗さんに返したんじゃなかったんですか」

「私が呼んだ。戸川氏に話をつけたいというので」

降旗に促され、久米は掌《てのひら》に載るほどの木箱を戸川に差し出した。その中に入っていたのは、錆《さび》ぶくれした鉄のかたまりだ。埋蔵文化財センターからなくなった遺物。岡山沖で見つかった駅鈴だった。

「あなたから頼まれた駅鈴です。これはもう、必要なくなったということですか」

「なんのことだ？」

戸川はとぼけたのではなく、本当にそれが何かわからないようだった。久米も不審に思い、

「あなたが僕に手に入れろと命じたんでしょう。だから僕は……！」

「知らん。そんな鉄のかたまりに、なぜ私が」

話がかみ合わない。忍が念を押し、

「戸川氏に命じられて、持ち出したと言ってましたよね」

「ええ……そのはずです。菊間さんからそう聞いたんです」

忍たちは菊間執事を振り返った。菊間から？

「はい。この駅鈴を持ってくれれば、土地の貸借権を一年間引き延ばしてくれると……」

久米の工場は、戸川家から借りた土地に建てていた。だが半年ほど前に突然、戸川がその土地を売却すると言い出して、久米は年内に工場ごと移転させられるはめになってしまったという。あまりに急な話で移転費用が工面できなかった久米は、期限の引き延ばしを求めていた。

「それで菊間さんに相談したんです。菊間さんは島の歴史勉強会でいっしょだったので、口利きしてもらえると思って。戸川会長を説得してくれと頼みました。そしたら、埋蔵文化財センターからこの駅鈴を持ってこいと。そしたら引き延ばしに応じる……」

「まさか、それもヴォルフに売るつもりで？」

「知らん！　そんなこと言った覚えはないぞ。おい菊間、どういうことだ！」

菊間執事は冷静だ。顔色ひとつ変えない。

その眼差《まなざ》しの暗さに、無量はどきりとした。こんな菊間は見たことがなかったからだ。

おもむろに口を開いたのは、降旗だった。

「菊間真一郎《しんいちろう》さん。あなたは、デンバーズ・オークションの元マスターエージェントでしたね」

目を剝《む》いたのは、忍と無量だ。

「デンバーズって……。バッカスに並ぶ老舗《しにせ》オークション会社の？」

「エージェント？　菊間さんが⁉」

世界中からオークションにかける美術品を集めてくるプロのことだ。

所有者に出品を促したり、落札価格を査定したりして、売りたい側と買いたい側の橋渡しをする。古美術の目利きであることはもちろん、世界中の売買情報に目を光らせて取引価格の変動も常に把握しているプロ中のプロだ。デンバーズのエージェントは全員名うてで、中でもマスターを名乗れるのはほんの一握りだけだ。

「調べてみたところ、戸川氏が古美術売買を始めたのは、菊間氏が執事として戸川家にやってきた後ですね。それまでは骨董《こっとう》品をたまに購入することはあっても、売買までは手を出していなかった」

「……そうです。私が教えました」

菊間が答えた。淡々としている。

「会社の経営不振が加速した頃ですね。古美術の転売で会社を救うために？」

「いいえ」

菊間は別人のような顔つきをしている。

「とどめをさすために、です」

全員が、息を呑《の》んだ。

まさか、と無量は声を詰まらせた。

「ヴォルフに声をかけたのも……菊間さん？」

理人も凍りついた。否定を求めてすがりつくように菊間を見たが、そこにはもう、温厚で優しい「菊間執事」はいなかった。

「あの観音がレプリカだと、ヴォルフに伝えたのも、私です」

「な……っ」

「本物には、持ち主の名を記す銘文が刻まれている、と教えたのも」

これには徳正寺が黙っていられなかった。

「どうして！」

「私の目的は、戸川から何もかもを奪うこと」

孝之助は愕然《がくぜん》とした。

無量も忍も、そこにいる全員が絶句した。

「経営不振につけこんで、骨董品売買をもちかけました。値上がりが期待されると嘘をつき、会社の金で次々と古美術品を買わせました。もちろん、信じ込ませるために多少の売却益は出しながら……」

ばかな……、と戸川はよろめいて、理人に支えられた。

「では、最初から……」

「うそ……じゃろ……。菊間」

理人が必死な目で訴える。

「うそだって言ってよ！　菊間！」

「その計画のために選んだバイヤーがヴォルフだった」

耳を貸さずに、菊間は続けた。

「彼がコルドの一端であることは知っていました。彼が売り込んでくる品は、闇のもの。窃盗や強盗で得た遺物。そのままでは表に出せないものを、高く買わせるだけ買わせた。そういう骨董品はいずれ爆弾になる。債務の返済期限に焦って売却しようとする時に、表のオークションに出させるつもりだった。そこで盗品と明らかになれば、全部二束三文。買い手もつかず、戸川の資産は大きな疵《きず》を負う」

戸川は顔面蒼白《そうはく》だ。

周到な計画を、菊間は無表情で語り続ける。

「会長はガンで闘病中、心身ともに弱っていた会長は私の指示に疑問すら抱くことはなかった。私の言いなりも同然だった。計画はうまくいくはずだった。だが、ヴォルフは私には無断で、戸川に直接、負債の肩代わりを申し出た。そのかわりに、あの山に埋まっている塩《し》飽《わく》観音を掘りだして引き渡せ、と。会長は受け容れ、ついに山の宝に手を出した。それが今回の発掘の理由です」

温羅《うら》が夢枕に立った、などというのは、口実だ。

バロン・モールに負債の肩代わりをさせるためだったのだ。

「発掘の専門家である徳正寺さんを雇い、徳正寺さんは腕利きの発掘屋を集めてきた。その顔ぶれをみれば、塩飽観音を確実に掘り当てるのは目に見えていた。だから私は、それを阻むために、西原さん。あなたに声をかけたんです」

「……阻むために、俺を……」

「〝鬼ヶ島の鬼〟は、私です」

無量に手紙を差し出したのは、菊間だった。無量を利用して、徳正寺たちに遺物持ち出しの疑惑をふっかけ、不正を暴く探偵役にさせることで彼らを現場から追い払おうとしたのだ。

だが、その徳正寺にも別の目的があった。戸川の山に眠る遺物が、コルドに渡るのを阻止するという、目的が。

徳正寺は本物をあえて出土させず、出土したと偽装したレプリカの塩飽観音を、ヴォルフに引き渡した。

「ヴォルフがそれを本物だと信じて、取引が成立してしまったら、戸川の負債はコルドが肩代わりすることになってしまう。そんなことはさせられなかった。だから、ヴォルフに告げた。あれは贋物《にせもの》だ。レプリカだ。あなた方ははめられようとしている、と」

それを聞いたヴォルフは本物を手に入れるために、戸川を拉致《らち》して、脅迫に及んだ。

「まさか、あなたもそれに協力してたんですか……」

港までヴォルフを見送らせるために戸川を誘い出し、船に乗せたのも、菊間だ。

「……だが、本物をたった一晩で掘り当てるのは難しいと確信していた。このまま契約が破棄されるだろうと。そうなれば、戸川は破産する。だが、ヴォルフはまたしても、私の想定外のことを言い出したんです」

西原無量、と菊間はうらめしげに呼んだ。

「あなたが、観音の身代わりになれる、などと」

無量は立ち尽くしている。

皆が固唾《かたず》をのみ、静まりかえる漁港に、かもめの鳴き声だけがやけに響いている。

「ヴォルフは会長が提出した発掘メンバー表を見て気づいたんでしょう。……そのとき、私はやっと理解したんです。ああ、西原無量をここに連れてきたのが間違いだったのだと。私も元マスターエージェントなら徹底的に調べ上げるべきだった。出品物に関するどんな些《さ》細《さい》な経歴の疵も潰《つぶ》すのがプロの仕事だ。西原無量の過去の仕事を調べれば、鷹《たか》島《しま》でコルドと関わったなどすぐにわかるはずだった。調査を怠ったのが敗因だ。君を身代わりになどされては困る。戸川が救われては困る。そんなふうになるまえに」

「菊間さん」

「君を消してやろうか、とも」

忍が菊間の胸ぐらをつかもうとするのを、無量が止めた。忍が批難するような目を向けてきたが、無量は悲しそうに見つめ返すばかりだ。

「じゃ、なんで、やんなかったんすか……」

「……。なぜだろうか」

菊間は力なく微笑んだ。

「きっと私自身が、君の掘るものをもっと見てみたいと、思ったからだろうな」

翼を広げたかもめが、船の舳《へ》先《さき》へと舞い降りる。

無量はやりきれない表情で、岸壁に打ち寄せる波を見つめた。

「なぜだ……菊間……」

戸川には、忠実なしもべだった菊間の裏切りが、まだ受け容れられない。そうされることになんの心当たりもないようだった。

「なぜ……そこまでして私を……」

「覚えていますか。今から六十二年前」

菊間は冷たく告げた。

「あの備《び》讃《さん》瀬戸で起きた、連絡船の沈没事故のこと」

戸川は「あっ」と小さく叫んだきり、二の句が継げなくなってしまう。それは無量たちが生まれるずっと前の話だった。

「六十二年前のあの日、私は父とともに高松から宇野《うの》に向かう連絡船に乗っていた」

当時はむろん、瀬戸大橋もなく、四国と本州を往き来するには船に乗るしかなかった。たくさんの連絡船が人や車を乗せて往き来していた。

だが、当時は高度経済成長によって急激にあがった輸送量に船舶の数が間に合わず、戦時中から使っていたオンボロ船や、ひどいものは沈没船を引き揚げて使っているものもあった。瀬戸内海はいま以上に通航量も多く、事故も多かった。

「乗っていた連絡船が濃霧の中、砂利運搬船と衝突した。連絡船は右舷《うげん》機関室から浸水し、あっというまに傾いて、たくさんの乗客が浸水した客室に取り残された」

菊間の語りを聞いているうちに、戸川はひきつけを起こしそうなほど、目を剝《む》いた。

「まさか……おまえ……」

「おんぼろ船はひとたまりもなかった。右に大きく傾いた船室から、私と父は脱出しようと必死に階段をあがった。だが出入口には乗客が殺到し、しかも床が大きく傾いて、まるで壁のようになっていた。父は必死で私を扉の外に押し上げてくれたが、争うように扉を目指す人達にもまれ外に出られない。そうこうするうち、父は若い男に蹴《け》り落とされて、浸水した船内に落ちてしまった」

「やめろ。それ以上言うな！」

「その若い男は学生だった。高松の名門校の制服を着てた。首に大きな痣《あざ》があった。眉《まゆ》が太く目が大きく……」

「やめろ！」

「戸川孝之助。あなただ！」

菊間がジャケットの内側から取りだしたのは、ぼろぼろになった学生証だ。

「あのとき、柵《さく》をよじのぼろうとするあなたにしがみついて、胸から抜き取った学生証だ。父は連絡船とともに沈んだ。遺体は海底で見つかった。俺はあんたを恨み、いつか仇《かたき》をとってやろうと、ずっと子供心にあんたの名を刻みつけてきた。そして、やっと見つけたんだ。地方新聞に載っていたあんたの記事を見て」

瀬戸大橋によって衰退するであろう海運業の明日を憂う記事だった。

その頃、菊間はすでに海外のオークション会社で成功し、マスターエージェントの座を揺るぎないものにしていた。このままいけば、重役職は間違いないとまで言われていたが、あえてリタイアの道を選び、日本に戻ってきたのだ。

「あなたから、全てを奪うために」

戸川は呆然《ぼうぜん》としている。執事という仮面を脱いだ菊間は、氷のような眼差《まなざ》しで仇を見下ろしている。

「本当はね、ヴォルフが怒って、この男を海に突き落としてもかまわないと思った。むしろ、そうしてくれ、と願っていた」

菊間は苦々しそうに微笑んだ。

「徳正寺くんたちはコルドを退治したかったようだが、私にはコルドが必要だった。戸川への復讐《ふくしゅう》のために」

〝鬼ヶ島の鬼〟を名乗り、重機を故障させ、投石もした。それは警告のつもりだった。龍平に発掘が始まることを教えたのもそうだ。すべては復讐のための計画を何人《なんぴと》にも邪魔させないための。

「桃太郎など必要ない。私に必要だったのは、鬼退治のための鬼だった」

復讐の鬼……。そんな言葉が、無量の頭にふっと浮かんだ。

そんな思いを六十年以上抱えて、このひとは生きていたのか。

「申し訳ありません。坊ちゃん」

菊間は理人を振り返り、少しだけ、すまなそうな顔をした。

「私は坊ちゃんが好きでしたから、正直、迷うこともありました。私の仇討ちは、坊ちゃんの人生も巻き込むとわかっていたので。菊間は坊ちゃんの未来を邪魔したかったわけではないのです。ただ、父の無念を晴らしたかったのです」

「……菊間……ごめん」

驚いた顔で、菊間が理人を見た。

「なぜ、坊ちゃんが謝るのです」

「全然気づかなかった……。そんな思いで、ずっと僕のそばにいたなんて。そんな思いをしていたなんて……」

　理人が祖父を振り返る。あんなにいかめしかった祖父が小さく見える。

　戸川は地面に手をついた。

「すまなかった。菊間」

「おじいさま！」

「あの日の事故のことは一日たりと忘れてはいない。自分が助かりたいばかりにおまえの父親を蹴落《けお》とした時のことも。浸水した船室に落ちたおまえの父親の顔は、いまも夢に見る。二度と繰り返さないために船会社を作った」

　菊間は驚いた。

「……いま、なんと……？」

「この海で二度と事故が起きないよう、安全な海運をこの手で担おうと考えた。戸川の船には最新式のレーダーを積んだ。一番安全な新造船を買い、どこよりも安全な航海をするよう船員を厳しく育てた。そのための金は惜しまなかった。本当だ。現実に戸川の船は、創業以来一度も、一隻たりと事故を起こしていない」

　今度は菊間が呆然とする番だった。

「橋ができて経営は傾いたが、誰よりも橋を望んだのも、この私だ。むしろ私が恐れたのは、橋ができたために船会社の経営が苦しくなり、そのしわ寄せで海の安全が保たれなくなることだ。どうにかしなければ、とあがいてきた」

「そんな……。では、あなたは……」

「どんなに経営が苦しくなっても、船の設備とそのメンテ、船員の給料だけは最後まで下げないつもりだった。古美術売買で赤字を埋めようとしたのは、そのためだ」

戸川は頭を上げようとはしない。岸壁のコンクリートに額を押しつけ、

「……だが、因果応報だったのだ。私は自分の罪に怯《おび》え、とうとう、おまえたち家族に謝罪もしていなかったのだから……」

「……そんな……」

「いま、やっと言える。許してくれ、菊間。私が悪かった！」

土下座したまま身を震わす戸川を見下ろし、菊間は棒立ちになった。

涙を流している。

やりきれなくなったのだろう。うなだれて、拳《こぶし》を震わせた。

「西原くん。……私がまちがっていたのだろうか」

無量はうなずくことも、首を振ることもできない。

「……。俺があなただったら、多分、同じことをしたと思いますよ」

菊間はうつむいたまま、その言葉を噛《か》みしめていた。

忍が近づいてきた。ひとつ、確かめなければならないことがあった。

「駅鈴を、久米さんに持ってこさせたのは、なぜです」

忍が問うと、菊間は我に返ったようにゆっくりと顔をあげた。憑《つ》きものがおちたよう

に素をさらし、

「あの駅鈴は、父のものだ」

「なんですって」

「父が沈没した連絡船に持ち込んでいたものだ」

忍は思わず無量と顔を見合わせてしまう。……どういうことだ？

「父は歴史学者で、長年、塩飽廻船《しわくかいせん》航路について調べ、塩飽の船が寄港した全国の湊《みなと》をめぐっていた。あるとき、青森の船大工の家に、代々保管されていたその駅鈴を見つけたんだ」

隠岐の駅鈴によく似ていたことから、菊間の父は興奮した。大発見の確信を持ち、知り合いの大学教授の意見を聞くために借り受けて、高松の家に帰宅した。

そして、教授のもとを訪れるため、瀬戸内海を渡ろうとした。

その船が転覆した。

「脱出しようとした時、父は私に駅鈴を託した。私に託して海に沈んだ。海に投げ出された私は小さな体にそれを必死で抱えていたが、鉄の重さに耐えかねて、とうとう手放してしまったのだ」

鉄の塊は浮力を邪魔する。小さな体で抱えながら浮き続けることはできなかった。

「ずっと……子供心にずっとそれを悔やんでいた。父に申し訳ない。申し訳ない、と。

去年、岡山沖からこの駅鈴が見つかったとのニュースを聞いた時、私にはすぐわかったよ。あれは父の駅鈴だと。私が落とした駅鈴だと」

菊間は伏し目がちに笑みを浮かべた。

「……だが、あれは模造品だったんだ。江戸時代まで、笠島《かさしま》の古い寺の住職が大事に保管していたという。寺には帆柱様ノ宝と伝わっていた。ある日、集落の者が観音山を掘り、美しい観音像を見つけた。それは言い伝えにある帆柱様の念持仏だとわかり、住職は寺にあった帆柱様ノ宝とともに観音山に埋め戻したのだ」

その際に、ある船大工がそっくりな模造品を作った。型をとり、文鎮にした。

そして観音を写し取った絵とともに、下北半島へと持っていったという。

「それが、徳正寺さんの……」

「父の駅鈴がその模造品だった。私は戸川の執事になるためにこの島へとやって来て、それを知った」

あの錆《さび》ぶくれは連絡船の事故で海に落としたためだ。海底にあったのは、ほんの半世紀ほど。千年以上前に沈んだにしてはきれいだと言われていたのは、そのせいだ。

「だが、父の駅鈴だと証明する術《すべ》がない。このままではあれが〝本物〟にされてしまう。だから」

「それを避けるために、久米さんに持ち出させたんですか。そのせいで久米さんは盗みを働くことになったんですか。いくらなんでも、その言い分は身勝手です。埋文に事情を話せばよかっただけでは」

「話したが、信憑性《しんぴょう》がないとの理由で取り合ってくれなかった。確かに父のもとに駅鈴があった記録は残っていない。下北半島のどの家にあったかも今となっては定かでない。それが模造品であったことすら証明できないのだ」

話を呑《の》み込めた無量が、おもむろに尻ポケットからスマホを取りだした。

「……だったら、これで納得してもらえるんじゃないすか」

これ？　と菊間は顔をあげた。

無量は、スマホで撮影した遺物の画像を見せた。

観音山から出土した、伊万里《いまり》焼の器。

その中にあった三つの遺物。

「まさか……っ。本物を掘り当てていたのか！」

「はい」

菊間はスマホの画像を何枚も確認した。

「そっくりだ。父が船に持ち込んでいた駅鈴に……。父に託された、あの時のものとそっくりじゃないか！」

これが本物、と呟《つぶや》いて、菊間は立ち尽くし、放心した。

「父は……これを出したかったんだよ」

「……菊間さん」

「あの山を掘りたいとずっと言っていた。本物はあそこにある。あそこには、百済から来た観音像が眠っているのだと」

すると、今度は降旗が動き、手にしたアタッシェケースを足元に置いた。何を始めるのかと見守っていると、中から取りだしたのは木造の箱だ。赤ん坊が入るほどの大きさの。

「その観音像とは」

降旗は箱の蓋《ふた》を取り去った。

「これのことですか」

「！」

箱に入っていたのは、金銅仏だ。

土から出てきたばかりの、金銅製の美しい半跏《はんか》思《し》惟《い》像だった。

「そう。これが本物」

犬飼と無量が昨夜、掘り当てたものだった。

レプリカより少々小ぶりだが、はるかに優美な造形だ。

「文字が入ってる」

取りだした降旗が、半跏思惟像の背中を見せた。台座のところに、確かに文字が入っている。

「〝百済之左《さ》平《へい》鬼《き》室《しつ》福《ふく》信《しん》造〟……」

「鬼室……福信……」

「そう。これが塩飽《しわく》の桃太郎の名だ」

菊間はひれ伏すように、膝《ひざ》を落とした。

思わず手を伸ばそうとしたが触れられず、指を折り曲げてしまう。

「……父はずっと言っていた。その持ち主は、古代の日本に何か大きなものをもたらした人物にちがいない。帰ってきたら発掘をしよう。大発見をしよう、と」

折しも昭和三十年代。

日本は高度経済成長期。繁栄の一途を辿《たど》る中で、破壊される遺跡もあったが、発掘でこの国や地方の歴史を明らかにしようとする気運もあった。あらゆる旺盛《おうせい》な意欲が日本中に溢《あふ》れていた。

その陰で、激流が生む渦に落ちる者も多くいた。

朝の海を、冷たい風が渡ってくる。

菊間は遠い目をして、瀬戸内海の朝日を見つめていた。

「私は、果たしたのかな……。父さん」

復讐《ふくしゅう》を、と言おうとしたのか。

父の夢を、と言おうとしたのか。

その先の言葉は聞き取ることができなかった。どこからか響いた船の汽笛に、かき消されたからだ。

膝をついた戸川に、理人がそっと手をかける。

ふと背中から誰かの視線を感じて、無量は山のほうを振り返った。山の頂が来光を受けて、神々しいばかりの金色に輝いている。

それは古《いにしえ》の武人の眼差《まなざ》しだったのか。

波の音はやむことがない。

きらめく海がまぶしい。

終　章

「はー。着いたぁ」

本島《ほんじま》フェリー港に接岸した旅客船から降りてきたのは、永倉萌絵《ながくらもえ》だった。

冬晴れの青空が広がっていたが冷え込みはゆるく、東京ほど寒くはない。

「瀬戸内海《せとないかい》って、やっぱりあったかいんだなあ……」

マフラーをバッグに押し込んだ萌絵は、埠頭《ふとう》の先に立っているふたりの若者に気づいて、笑顔になり、手を振った。

「西原《さいばら》くーん、相良《さがら》さーん！　きたよー！」

無量《むりょう》の派遣最終日、萌絵はようやく本島を訪れることができた。出張の途中にたまたま、という口実だ。

無量はいつものダウンジャケットにカーゴパンツという発掘スタイル。忍《しのぶ》も今日は珍しくフェルトコートの下にデニムパンツを穿《は》いている。

「どうしたんですか、相良さんがジーパンなんて初めて見る！」

「例の久米《くめ》さんがね、迷惑をかけたおわびにって、一本作ってくれたんだ」

「わあ、岡山デニム！　ジャパン・ブランドでいま注目されてるやつですよ。相良さん、足長いからめっちゃ似合う」

途端に無量が「どうせ俺は」と拗《す》ねてしまった。

その後、久米が無断で持ち出した駅鈴は無事、埋蔵文化財センターに戻された。はじめから持ち出し人が特定されていた上に期限内に返却されたので、埋文の松本《まつもと》たちも約束どおり大事にはしないでいてくれた。忍に付き添われた久米は平謝りだった。

「でもおかげで松本さんたちも、菊間《きくま》さんの話をもとに再調査を約束してくれたよ」

「問題は、観音山《かんのんやま》から出た駅鈴なんだよなあ」

無量と忍と萌絵は、ゆっくりとひなびた道を歩き始める。

「……本物のほうのこと？　なにかまずいことでも？」

「それが……。ここ、香川の丸亀《まるがめ》市でしょ。基本、丸亀の教育委員会の管轄だから、岡山の埋文とどっちが受け持つかでもめちゃって。結局どうなんだ？」

「はは。熱意のあるほうでいいんじゃない？」

「そんないい加減な」

三人が着いたのは、塩《し》飽《わく》勤番所だ。

かつてこの島の人名《にんみょう》たちを束ねた三人の年寄が、政務を取り仕切っていた場所で、今はちょっとした歴史資料館になっている。

表の立て看板には「観音山遺跡発掘調査・遺物展示中」とある。

「おお、きたなー。西原ー」

勤番所の立派な長屋門をくぐると、鳥海省吾《ちょうかいしょうご》が受付にいた。

「このひとが墨書土器の鳥海さん」

「はじめまして、永倉です。お噂はかねがね」

「えっ。どんな噂？　教えて教えて」

相変わらずお喋《しゃべ》りな鳥海は、一度話しだしたら止まらない。色々盛りすぎた武勇伝を一旦《いったん》遮って、無量たちは建物に入った。塩飽勤番所の一部を借りて、今回の発掘で出た遺物を展示しているのだ。

新聞に載ったおかげもあり、見学客でほどよく賑《にぎ》わっている。案内をしていた猿渡《さわたり》と犬飼《いぬかい》も気がついて、こちらにやってきた。

「あら、西原くん。かわいい方、つれてるのね。彼女さん？」

すると、犬飼があからさまにムッとした。

「彼女じゃねえべさ。マネージャーさんですよ」

「わかってるわよ。こういうのは一応ね、確認をね」

「亀石《かめいし》発掘派遣事務所の永倉萌絵です。このたびはいろいろとご迷惑を……」

「かけてないっつーの。むしろ、かけられたほうだわ」

だれが？　と犬飼と猿渡が声を揃えた。すっかり打ち解けている。

忍が間に入って、ふたりを紹介した。萌絵は報告メールで逐一把握していたので、

「ああっ！　桃太郎《ももたろう》軍団の犬さんと猿さん！」

「犬じゃねえべ」

「誰が猿よ」

　今回は後方支援に徹していた萌絵は、事件のあらましも物語を聞いていた感覚だ。ちなみに「桃太郎軍団」とは、無量が名付けた徳正寺《とくしょうじ》チームのことだ。

「噂をすれば、桃太郎がきたぞ」

　徳正寺が見学者への説明を終えて、玄関口にやってきた。今日は作業着から一転、スーツに戻っている。

「わ、美人な桃太郎」

「はい？」

　挨拶《あいさつ》をかわし、名刺交換をして、中に案内された。木造本瓦葺《ほんがわらぶ》きの勤番所は、中央に大きな玄関があり、時代劇に出てきそうな武家屋敷の風格がある。執務の間や表座敷・奥座敷などがあり、塩飽《しわく》に関する様々な史料の中には、石櫃《いしびつ》に納められたという「徳川《とくがわ》家康《いえやす》から送られた六百五十人の人名宛《にんみょうあて》の朱印状」もある。

「塩飽で最も大切なものだったので、石櫃に入れて朱印庫というそれ専用の蔵に保管していたんです」

「すごいですね……。葵《あおい》の御紋の桐箱まで」

「塩飽は千二百五十石。それを船方六百五十人で自治していたんです。入札で三人の年寄を選んで、交代で政務を仕切りました」

その繁栄は江戸《えど》中期で終わりを告げたが、その後も優秀な水夫を出し、幕末には三十五名の塩飽《しわく》水夫が咸臨丸《かんりんまる》に乗りこみ、勝海舟《かつかいしゅう》らとアメリカに渡ったりもしている。当時のグラスなどが展示された奥に「特別展」と称して、今回の発掘で出た遺物が展示されていた。

「これですか！　塩飽観音と塩飽駅鈴」

そう名前がついた。

桃太郎軍団で掘り当てた遺物だ。

ガラスケースの中のそれらを、萌絵は目を輝かせて、覗《のぞ》き込んだ。

「なんて素晴らしい半跏思惟《はんかしい》像……。法隆寺《ほうりゅうじ》の金銅仏にも負けてない」

ケースの周りには人だかりができている。特別な仏像なので警備員もついている。

「俺と犬飼で掘り当てたんだよ、な？」

「んだ」

犬飼も誇らしげだ。ふたりは雰囲気が似ているせいか、並んでいると、兄妹《きょうだい》みたいで微笑ましい。

感動している萌絵の横から、徳正寺が言った。

「背面に〝百済《くだら》之左平鬼《き》室福信《しつふくしん》造〟と刻まれてます」

「これですね」

ルーペがあてがわれている。

「どんなひとなんでしょう？　この福信てひとは」

「左平は百済における最高位。鬼室福信は、日本書紀にも名が残ってる人物だよ」

　答えたのは、忍だった。

「百済の義慈王《ぎじおう》の従弟《いとこ》で、日本にも何度か来てる」

「えっ。そんなすごいひとだったんですか。百済の王族ってことじゃないですか」

「ああ、勇猛だけど残忍で、同志からも恐れられていたらしい。唐・新羅《しらぎ》の連合軍と最後まで戦って、一度は滅んだ百済のため、都を占領する唐軍を苦しめたり、日本に応援を求めたりして、復興のため奮闘したんだが、当時日本で人質になってて後に百済王になった豊璋《ほうしょう》に、謀反を疑われて、殺された、と記録にはある」

「殺されたはずのひとが、生き延びていた……と？」

　そういうことらしい。日本に逃げ延びて、この塩飽《しわく》にやってきて水軍を作り、城を造り、この本島で永眠した。

「……百済の滅亡後、百済王や貴族らもたくさん日本に逃げてきたから、福信は素性を隠さなければならなかったんだろう。仮面をかぶって鬼を名乗り、塩飽の海賊で水軍を作った。本当だったとしたら凄《すご》い物語だ。なんにせよ、新発見だよ」

　こんなものが埋まっていたとは、と見学にきた島民たちも興奮している。

「そうそう。ペクさんにも知らせたら、興奮して絶対見に来るって息巻いてた」

韓国の研究者ペク・ユジンだ。百済王族の子孫を名乗る身としては、いますぐにでも飛んできたいほどの発見だった。無量は喜んでいないが。

「つまり犬飼が出した墨書土器の『鬼』の字も、『鬼室』からとった一字だった。大きなヒントでもあったんだ。鬼のことでもまじないでもなかったんだね」

人面の入った遺物は、他にも展示されていた。

「木簡はPEG処理が済んでないからまだ出せないけど、解読が進んだら、あの古代山城のことももっと色々わかると思う」

「すごいね、すごいね」

萌絵は大興奮だ。

「あんな事件があったとは思えないほど、すごい発掘だったんですね！」

桃太郎軍団はこそばゆそうに、全員あさってのほうを向いてしまった。

＊

「わあ、気持ちいい現場」

発掘現場まであがってきた萌絵は、その眺めのよさを素直に喜んだ。

三百六十度、瀬戸内海を見渡せる。何度も通った無量にとっては、すっかり見慣れた景色になってしまったが、萌絵は興奮している。

「天然の見張り台ですね、ここは」

「海上に城を造るには、格好の場所だったろうね」

まだあちこちブルーシートが張ってある。忍の後から桃太郎軍団もついてきた。

発掘調査は大方終わった。

まだ一部、測量が残っているが、それは徳正寺たちが行うことになっていた。

「まだ手つかずの墓碑の取り上げと墳丘の調査は、今後、市の教育委員会主導で行われることになると思います。いつになるかはわかりませんが」

「チーム桃太郎は、解散なんですか？　残念ですね」

「鬼退治も終わっちゃったしね……」

無量も名残惜しげだ。

事件以降、ヴォルフからは何もない。代金は全額返金して取引不成立となった。クルーザー一隻座礁させて、報復のひとつもあるかと構えていたが、被害届も出ていないところを見ると、下手に通報して誘拐事件が発覚するのを避けたのだろう。誘拐の経緯を掘れば、徳正寺たちの贋物《にせもの》詐欺まで表沙汰《おもてざた》になってしまうが、それ以上に、叩《たた》けば埃《ほこり》が出てくるヴォルフたちは、警察につけいる隙を与えたくなかったのだろう。

戸川《とがわ》はその後、体調を崩して入院してしまったが、発掘は続けるようにと徳正寺に指示があった。そこから先は「宝探し」ではなく、正しく「調査」となった。

残念ながら、出来高ボーナスに関しては全部チャラだ。

「まあ、ほんとにもらえるとは思ってなかったしね」

と、言いながらも鳥海は残念そうだ。

「戸川海運はどうなってしまうんですか……」

「今のままでの継続は難しいので、会社更生法にのっとって、管財人のもとで更生手続きに入るとのことです」

徳正寺が言った。債務返済のめどがたたず、このままでは倒産は免れないとわかった。

「企業としての建て直しを優先したので、役員は全員退任。創業家は経営から手を引くことになると思います」

「でも、会社は残るんですね」

「はい。会長は社員の生活が第一だと仰《おっしゃ》ってくれています。戸川の名は消えるかもしれませんが」

徳正寺は短い間とは言え、社員だった身だ。コルドによる負債肩代わりの話があったことを後で知り、負い目が生じた。会社を救う機会をみすみす逃したのだ。非合法組織による救いの手などありえなかったが、それでも一抹の罪悪感を拭えないようだった。

この山も担保に入っていたので、どうなるのかわからない。

「ただ重要な遺跡があるとわかったので、市か県……うまくいけば国も動いてくれるかもしれません。その意味で、発掘はとても大きな成果でした」

古代山城だとわかれば、将来、国史跡の指定を受けられるかもしれない。そうなれば、確実に保護される。

「会長の宝探しが結果的に遺跡を守ったわけだ。なんにせよ、いいほうに転がってよかったよ」

「よー言うよ。さんざん、やめるだボイコットだ大騒ぎしたくせに」

「だまっててくれます？　ちょーかいさん」

いがみあいも今は仲の良い印だ。

「でも理《り》人《ひと》にはちょっとかわいそうだったな……」

菊間の件は、ショックだったのだろう。

戸川家はこれからが大変だ。資産の大半を失うことになるだろうし、今までと同じ暮らしはできなくなるだろう。

「だが理人くんの学費や生活費に関しては、菊間さんが援助を申し出たそうだ」

忍の言葉に、無量たちは驚いた。

「菊間さんが？」

「ああ。子や孫に罪はない。自分の恨みのせいで、理人くんの将来にさわりが出るのは、もとより望んでいないと」

その菊間を、戸川は訴えなかった。菊間の言いなりになったせいで資産を大きく削られたにもかかわらず、だ。それどころか、理人の後見人を頼んだという。

「もしかしたら、戸川さんもこれでやっと、六十二年分の呵責《かしゃく》から解放されたのかもしれないね……」

瀬戸内海には今日も多くの船が行き交う。

橋ができる前よりはずっと減ったかもしれないが、それでも海の道はなくならない。無量たちはそれぞれに思いに耽《ふけ》るように、海を渡る風に吹かれていた。

「そういえば」

萌絵が重くなった空気をかき消すように、明るい声を発した。

「犬飼さんは宝物発掘ガールって呼ばれてるんですよね。天才発掘少女だって」

「な……なんだべ。いきなり」

「宝物発掘師《トレジャー・ディガー》もいいけど、宝物発掘《トレジャー・ディ》ガールは、ちょっとキャッチーでいいなーって。よかったら、うちの事務所に登録しません？」

「おい。なに勝手にスカウトしてんだよ」

「おや？　西原くんはエース発掘師《ディガー》の座が危うくなるのがコワイのかな？」

「こわくねーし。……けどユンボの神には勝てる気しない」

桃太郎軍団は笑った。

「そういえば、猿渡サン。徳玉《とくたま》神社で何してたの？」

無量はずっと気になっていた。ジョギングで見かけた朝の参拝姿を。

「あれ？　ふつーに参拝してたんだけど？」

「うそでしょ。なにそのまぎらわしさ満点の参拝」

「賽銭箱《さいせんばこ》が中にあったから千円札をたたんで投げ入れただけよ。これでも私、安徳《あんとく》帝の子孫なのよ」

ぎく、と無量たちは固まった。

「ななに言ってんすか。安徳帝の子孫は」

「私、門司《もじ》の出身で、実は安徳帝は壇《だん》ノ浦《うら》で身投げしなかったって伝説が……」

「もういいっす。了解っす。それ以上はやめましょ？」

「下関《しものせき》には平家《へいけ》と一緒に塩飽《しわく》から来た落人《おちゅうど》もいたの。ちなみに私が徳正寺さんと出会ったのは、塩飽廻船《かいせん》がきっかけ」

「そうなんすか？」

「うち、昔、門司で塩飽屋をやってて。全国にあった塩飽の廻船問屋を徳正寺さんが調べにきた時、うちにも寄ってくれたの」

俺もだよ、と鳥海が割って入ってきた。

「うちも熊本で塩飽屋やってた」

「まさか！ なにこれ。やっぱ桃太郎のキジと猿」

ひとしきり盛り上がった後で、徳正寺は鬼《おに》ノ腰掛岩《こしかけいわ》を感慨深げに眺めた。

「この古代山城の調査は始まったばかりです。きっとまだまだ素晴らしい発見があるでしょうね」

新しい桃太郎伝説が、知れ渡る日も、近いのかもしれない。

桃太郎軍団とは塩飽勤番所の前で一旦《いったん》別れ、無量たちは笠島《かさしま》集落の久米家と吉田《よしだ》龍平《りゅうへい》に挨拶《あいさつ》をしにいき、途中、木烏《こがらす》神社に立ち寄った。

神社の境内からは、真正面に瀬戸大橋が見える。

三人はお詣《まい》りを済ませ、萌絵が差し入れにと持ってきたきびだんごをつまんだ。

「そういえば、降旗《ふるはた》さんはその後、どうしたの？」

「ああ、あれから何度か、顔見せたけど」

「なんだって。また来たのか」

目を吊《つ》り上げた忍に、無量は身をそらして、

「……う、うん」

「なにを言われた。なにか変なもの渡されたりはしてないだろうな」

「それはないけど、今度呑《の》みにいかないかってメアド交換……」

「な……っ。そんなことまで」

忍はまるで箱入り娘を心配する父親のようだ。

「相手にするなよ。連絡取るときは事務所を通せ。呑みなんてもってのほかだぞ」

「どこのアイドルだよ」

忍が降旗を警戒しているのは無量にも伝わっている。とは言え、過保護がすぎる。

「なんだかんだで協力してもらったし、忍のことも助けてもらったし、言うほど怪しい

やつでもないような……」

今度の事件を通じて、無量が抱く降旗の印象が少し変わった。

陰ながらでも常に味方についてくれていた。遺物や歴史の知識も豊富で、状況を読み解く力もあり、しかも（萌絵がいなかったあの状況で）降旗の戦闘力には頼もしさしか感じなかった。

「堅物だと思ってたけど、意外に話しやすいし……」

おかげで無量の降旗への警戒は、ほどけつつある。一部に関しては、忍も認めざるを得ない（その降旗に助けられたのは不覚以外のなんでもなかった）が……。

「うん。わかるよわかる」

きびだんごを頬張りながら同意したのは、萌絵だった。

「ハイスペが服着て歩いてるようなものだし、あのメガネに白手袋とか反則じゃない？　宮内庁の書陵部って肩書きもだけど、なにより大人の男の色気が……」

「ない。そんなもんはない」

不満げな萌絵を尻目《しりめ》に、無量は言った。

「忍とも気が合うんじゃない？　ふたり並んで立ってると、妬《や》けるほどしっくりきてたし。一度ちゃんと話してみたら？　案外、意気投合するかもよ」

心外もいいところだ。

「……話すコトなんて、ないよ」

忍のスマホに着信があった。通知画面には「下山《しもやま》（桃ビズ）」とある。

ちょっと話してくる、と言い、忍は浜へと下りていった。

残された無量と萌絵は、遠くにゆったり横たわる瀬戸大橋をぼんやり眺めて、きびだんごをまたひとつ、口に頬張った。

冬の陽光にきらめく海を、漁船がゆっくりと横切っていく。

鳥の声や、遠くの汽笛を聞いている。お互い何も話さないでいても、気まずさは感じない。むしろ、気兼ねがないから黙っていても苦にならない。

「……。ありがとな」

口を開いた無量に、萌絵は「え？」と聞き返した。

「なにが？」

「いや……。電話でいろいろ愚痴聞いてもらったから」

それだけではない。調べ物を任せたり、ここという時に尻を蹴《け》っ飛ばしてもらったり、いつも以上に助けてもらっていたような気がする。

「なんのなんの。私も、今回は学んだし」

実を言えば、萌絵も、無量が事件に巻き込まれている現場に身を置けないのがもどかしかった。襲われたと聞いた時はすぐにでも飛んでいきたかったが——。

「こういう援《たす》け方もあるんだなって。私の取り柄は体を張ることだけ、なんて思い込んでたけど、私が鶴谷《つるや》さんみたいなリサーチ力をつければ、もっと早く事件を解決できるってわかったから」

近くにいなくても力にはなれる。その立ち位置にいる。大事なのは心の距離なのだろう。

「私も、西原くんに頼ってもらえて、うれしかったよ」

無量は戸惑ったように「ふーん」とそっぽをむいた。

「……ま、こっちも後ろでどっしり構えてもらってると心強いし、いろいろと」

「いろいろと？　なに？」

安心する。

と言いかけて、無量は慌てて言葉を呑み込んだ。

「じゃなくて現場にいられるとうっとうしいから、ずっと後方支援しててくんない？」

「なにその憎まれ口。お尻蹴っとばしてほしいんじゃないの？」

「言い方」

「蹴っ飛ばしてほしいの？　ほしくないの？」

「ちょ……。横から尻ぶつけてくんの、やめて」

子犬のようにじゃれあっていると、フェリーが汽笛を鳴らして港に入ってくるのが見えた。離島の日常は、おおらかな風景の中に溶け込んでいる。

ふたりはまた黙りこむと、ひとつだけ残されたきびだんごへと同時に手を伸ばした。

「お」

手と手が触れあってしまい、思わずひっこめる。

すると、萌絵が落ち着いて最後のひとつをつまみあげ、無量へと差し出した。

「鬼退治についてくるならば、そなたに進ぜよう」

「桃太郎かよ」

かもめが狙っている。無量は慌てて口にほうりこんだ。

よく太った島猫たちが集まってきて、無量たちに「撫《な》でろ」とせがむように絡んでくる。うららかな陽差しの下、ふたりは和むひとときを満喫した。

「……それでは桃ビズの発表会は予定通り開催ということで。よろしくお願いします」

忍は電話の向こうの下山と打ち合わせを済ますと、通話を終えた。

浜辺には潮騒《しおさい》が響いている。忍は数日前の記憶をたどっていた。

――菊間氏の経歴、なぜ、わかったんですか。

降旗と最後に会ったのは、久米と一緒に駅鈴を返却しに行った日のことだ。埋文には降旗も来ていて顛末《てんまつ》を見届けた。

その帰り、車に乗り込もうとしていた降旗を呼び止めたのは、忍だった。

――バロン・モールやヴォルフのことを、なぜ知っていたんですか。

運転席のドアに手をかけた降旗は、真顔で見つめ返してきた。

ここまできたら、もう回りくどい話はなしだ。

――…………。本社に照会したんですか。

忍はずばり訊《き》いた。

――ＧＲＭから情報を得たんでしょう。岡山に来たのはＪＫの差し金ですか。無量を監視に来たんですか。

人気《ひとけ》のない駐車場で、ふたりは向き合った。

真剣な忍を、降旗はしばらく乾いた目つきで眺めていたが、やがて――。

――君こそ、西原無量への執着をそろそろ断ち切ってはどうかね。

――執着ですって？

――君のそれは執着だ。罪滅ぼしのために彼に尽くし、家族を失った欠乏感を彼で埋め、井奈波《いなば》の教育で歪《ゆが》んだ自分自身の人格を、彼の無心の信頼を貪《むさぼ》ることでごまかそうとしている。

痛いところをことごとく突かれて、忍は息を呑んだ。

――図星だったか？

――…………。プロファイルしてるつもりなら無駄ですよ。

――何が気に入らない？

――はっきりさせましょう。

忍は腹を括《くく》って、

——高知の事件で、あなたが無量の居所を逐一摑《つか》んでいたのは、無量につけていたGPSのおかげだ。コルドの件もGRMのエージェントなら、知らないわけがない。JKはあなたと無量のヤケドのことを匂わせた。

もっと言うなら、降旗が忍を助けに泊千歳座《とまりちとせざ》の稽古《けいこ》場《ば》に迷わず駆けつけられたのも、GPSのおかげだ。無量はその場所を知らないし、一言も言っていない。エージェントの居所は本社に把握されている。社員同士問い合わせれば、居所などたちどころにわかる。

——あなたが後任者なんだろう？

——……。

——無量の新しい監視者なんだろう！

すると、降旗はなぜか微笑んだ。その答えを待っていたとばかりに。

——それは宣戦布告かな。

——そう受け取るなら。

——ならゲーム開始だ。

降旗は明晰《めいせき》な眼差《まなざ》しでこう言った。

——君がいつまで監視者にしがみついていられるか。試してみようじゃないか。私は、君の最大の弱点を摑んでいる。それを忘れるなよ。

正体を現した降旗の、挑戦状めいた去り際の言葉が、耳に焼きついて離れない。

俺の〝最大の弱点〟？　それが何を指すのか、忍には見当もつかない。

青空を横切るかもめが、不意に忍の頭上へと影を落とす。

それならそれで結構だ。受けて立つまでだ。

「あのひと、きびだんごが弱点だったな。さっそく一年分送りつけてやる」

＊

萌絵と忍は夕方の便で島を去り、無量は海辺で船を見送った。

その後、立ち寄ったのは甲生《こうしよう》地区にある墓地だ。

いつか理人と立ち寄って、ひどく印象に残った場所だった。奥には墓石が密集し、その手前には、まさ土《ど》の地面のそこここに丸石が置かれ、花立てが刺さっている。遺体を埋める埋め墓と、墓参のための詣《まい》り墓。両墓制と呼ばれる讃岐《さぬき》独特の風習だ。

無量の他には誰もいない。

黄金《こがね》色のまさ土が輝いている。まだ新しい埋め墓はほんの少し隆起して、柔らかな人肌を思わせる。枯れて首を垂れた花が西日に照れされている。埋葬の目印になる石は、まるで故人が「私はここに眠っているよ」と知らせているようだ。

冬の夕陽が差し込んで、あたりは朱に染まり、彼岸の地にいるようだ。

この島の歴史を紡いできた亡き人たちに思いを馳せ――。

ひどく穏やかな気持ちになって、無量は深々と頭を下げた。

　その後の時間は、本島で過ごす最後の夜を満喫した。

　桃太郎軍団の解散式だ。……と言っても、主催である戸川家の者は誰も姿を見せず、持ち寄った酒と肴《さかな》でアットホームな打ち上げの宴《うたげ》を繰り広げた。

　そして翌日――。


「元気でな。宝物発掘師《トレジャー・ディガー》」

　フェリー乗り場まで見送りに来た桃太郎軍団に、無量は「はい」と答えた。

「鳥海さんも。お喋《しゃべ》りはほどほどに」

「俺が喋るのは、息すんのといっしょ」

「今度、私がおごるから、呑《の》みにでもいきましょ」

　猿渡が色っぽい仕草で白い手を差し出した。

「今度はおしゃれなバーで大人の飲み方を教えてあ・げ・る」

「薬盛るのはなしっすよ」

　握手に応《こた》えると、横から犬飼も手を差し出してきた。

「楽しかった。西原さんとまた発掘したい」

「俺もだよ。犬飼とは息合うから、またどっかで掘ろう。いっしょに」

宝物発掘師《トレジャー・ディガー》と宝物発掘ガールは固い握手を交わした。

徳正寺が手みやげを入れた紙袋を差し出した。

「報告書ができあがったら、データを送りますからチェックしてください。これは少しですけど、みなさんで」

「まさか、またきびだんご？」

開けてみると、入っていたのは讃岐うどんだ。そう。本島は香川県。香川といえば、讃岐うどんだ。

港に船が入ってきた。思えば、ここに来た時、出迎えてくれたのは、理人と菊間執事だった。そのふたりの姿がここにないのが、淋《さび》しい。最後に会いたかったが。

桟橋に向かおうとした無量は、遠くから自分を呼ぶ声が聞こえた気がして、ふと足を止めた。

「無量さん！　無量さーん！」

猛スピードで自転車を漕《こ》いで、フェリーターミナルに飛び込んできたのは、理人だった。

「よかった、間に合った！」

「理人！　おまえ大学の試験期間中じゃ」

「昨日で終わりました。すみません、全然カオ出せなくて。ずっと御礼言いたくて」

息を切らして自転車を止めた理人は、いつもの人懐っこい笑顔だった。

「孝之《こうの》助《すけ》氏の具合は？　大丈夫なのか？」

「今は丸亀の病院にいるけど、だいぶ回復しています。それよりも今回のこと、皆に申し訳なかった、と。無量さんにも非礼を詫びたいと言ってました」

　そうか、と無量はうなずき、少し安堵した。菊間さんは？　と訊ねると、理人は「はい」と笑顔を翳らせたが、

「戸川海運の再建に力を貸したいと言ってくれてます。管財人に協力して古美術の売却を進めるそうです。西原さんによろしくと」

「そうか……。おまえは、大丈夫なのか？」

　創業家である戸川は経営から完全に離れる。「社長一家の坊ちゃん」ではなくなる理人は、戸川海運の跡取りでは、もう、ない。

「いいんです。自分にはおじいさまのような商才はないとわかってましたから。それより目標ができました」

　理人は明るい表情をしている。

「古美術の勉強をして鑑定士になります。菊間のようなオークション・エージェントを目指そうと思います」

　無量は驚いた。意外な選択だと感じたからだ。

「あの塩《し》飽《わく》観音が土から出てきた時、心の底から興奮しました」

　発掘に立ち会った理人は、出土の瞬間を目に焼き付けていた。無量と犬飼の手によっ

て、石櫃《いしびつ》に納められた観音像が出土した時の、感動を。

「これが本物の凄《すご》みかと震えました」

剝《は》がれた金から覗《のぞ》く緑青の髪、黒光りする滑らかな胸、エキゾチックな杏仁《きょうにん》形の瞳《ひとみ》と、神秘的な微笑み。

理人が生まれて初めて触れるその仏像は、一度は掘り当てられたとは言え、千年以上、土中に眠っていた遺物だった。

「本物が本物である凄さを、正しく後世に伝えられるようになりたいんです。そのためには本物と贋物《にせもの》を見分けられるようになりたい。そう思いました」

さんざん振り回された発掘だったが、やはり本物というものは、理屈抜きに力をもっている。歴史の真実が生み出した遺物は、重力異常を引き起こす高密度の岩石と同じで、ひとの心を揺り動かす。真実の重量を、無量の右手が感じ取るように、理人もまた感じ取っていたのだ。

「鑑定が必要になった時、無量さんに俺を呼んでもらえるよう。勉強します。いつか役に立たせてください。きっと」

「ああ」

無量は自分から小指を差し出した。

「約束だ」

理人も小指を絡ませて、指切りした。

「おーい、早く乗らないと出港するぞー！」

鳥海に促されて、無量は桟橋に向かった。

船が港を離れる。見送る桃太郎軍団に、無量は船尾デッキから手を振った。

「元気で！」

理人も大きく手を振っている。

船が港を離れ、見えなくなるまで、手を振った。

波を蹴《け》り立てて瀬戸内海を走り出した船から、無量は山の頂に少しだけ顔を覗かせる、鬼ノ腰掛岩を眺めた。陽光を受けて金色に輝いている。

「塩《し》飽《わく》の桃太郎……か」

そのモデルとなった武人は、きっと今も、あの山の頂から、瀬戸内海を見守っているにちがいない。海の平和と安全を。

祈る相手は鬼か、観音か。

そのどちらでもいい、と無量は思った。

穏やかな海に塩飽の島々が浮かんでいる。

鈍く輝く鉄の橋をくぐって、船は青い海に真っ白な航跡を描き出していった。

主要参考文献

『塩飽史　江戸時代の公儀船方』吉田幸男　ゆるり書房（出版協力）昭和堂
『塩飽史年表』塩飽史談会 編・発行
『鬼ノ城と吉備津神社「桃太郎の舞台」を科学する』岡山理科大学『岡山学』研究会　吉備人出版
『鬼城山　国指定史跡鬼城山環境整備事業報告』岡山県総社市教育委員会 編　岡山県総社市文化振興財団
『日本書紀（下）全現代語訳』宇治谷孟　講談社学術文庫
『墨書土器の研究』平川南　吉川弘文館

なお、作中の発掘方法や手順等につきましては実際の発掘調査と異なる場合がございます。

また考証等内容に関するすべての文責は著者にございます。

執筆に際し、数々のご示唆をくださった皆様に心より感謝申し上げます。

本書は、文庫書き下ろしです。

遺《い》跡《せき》発《はつ》掘《くつ》師《し》は笑《わら》わない

鬼《おに》ヶ《が》島《しま》の証明《しょうめい》

桑《くわ》原《ばら》水《みず》菜《な》

令和2年 4月25日 初版発行
令和6年 10月30日 6版発行

発行者●山下直久

発行●株式会社KADOKAWA
〒102-8177 東京都千代田区富士見2-13-3
電話 0570-002-301(ナビダイヤル)

角川文庫 22135

印刷所●株式会社KADOKAWA
製本所●株式会社KADOKAWA

表紙画●和田三造

ISBN 978-4-04-109186-9 C0193

◆◇◇

角川文庫発刊に際して

角　川　源　義

第二次世界大戦の敗北は、軍事力の敗北であった以上に、私たちの若い文化力の敗退であった。私たちの文化が戦争に対して如何に無力であり、単なるあだ花に過ぎなかったかを、私たちは身を以て体験し痛感した。西洋近代文化の摂取にとって、明治以後八十年の歳月は決して短かすぎたとは言えない。にもかかわらず、近代文化の伝統を確立し、自由な批判と柔軟な良識に富む文化層として自らを形成することに私たちは失敗して来た。そしてこれは、各層への文化の普及滲透を任務とする出版人の責任でもあった。

一九四五年以来、私たちは再び振出しに戻り、第一歩から踏み出すことを余儀なくされた。これは大きな不幸ではあるが、反面、これまでの混沌・未熟・歪曲の中にあった我が国の文化に秩序と確たる基礎を齎らすためには絶好の機会でもある。角川書店は、このような祖国の文化的危機にあたり、微力をも顧みず再建の礎石たるべき抱負と決意とをもって出発したが、ここに創立以来の念願を果すべく角川文庫を発刊する。これまで刊行されたあらゆる全集叢書文庫類の長所と短所とを検討し、古今東西の不朽の典籍を、良心的編集のもとに、廉価に、そして書架にふさわしい美本として、多くのひとびとに提供しようとする。しかし私たちは徒らに百科全書的な知識のジレッタントを作ることを目的とせず、あくまで祖国の文化に秩序と再建への道を示し、この文庫を角川書店の栄ある事業として、今後永久に継続発展せしめ、学芸と教養との殿堂として大成せんことを期したい。多くの読書子の愛情ある忠言と支持とによって、この希望と抱負とを完遂せしめられんことを願う。

一九四九年五月三日